The Epic of Mount Everest

珠峰史诗

〔英〕荣赫鹏 著　黄梅峰 译

人民文学出版社
PEOPLE'S LITERATURE PUBLISHING HOUSE

图书在版编目(CIP)数据

珠峰史诗/(英)荣赫鹏著；黄梅峰译. —北京：
人民文学出版社，2016
（远行译丛）
ISBN 978-7-02-011926-4

Ⅰ.①珠… Ⅱ.①荣…②黄… Ⅲ.①纪实文学-英国-现代 Ⅳ.①I561.55

中国版本图书馆 CIP 数据核字（2016）第 198817 号

出 品 人	黄育海
责任编辑	朱卫净　潘丽萍
封面设计	汪佳诗

出版发行	人民文学出版社
社　　址	北京市朝内大街 166 号
邮政编码	100705
网　　址	http://www.rw-cn.com
印　　刷	山东临沂新华印刷物流集团
经　　销	全国新华书店等
字　　数	167 千字
开　　本	890 毫米×1240 毫米　1/32
印　　张	8.625　插页 5
版　　次	2016 年 11 月北京第 1 版
印　　次	2016 年 11 月第 1 次印刷
书　　号	978-7-02-011926-4
定　　价	42.00 元

如有印装质量问题，请与本社图书销售中心调换。电话：01065233595

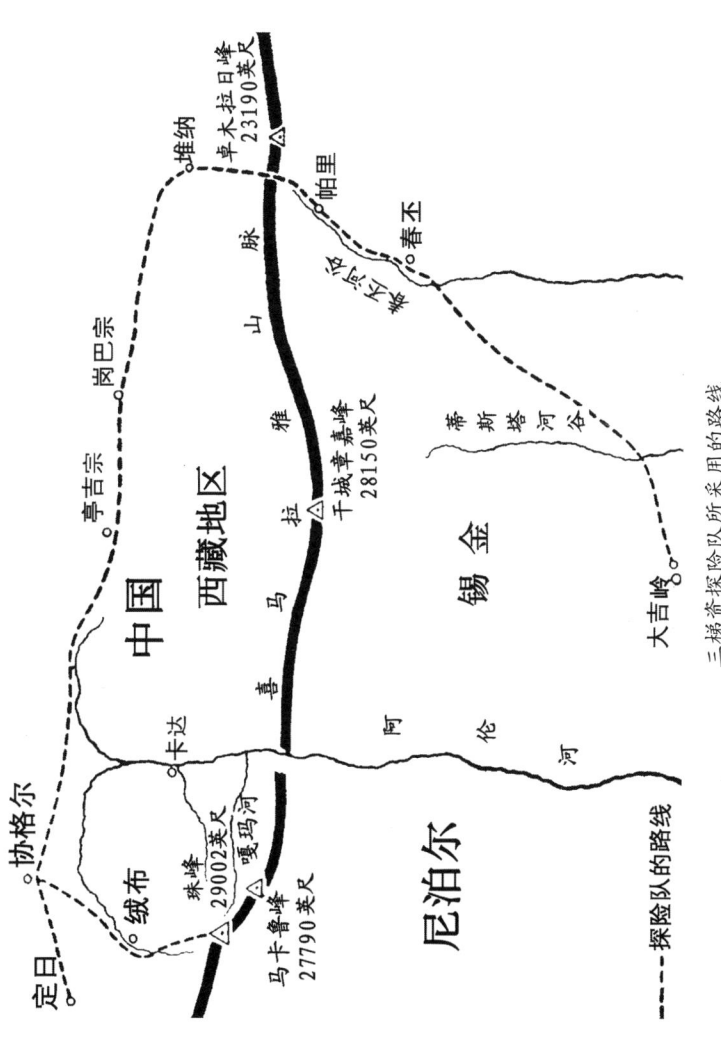

目 录

1　序文

1　第一章　想法
10　第二章　准备
21　第三章　出发
28　第四章　春丕
32　第五章　西藏
43　第六章　接近珠峰
56　第七章　路找到了
68　第八章　北坳
73　第九章　再度准备
83　第十章　第二度出发
98　第十一章　出击
106　第十二章　试用氧气
115　第十三章　雪崩
123　第十四章　高海拔生物

128	第十五章　重要成果
134	第十六章　氧气的使用
139	第十七章　其他结论
143	第十八章　第三次出征
151	第十九章　大吉岭到绒布冰河
164	第二十章　上溯冰河
176	第二十一章　再逢灾难
189	第二十二章　救人
201	第二十三章　突击
209	第二十四章　高潮
220	第二十五章　马洛里与欧文
228	第二十六章　奥德尔
238	第二十七章　大谜团
243	第二十八章　荣耀
250	第二十九章　注定将被征服的山
258	附录一　荣赫鹏小传
260	附录二　珠峰攀登史

序　文

　　前后三次珠峰探险，已由历次参与者分别记述，并出版成这三本书：《珠峰：探勘》(*Mount Everest：The Reconnaissancce*，1921）、《珠峰攻坚记》(*The Assault on Mount Everest*，1922）和《搏斗珠峰》(*The Fight for Everest*，1924）。本书乃代表珠峰委员会，根据上述三书内容浓缩而成。为了前后一贯、叙事简捷起见，本书并未照录以上三书原作者的用语，但已尽可能援用。对于带回如此生动记述的英勇登山家们，笔者毫无保留地承认并感念他们的恩惠。

荣赫鹏

一九二六年六月

※ 附记

就在以下稿页进行印刷之际，有一则相关新闻见报，但因时间太迟，已无法放入本文了。这则新闻是这样的：J.S. 霍尔丹博士在他对牛津大学英国人文协会的人体生理部门就"高海拔水土适应"发表的演说中，表示珠峰探险所得出的人类生理的最新事实，具有最令人震惊的性质。该事实显示，甚至在二万七千英尺的高处，也可能达到充分的水土适应，而不致有高山病的任何症状。诺顿、萨默维尔和奥德尔在那一高度上的经验，便是结论。一个尚未适应的人，在二万七千英尺的高处待上无论多久的时间，都意味着绝对确定的死亡。他假设肺脏会主动向内分泌氧气，并以此解释珠峰上的水土适应。

第一章
想　法

大家都知道，珠穆朗玛峰①是世界最高峰，标高二万九千零二英尺（8848米）②；大部分人也都知道，有两名英国人，乔治·马洛里和安德鲁·欧文，在尝试登上峰顶时丧失了生

---

① 珠穆朗玛峰，为世界第一高峰，在尼泊尔和中国的边境上。清乾隆二十五年（一七六〇年）印制的《乾隆内府舆图》已印有"珠穆朗阿林"的地名，虽然在那个年代尚不知道当地的那座山就是后来的世界最高峰，但英国人于一八五六年确认并计算它世界第一高的身份后，便以当时的印度测量局长乔治·埃佛勒斯爵士的名字来命名这座山。全世界因此沿用此名至今。一九五二年，中国内务部和出版署联合公告，把埃佛勒斯正式改回古老的西藏名字：珠穆朗玛，字义就是圣母的意思。以下简称为珠峰。早年的登山探险都由西藏出发，直到一九五〇年后才改由南侧的尼泊尔攀登。人类自二十世纪二十年代开始试图攀登珠峰，但一直无功而返。直到一九五三年才由英国队从南坳首登成功，一九六〇年由中国队从北坳登顶成功。

② 一八五六年，调查员安德鲁·沃成功测量出珠峰高度为八千八百四十米（29002英尺）；直到一九五五年，珠峰高度才修正为现在公认的八千八百四十八米。此书完成于一九二六年，当时测量出的喜马拉雅山主要高峰的高度，多与后来重新测量出的高度不同，为尊重原书，此译本保留作者原示的英制度量，唯遇重要数据时在括号中列出现在通行的公制度量。

命——他们"最后一次被看见的时候，正矫健地往山顶攀登"，而山顶仅在八百英尺外；他们必定几乎或许事实上已登上了山顶。

这是如何办到的？诺顿和他的同伴霍华德·萨默维尔又如何不靠氧气筒就分别登上了二万八千一百英尺及二万八千英尺的高度？诺埃尔·奥德尔又如何同样不靠氧气筒二度登高至二万七千英尺，何况如果再多几名挑夫可能就登上了峰顶？喜马拉雅山的挑夫们如何能够负重攀高到将近二万七千英尺以促成登山家们的丰功伟绩？何况在这次登山探险中，爱德华·诺顿、萨默维尔及马洛里在二万一千英尺高处先经历了一场异常厉害的暴风雪，气温陡降到零下二十四华氏度（约零下三十一摄氏度），接着又为了回头营救受困在二万三千英尺高冰河中的四名喜马拉雅山挑夫，用尽了他们最好的资源，却仍创下上述佳绩。这里要叙述的就是那一段故事。

首先谈到这些人心中的想法——要去攀登珠峰的想法。

当我们看见一座山，迟早总会被吸引去尝试登顶。我们不会让它永远站在那儿而不去踩踏一番。这部分是因为我们喜欢从高处俯瞰风景，更确切地说，是因为山向我们提出了挑战。我们必须能与它匹敌，必须表明我们能够爬到它的最高点——表现给自己看，也表现给邻居看。我们喜欢炫耀自己，展现自己的本领。登高是一番努力，但我们喜欢身体力行。这番作为令我们为自己感到骄傲，并带来内心的满足。

但当我们看到珠峰，就知道这是相当不同的命题。爬到它顶上,是我们永远不会梦想的事情。它直上云霄,远在人可触及的范围之外。至少看起来如此。自多少世代以来,成千上万的印度人一直仰望那伟大的喜马拉雅山群峰,连附近较低的山头,远低于那大部分插天群峰的山头,他们也不曾胆敢想去攀登。他们会穿着薄衣从印度的炎热平原耐心忍受可怕的艰苦旅途,前往一处危立于喜马拉雅山区冰河边的朝圣地,途中所受的苦实在不下于任何珠峰的登山者,但就算是攀登那巍巍高峰的想法也从不曾来到他们脑中,甚至那些一辈子都住在这山区、吃惯了苦的人也不曾有这念头。他们能够爬上峰顶——这份能耐可由他们曾在一九二四年背负辎重爬到将近二万七千英尺高处这一事实加以证明。如果他们能够负重爬到二万七千英尺,很可以假定他们卸下重负后能够爬到二万九千英尺高。但他们还是从不曾打过珠峰的主意。

那么,那些来自北海的岛民又如何会产生这种想法呢?回顾以往,我们看到瑞士人和意大利人给予我们此种灵感。阿尔卑斯山的诸高峰不过是喜马拉雅巨峰群的一半高,但它们仍令人望而却步,直至十八世纪末,瑞士人索绪尔和意大利人阿斯贝沙才攀上它的高峰顶①。登山家们一路呻吟、气喘吁吁,饱受

---

① 阿尔卑斯山的最高峰为勃朗峰,标高四千八百零九米。一七六〇年,瑞士地质学家索绪尔第一次造访勃朗峰所在地霞慕尼时,对自己许下登上顶峰的志向,否则也要负责推广登峰事宜。于是他提供了一份奖金给登峰第一人,但一直要到一七八六年,这份奖金才由一位在霞慕尼执业的法国医生帕卡和他的挑夫巴尔马特夺得。不过,这份荣耀很快就光芒尽退——就在第二年,索绪尔本人也登上了勃朗峰。

头疼及病痛之苦，但终究抵达了山之巅。一旦阿尔卑斯的最高峰被征服了，接下来较小的山头也一一拜倒在征服者脚下。很快地，我们英国人跟上了索绪尔的脚步。整个十九世纪，我们投注全部心力在阿尔卑斯群峰的征服工事上；等它们一一被降服后，人们便转而从事难度更高的游戏。道格拉斯·弗雷什菲尔德登上了高加索山最高峰①。马丁·康威爵士登上了安第斯山最高峰②。意大利人也来参加这场战斗。阿布鲁奇大公爬上了东非的鲁文佐里③及阿拉斯加圣伊莱亚斯④等二山的最高点。

　　成功召来了更旺盛的雄心。阿尔卑斯山、高加索山及安第斯山一一被征服后，人们便将念头动到宏伟的喜马拉雅山头上。德国的冯·斯拉根特威特三兄弟登高到了卡美特峰的

---

① 高加索山的最高峰为厄尔布鲁士山，标高五千六百四十二米，英国登山家道格拉斯·弗雷什菲尔德于一八六八年率先登上此峰。弗雷什菲尔德曾任英国皇家地理学会主任秘书和主席，也曾是英国作家协会的主席，他从一八八四年起致力于推广将地理学列为英国大学中的独立学科。
② 安第斯山最高峰为阿空加瓜山，标高六千九百六十一米，一八九八年英国登山家马丁·康威率先踏上此峰最高点。康威同时也是探险家、艺术史家和作家。
③ 中非乌干达和刚果两国边界上的山脉，被二世纪时的埃及现代之父托勒密称为"月亮山"，长久以来被认为是尼罗河的源头。它与多数非洲雪峰不同，并非由火山形成，而是一个巨大的地垒；最高峰为斯坦利山的玛格丽塔峰，标高五千一百零九米，为非洲第三高峰。一九〇六时，意大利籍阿布鲁奇大公率领的探险队首先登上此高峰，他将这高峰依意大利玛格丽塔皇后之名来命名。
④ 圣伊莱亚斯，标高五千四百八十九米，阿布鲁奇大公在一八九七年首登成功。

二万二千二百六十英尺处①。印度探勘队的官员在执行勤务的路途上，走到了巍巍群山之间，他们的记录中有这样的声明：J.S. 波科克在一八七四年爬到了嘎尔华峰的二万二千英尺处，而W. 约翰逊则爬上了昆仑山脉的一座尖峰，其高度后来被测定为二万三千八百九十英尺。

然而，对伟大高峰的重要出击都出自欧洲人——他们所受的训练是来自攀登阿尔卑斯山所发展出来的登山技术。他们来自几乎每一个欧洲国家，也有些来自美洲。格雷厄姆在一八八三年声称爬到二万三千一百八十五英尺处；康威爵士披荆斩棘直上巴尔托洛冰河的喀喇昆仑群峰。瑞士人魁拉莫也在同一个地区探险。美国人布洛克·沃克曼博士及夫人登上了二万三千四百英尺处。T.G. 朗斯塔夫博士登上了德里苏尔峰峰顶，高二万三千四百零六英尺（7120米）。弗雷什菲尔德则探索了干城章嘉峰②。

接下来便有了最认真、组织最佳的登山团体，去尝试登上人类所可能企及的高度。阻挡人爬上喜马拉雅山众高峰的，并非山上的实际障碍，如横陈于人与峰顶之间的断崖或冰雪。在阿尔卑斯群山之间，每一处实地攀爬皆与攀登喜马拉雅山同等困难，而

---

① 喜马拉雅山脉宽达三十至四十五英里，包括了许多世界高峰，最高峰珠峰位于尼泊尔北部边界，但印度境内也有多座高峰，如位于尼泊尔和锡金边界的干城章嘉峰（8586米），另有楠达德维峰（7816米）、卡美特峰（7756米），以及在北方邦的德里苏尔峰（7120米）等。

② 干城章嘉峰，标高八千五百八十六米，在K2（8611米）发现之前，一直被认为是仅次于珠峰的世界第二高峰。弗雷什菲尔德于一八九九年挑战这座高峰，但登顶失败。

人类已经克服任何这类困难。他登上最令人毛骨悚然的危崖和峭壁，找到路径，到达最难以趋近的冰封绝壁。喜马拉雅山的酷寒也不构成障碍：在极区，人类耐得住更为严厉的寒冻。真正的障碍在于高海拔空气的缺氧。我们爬得越高，空气越稀薄，氧气便越少。氧气是人类赖以维生、不可须臾或缺的物质。那么——阿布鲁奇大公所率领的意大利登山队便认定——该问的问题只有一个：在高山上缺氧的空气中，人凭自己的努力能抵达的高度究竟是多少？那时为一九一九年，想从位处珠峰两侧的尼泊尔及藏地政府取得登山许可皆很困难，阿布鲁奇大公遂未能在那儿从事他的实验，于是他选择了标高二万八千二百七十八英尺的喀喇昆仑喜马拉雅山脉第二高峰，亦即 K2①。后来因为那座山头不利于这场实验，他又换爬新娘峰，登高到二万四千六百英尺。如非浓雾及暴风雪，他有可能爬到更高的海拔。

所以，人类当时已经持续而稳定地迈向统御群山之路，爬上珠峰的念头已然深植人心。这件事早在一八九三年，C.G. 布鲁斯上校（现升任陆军准将）即曾想过。他曾与康威爵士同在喀喇昆仑喜马拉雅山区，而就在受聘服务于吉德拉尔（位于今巴基斯坦北部边境）时，他提出了这个构想。然而，他将此构想付诸实行的机会从未发生。多年后，寇松公爵②——时任印

---

① 即乔戈里峰，K2 为别名，迄今为止唯一一座没有冬攀成功的八千米级独立山峰，位处巴基斯坦与我国新疆边境。

② 寇松公爵（1859—1925），英国政治家，曾担任印度总督及外事大臣，任期内在英国政策制定上扮演着重要角色。

度总督——向道格拉斯·弗雷什菲尔德提议道：如果他，寇松公爵，能向尼泊尔政府取得许可，让探险团经由尼泊尔登山的话，英国皇家地理学会及英国登山协会应该联合组成一支珠峰探险团。不过，尼泊尔政府没有发给许可，这提议也就没有下文了。尼泊尔人是个幽僻隐遁的民族，但因多年来和英国人相当友好，印度政府①便随他们去，未予勉强。

已经膺任英国登山协会主席的弗雷什菲尔德先生，当时又获聘为英国皇家地理学会主席；他会提出这么一个符合自己气质的构想：组成一支珠峰登山队，一点都不奇怪。然而事不凑巧，他的任期恰好在一战期间。大战后，诺尔上校又提出这个构想——他曾于一九一三年间探勘过西藏那一侧的喜马拉雅山；那时，尚在人间的罗林准将也抱着这么一个期望：至少将珠峰探勘一番。当笔者在一九二〇年成为英国皇家地理学会主席时，将攀登珠峰的构想付诸实行的时机似乎已趋成熟。本人早先在喜马拉雅山度过好几年，也曾在西藏待过，颇了解当地的状况。再者，对于个人或攀登阿尔卑斯山那种三四人小团体堪属困难的事，由拥有丰富资源的大型组织来主持，往往不成问题。

同时，另一个方向也有大进展。事实上，当阿布鲁奇大公在喜马拉雅山中攀爬时，路易·布莱里奥②飞越了英吉利海峡。

---

① 印度于一九四七年独立，这里的印度政府是指英印联合政府，即英国统治下的印度殖民地政府。——译注
② 路易·布莱里奥（1872—1936），法国航空先驱，一九〇九年驾驶一架二十四马力的单翼飞机首次完成飞越英吉利海峡的创纪录飞行，晚年成为飞机制造商。

大战也为飞机的制造带来极大的推动力。结果是：人类此时已能飞得比珠峰的山顶还高。因此，人类到底能将自己升到多高这一问题，似乎归属于飞行员，而非登山者；而飞行员达到的高度则已超过了登山者。那么为何还要大费周章地攀爬珠峰，证明那已被证明过的事？

回答：这是完全不同的两码事。飞行员坐在飞行器中，吸着氧气，让机器将他往上带。当然，他需要技巧和勇气以驾驭飞机，但他的升高仍有赖于机器，并不是靠自己，而且他身旁备有充分的氧气，以待空中氧气不足时随时补充。登山者却必须仰赖自己的活力，必须让自己贴近地表。我们想知道的是：地表上是否有人类不靠任何补助器材即无法上达的地方。所以，我们选了这座最高的山，在那上面进行这场实验。

有些人的的确确质疑：搞得这般麻烦到底所谓何求？如果要上珠峰最高点，弄架飞机飞上去不就完事了？大学划舟选手或许会被问一个类似的问题：如果他们要从普特尼前往摩特雷克①，为什么不乘汽船？那可比一路划桨过去快速又舒服多了。百米赛跑选手或许也会被问道：何不叫辆出租车？

登珠峰意指爬上去——用自己的腿爬上去。整个要点就在这儿。只有这样，人才能为自己的本事感到骄傲，而具有好本

---

① 普特尼和摩特雷克均为伦敦泰晤士河畔城市，摩特雷克在普特尼西边上游一点点，流经摩特雷克和普特尼之间的泰晤士河刚好形成一个∏字形，两地间搭公车大概二十分钟。从一八四五年开始，这个河段是剑桥牛津校际划船对抗赛的比赛地点。

事又多么令灵魂感到满足。如果我们老是倚赖机器，生命会是多么可怜的东西。我们太容易老是相信科学和机器，而不锻炼自己的肉体和灵魂。我们就这样失去生命中的许多喜悦——那种能淬炼我们的灵肉以臻完满境地的喜悦。

所以，回到起点吧！决定攀登珠峰是出于一种常见的冲动，就像想去爬邻近一座山丘那样。攀爬珠峰所需要的努力巨大得多，但仍是基于同样的那股冲动。的确，与珠峰相搏是精神想战胜物质的一场缠斗。人，这个神圣的存在，就是想让自己优于物质，甚至最强大的物质。

人与山同样源于地球，两者间也就存有一些共通处。但无论山多么庞大，外观上多么令人自觉渺小，山的存在层面终究在人之下。人，外形较微小，实质上则较伟大；不让他落足在那较低存在物的最高点上，他心中那股驱动力是不会善罢甘休的。他不会因为山的高大而畏缩。山容或高，但他会显示他的精神更高；直到将它征服于脚底，他才会心满意足。

这便是埋藏于珠峰登山者心中的秘密。

而在证明一己之力时，人将发现那锻炼过程所带给他的喜悦。

第二章

准 备

攀登珠峰的念头就这样进入人心,并渐渐扩张与渗入。人再也不能单单从远处打量那山头就感到满足。他们必得爬上去,与它拼搏。行动的时间到了;而这观念如何付诸实行便是本书要说的故事。它很必然地分为三个部分。首先,山必须被仔细探勘,因为没有人——没有欧洲人——曾走入它方圆四十英里内;这是勘察的部分。其次,既然马洛里发现了一条实际可行的攀登路径,便应真正尝试循着它登上峰顶——那次登峰企图没有成功,但至少显示人能够爬到二万七千英尺高。最后,说到第二次登峰的尝试——它的结局是那么悲剧性,但在那次登峰行动中,人类没有借助任何外加装备,就爬上了二万八千一百英尺。

这个高处探险故事就这么分为三部,现在就从第一部说起。

任何一个伟大的念头付诸实行前,通常得先排除许多障碍。在这里,第一个障碍是人——尼泊尔人从南边封住了珠峰,藏人则从北方。有可能从满心不情愿对外开放的藏人那儿取得通行许可吗？这是首先得应付的事情。在远征队宣告成立前，得率先演练这项艺术。

一个由英国皇家地理学会及英国登山协会成员组成的代表团正式拜访了印度国会秘书，将两个团体的这场登山计划的重要性引介给他，争取他的认同。如果他对此抱有认同感，不反对让珠峰登山队进入西藏，又能取得印度政府及藏地政府的许可，则这两个团体将提议敦请霍华德·伯里上校前往印度与印度政府商讨相关事宜。这就是当时霍华德·伯里上校听到的报告。

由于奇妙的巧合，接见代表团（由英国皇家地理学会的主席领队）的是国会副秘书辛哈勋爵。他是孟加拉人，从他的家乡可以望见珠峰。或许他本人对登山的计划并不特别感兴趣，但作为国会秘书的代言人，他说，印度政府不会反对这件事。

第一道障碍除去了，而这难题原先根本难以跨越，因为前一任国会秘书过去始终反对英国人到西藏旅行。他认为旅行者会引发诸多麻烦，不应加以鼓励。

为了消除下一道障碍，霍华德·伯里上校被派往印度。他甫退役，曾是第六十步枪队的军官，在大战中服役。战前他服役于印度，曾在喜马拉雅山做过多场狩猎远征。他因对珠峰登山计划深感兴趣而自愿供英国皇家地理学会差遣。他证明了自己是个杰出的大使。他鼓舞起总督切姆斯福德子爵以及三军最高统帅罗林森勋爵对这个构想的热忱，并获得他们的允诺：只要驻当地的官员查尔斯·贝尔爵士评估藏地政府不会反对，他们将对此活动提供援助。然后，霍华德·伯里上校又前往锡金会见贝尔先生，让他也对这构想感兴趣。很幸运，贝尔先生（现为查尔斯爵士）对藏人深具影响力。结果，到了一九二〇年底，消息传到伦敦：藏地政府准许登山队在次年朝珠峰进发。

障碍顺利克服，当可着手组织一支队伍了。攀登珠峰是英国皇家地理学会及英国登山协会同感兴趣的事情。它让英国皇家地理学会感兴趣，是因为该学会不承认地表上有任何一点是人类不应该试着落脚其上的；它让英国登山协会感兴趣，是因为登山本来就是他们的专属领域。因此，两个团体决定联合组织这支登山队。这个决定双方皆感满意：地理学会有较大的便利性组织探险远征队，而英国登山协会有较佳的手段精挑人选。因此，他们各派三位成员成立了一个联合委员会，名唤"珠峰委员会"。委员会决定：在第一阶段，即山岳探勘期间，由英国皇家地理学会主席担任主任委员，而在第二阶段，即登山期间，由英国登山协会主席担任主委。

所以，珠峰委员会便由下列人士组成：

英国皇家地理学会代表：
弗朗西斯·荣赫鹏爵士（主任委员）
爱德华·萨默斯-科克斯先生
杰克斯上校

英国登山协会代表：

诺曼·科利教授（英国登山协会主席）

J.P. 法勒上尉（英国登山协会前任主席）

C.F. 米德先生

荣誉秘书：由伊顿先生及欣克斯先生担任

　　正如一切事，最初的需要是钱，而珠峰探险是一项昂贵的活动。这两个社团组织都没有自己可以支配的金钱，必须借由私人募款来筹措资金。在资金的把注上，英国登山协会最是慷慨——或者说，作风强势的法勒上尉使他们如此。如果有哪个决策者想将钱省下，法勒就会逼他把钱吐出来。在地理学会这边则尚有一种意见缠绕不去：攀登珠峰是很轰动，但并不"科学"。如果事关那个地区地图的绘制，这项计划应被鼓励；但若单单是爬山，那就让登山家去做好了，像英国皇家地理学会这样的科学团体不应投注太大的注意力。

　　有一些地理学会的成员——甚至包括一位前任主席，对学会的功能强烈抱持这种狭隘的观点。当时这种过时的想法依然残存着：地理学家就是地图绘制者，而且只有地理学家可以绘制地图。但现在从一开始，登上珠峰的峰顶就被设定为此一探险行动的最高目标，其他目的皆属次要。登上那座山，不只是煽情主义，它也是在测试人的能耐。如果他能顺利通过攀登世界最高峰的这项测试，其他任何山头便不再高不可攀，地理学家的领域也将扩张至地表上全新而未被探索过的地域。

　　至于地图，那自然会随之而来。大家应知，我们是在着手从事一项伟大的探险,地图绘制者、地质学者、博物学者、植物学家及其他人等都将蜂拥而至。那是地理学会可期待的事;于是,学会便这么期待着。

在筹募金钱的同时,珠峰委员会也得关照人员的召集和配备及货品的购置。第一梯次人员的组成由最初所设的目标决定,即:探勘山势。因为,直至目前为止,大家对那座山所知甚少。它的位置与高度曾被一百多英里外的印度平原观测站勘定过。但从平原上只能看见它的山尖。从它附近的大吉岭能看到多一些,但那也在八十英里外。罗林准将与莱德曾从西藏那一边向它走近到六十英里的距离内,诺尔或许走得更近。但那都未能让我们对那座山多些了解。它上面的部分就攀登而言似乎合理实际,但介于一万六千英尺和二万六千英尺之间的山势却没有人说得准。

弗雷什菲尔德和诺曼·科利都曾爬过喜马拉雅山,而且都对山岳地形具有好眼力,因此他们强烈主张一整个季节都应致力于彻底的山形探勘;不仅要找出一条通往山顶的信道,而且必须确定它是最好的一条,因为只有经由最容易走的一条路,才能到达山顶——这是可以确定的。如果一队人马历经艰险所走的路未能到达峰顶,事后才发现本来可以走另一条更好的路,那就损失惨重了。

探勘既为第一梯次探险团的目标,就必须遴选出一个对山形具有良好判断力的人担任领队。他必须在登山方面有广泛经验,也要能够在择定路线的关键时刻提出权威意见。哈罗德·雷伯恩先生具备这种经验，而且前一年碰巧在锡金从事登山探险。他有点老，但委员会所期望于他的并非登上很了不得的高度，而他的经验或许可以弥补年龄的缺憾。

为了探勘行动中可能需要的更高海拔的攀登，以及接下来的一年或许将展开的实际登山行动，英国登山协会的成员立刻提到一个名字，那就是马洛里。他在他们心中是不做第二人想的登山好手。马洛里当时在查特豪斯①攻读硕士学位。表面上看来，他没有什么值得注意的地方。他是那种每天可以见到成百上千个的寻常年轻人。和他同年龄的布鲁斯是个大力士，充满了体能上的爆发力，马洛里却并非如此。他也不像我们在法国人和意大利人中常见的筋肉强劲、生龙活虎型的人。他确实很英俊，具有一种敏感、有教养的气质。偶尔他会有点突然、不耐烦地迸出几句话，透露出那平静的眼神下有更多活动在进行。但不曾在山上见过他的人，不会注意到他有任何特别之处。如果让一个人在街上挑选登山者，他会挑一些比马洛里更强壮、看起来更有活力的人。

马洛里本人对于这次登山探险似乎也不曾表现得很热衷。当委员会决定了人选，法勒上尉便邀请他与主任委员正式午餐。情况还需要详加解说，主任委员要做的是对他做出明确邀约。从他接受邀约的态度中，看不出什么明显的情绪。他对于自己

---

① 查特豪斯，一所著名学校暨慈善机构，收容贫穷但有才能的学子，位于英国萨里郡戈德尔明。

登山家的地位深具自信，但既不曾过度谦虚，也不曾咄咄逼人地强调自己的能力。他知道自己的力量，以及凭努力赢得的地位。所以，他所具有的登山家的骄傲与自持并非一种冒失，而是十分可以理解、可以辩证的特质。

只有一件事能让人看出在他内心燃烧的火焰。有人问起，登山队是否将包括另外某位登山家。这位登山家具有所有登山者渴望拥有的能力，但委员会中几位认识他的人都认为他的性格特征会在团队中引起摩擦与愤怒，从而摧毁珠峰探险行动中绝对必要的团队精神。大家都知道，人在高海拔地带很容易恼怒。而在珠峰的高处，人或许会发现自己完全无法吞忍怒气；队友意气不相投，很可能坏了大局。那是切切重要的大事；为了确实了解马洛里的意向，主任委员问他，是否愿意在二万七千英尺高处与那个人同睡一只睡袋。马洛里以他那种专注于一件事时就会出现的快速、突然的说话方式表明，他"不在乎跟谁睡，只要能一起爬上山顶"。

他以那种方式说了那句话，他对此事的热心就毋庸置疑了。如果他不属于传统观念中勇武宽颚的决断型，如果他不是狂烈的热心人士，他显然骨子里就有足够的烈焰——比那最狂野暴烈者烧得还猛的烈焰。

他当时三十三岁，瘦削、柔弱，而非雄健粗壮。他之前是名校温彻斯特[①]的学生，在学期间就被出名的爱山人士欧文老

[①] 英国最古老的大型公立大学之一，位于汉普郡温彻斯特镇。

师灌注了对于登山的热爱。他打一开始就响应了欧文老师的号召，如今已是个热心与技巧兼具的登山家。

乔治·芬奇是下一个被挑中的人。他是公认能力最强也最有决断力的登山家。他对此行的热心从一开始就表现出来了。当委员会决定挑选他，便请他来与主任委员会面，由后者发出正式邀约。有几秒钟之久，他似乎因为情绪激昂而说不出话来，之后，他说："弗朗西斯爵士，您把我送上天堂了！"他是个高个子，具有标准的运动员身材，还有一种坚决的神态。但显然他的健康并非处于良好状态。等他去见了医师——一如所有远征队成员必须做的——便被否决了。对他而言，这结果就像医生开出的苦药丸般难以下咽。然而，接下来那一年他终究参与了第二梯次远征行动。

替代人选必须快速选就；马洛里建议采用他的老校友兼登山伙伴布洛克先生。他那时（现在也是）服务于领事馆，但正远在家乡度假。委员会向当时担任外事大臣的寇松大人照会一番后，立刻为他取得必要的延续假期，于是布洛克加入了远征队。没有经验的人会料想珠峰的登山者必然都长得像他那样，他比马洛里或芬奇粗壮，学生时代就是著名的长跑健将，耐力颇强。他还有另一项优点：生性平和、容易满足，能在任何条件下入眠。

还有一位极其出色的人物可以网罗：博物学家兼医务官——A.F.R. 沃拉斯顿。他先前探索过新几内亚、鲁文佐里山及其他地区，已建立起科学探险家的名声。他也是一名优秀的登山家、一位敏锐的自然科学家、一位兴高采烈的伙伴，也是一个能够怀抱同情心与土著打交道的人。

其他将在印度参加此次探险远征的人包括A.M.凯拉斯博士，以及测量官陆军少校H.T.莫斯黑德（获杰出服役十字勋章）和陆军上尉E.O.惠勒（获军功十字勋章）等人。

凯拉斯先前已在锡金和喜马拉雅山其他地区进行过多次探险。他是化学教授，多年来致力于研究氧气在攀登高海拔山区的应用。他是那种不屈不挠、永远不会跟自己的特殊研究分离的人。在前一个夏天，他已经登高至二万三千英尺，照理说在接下来这寒冷的天气下应该休息一下，但他将所有时间花在锡金山区，以极差、极不充足的饮食维生。

莫斯黑德以他与陆军少校F.M.贝利一同做过的探险闻名。他们所走的路线是切过喜马拉雅山的"藏布"，也就是雅鲁藏布江，它流经印度注入印度洋，在印度叫做布拉马普特拉河。各方需求殷切的珠峰及其周边地形的地图，他和惠勒都有杰出的绘制能力。但莫斯黑德并不曾受过登山技术的训练，也没有实际攀登时非常需要的与冰雪相搏的经验。

以上就是珠峰登山探险团队的成员。领队则推陆军上校霍华德·伯里。以英国登山协会的标准看来，他只是名"健行者"，而非"登山家"；但他在阿尔卑斯及喜马拉雅山区都有丰富的狩猎经验，而且他有作为领导人更应具备的一项条件：他知道如何跟亚洲佬打交道，大家也深信他能带领登山探险团通过西藏，不造成任何摩擦。

这支队伍进行筹组时，不计其数的申请函纷纷涌来，要求加入。几乎世界各地都有人来函，说他们随时能接受征召。这些申请书中有许多稀奇古怪的产品，以最令人开胃的方式极尽天下候选人自我表彰之能事。主任委员将一封最为离奇有趣的申请书公开在诸位委员面前，当做臻于极致的案例，结果引起哄堂大笑，直至主任委员的女儿提醒他注意看看日期——它的寄达日期是四月一日（愚人节）！除了这一封之外，其他来信无疑都是真的——那些信可真表露了人类最最激昂的探险热情，同时，他们也让训练和经验的价值鲜明显现。他们每一个都必得被否决，只要马洛里和芬奇这样的好手能够罗致。那些未经训练、缺乏经验者，不管如何热心，在已然确立名声的登山家面前，连当个鬼影子的机会都没有。

资金的筹措和人才的挑选，尚须辅以补给品、配备和工具的采购。法勒与米德负责补给品和配备；杰克斯和欣克斯则负责工具。

如果法勒尚未年过六十，登上珠峰峰顶的人准会是他。不可思议的精力和冲劲，多年广泛登山的经验，加上干一番伟大事业必不可少的组合：胆大并且心细，他的的确确可以把珠峰降服于脚下。基于未能与探险团同行，他便集中精力筹措基金，并有效购置装备。在这件事上，米德是他的助手——他前一年就在喜马拉雅山区里登至二万三千英尺高度，对所需装备自是相当了解。

杰克斯是陆军部地理司司长，而欣克斯是英国皇家地理学会秘书，当然格外适于挑选照相机、经纬仪、罗盘等必要物件，并照顾所有地理研究方面的需要。

委员会在任何方面总能得到最佳的指教。为了登上地表最高处，无论是人员或物资，我们都必须张罗到最佳人员，才能配得上这个目标。因此，各个领域的杰出人士都对此活动产生莫大的兴趣。在这些人当中，有德·菲利皮博士，他是一位能干、经验丰富的意大利探险家兼科学家，更曾是阿布鲁奇大公的登山伙伴。

对于这次活动最感兴趣的，莫过于国王和王后陛下，以及威尔斯王子。

于是，这支探险团出发了——带着喜马拉雅山攀登史上最顶尖的好手、有史以来最好的装备，以及登上地表最高点的美好希望。

第三章
出　发

真正往珠峰前进的马洛里,和接到邀请时有点被动消极的马洛里,是不同的两个人。大挑战的大喜悦显然升上来了。朋友们都在祝他好运,也都想跟他同行。伟大行动的生命力和兴奋感开始骚动起来。然后,就有人在耳语着一种可能性——单单是一种可能性:或许,他在那年夏天就会征服珠峰。谁知道呢?或许它攀登起来比原先料想的容易也说不定。所有看得见的部分看起来很容易。如果那看得见的部分以下的山面也同样容易攀登,那么,当然啰,他在该季节里就能到达山顶了。委员会所给的指示并不排除这种尝试。探勘是本年探险活动的首要目标,此行的登山者并不用为了登上山顶而尝试走险绝无比的路,而是要去找出一条更好的路。但如果他们找到了一条十分可行的通往山巅的路径,当然并不会被阻止去走走看。

这就是当探险团团员、领队,以及安排成立探险团的人,就每一方面做好准备,将一切危险、困难及物质障碍减到最低后,用以鼓舞自己的诸多模糊目标中的一个。人的愿望向来都超出他们实际的工作范围,但他们也喜欢成就多于承诺。因此,他们将这希望当做秘密谨守于心中,并未公诸于世任人嘲弄。

从伦敦到珠峰是一段遥远的路程——以乌鸦的飞行路线而言是四千英里。但珠峰登山者并非乌鸦,甚至也非飞行员。他们必须行经法国,下地中海,再下红海,航经印度洋,然后从孟买横越印度到加尔各答,最后到达大吉岭——探险团集合的地点。

雷伯恩已经先于马洛里到达大吉岭召集挑夫;霍华德·伯里、布洛克及沃拉斯顿则分别经由不同路线到了那里。

探险团必须招募挑夫作为辅助人力。挑夫的聘用是探险活动中一项很特别的事情。布鲁斯将军早先写好了推荐名单。从这里开始,喜马拉雅探险团得持续倚赖这些高山住民来搬运存粮和装备。通常这种人丁是从村子里偶遇的人中随便拉来的,有时很合用,有时则未必。较短的路程还堪用,但像攀登珠峰这种大规模探险活动却不怎么可行。再者,登山者在此行中有可能必须倚赖西藏的高山村民,而想诱使西藏的高山村民参加攀登珠峰这样极其艰险的活动,即使只要少数几名,也不太可能。

于是,布鲁斯将军有了个想法:事先将挑夫的聘用安排妥当——从大吉岭附近地区找到适当而且愿意的人,再从中挑选大约最好的四十名编成一个特殊任务小组。他们将被灌注"团队精神"的观念;他们将对冒险精神、名誉心及一举成名天下知的憧憬产生高度的兴趣。此外,他们将被飨以很好的酬劳、很好的食物、很好的装备——以及很好的管理,这样他们那种天生孩子气的放纵倾向才不至于危及探险的成功。

在喜马拉雅山这地区,有许多强健耐劳又活泼开朗的汉子;他们不会主动冒险犯难,但如果有人带领,他们很乐意从事一番冒险。住在尼泊尔东部的夏尔巴族①中就有很多这样的人,还有来自大吉岭附近的不丹人,以及在锡金定居的藏人。从这些族人中就可能培养出一支最有效率的团队,而且这些人打从很年轻时就习惯于负重——挑担子到很高的海拔,有些还高达一万八千英尺或一万九千英尺。

五月初(一九二一年),在大吉岭这儿,挑夫、登山者、粮食及各种各样配备已渐渐齐聚,当地土产粮食,如茶叶、糖、面粉及马铃薯,都买好了。当时担任孟加拉总督的罗纳谢勋爵宴请了登山者,并给予探险团各种协助。

大吉岭的自然之美真是举世无双。旅行者从世界各地来观赏那著名的干城章嘉峰的景致——它高达二万八千一百五十英尺(8586米),而且只在四十英里外。大吉岭本身位居海拔七千英尺,四周满布橡树、玉兰花、杜鹃、月桂及香枫林。透过这些树木,可以看见陡峭山壁直落仅仅高于海平面一千英尺的朗吉特河,然后又是一层一层高起的林木蓊郁的山脉,它们沐浴

---

① 居住在印度锡金和尼泊尔境内的山区民族。一千多年前从我国西藏东部移居到尼泊尔,藏语"夏尔巴"意为"来自东方的民族"。夏尔巴人信奉藏传佛教,讲的是与藏语较为接近的夏尔巴语,风俗习惯与藏人大同小异。他们擅从事山区贸易和运输,有超强的脚力和耐力,获"爬山虎"的封号。人口约八万。

于紫色霭雾中，一层紫过一层，直达积雪线。再往上，就是干城章嘉的山巅。它是那么纯洁灵妙，令人很难相信它是我们立足其上的尘世的一部分；它的高度令它看起来像是天空本身。

然而，这些珠峰的攀登者蒙受比这更高的东西鼓舞。干城章嘉不过是第三高峰，他们还不把它看在眼里。"只有最高的才算"，这是他们铭记在心的一句话。

到了五月中旬，霍华德·伯里已经召集了全队人马，也备齐了装备和口粮。凯拉斯博士也从他在锡金的冬之旅绕了过来，但情况很糟。早春时节，他曾在卡布鲁峰气温极低的山坡上睡了几晚。而他又不是那种会照顾自己的人，在锡金的山区中，居然仅靠当地生产的东西维生，那处乡野可没出产十分健康营养的食物。所以，他到达大吉岭时健康情况很差，而探险团出发在即，根本没有时间等他恢复体力。代表印度政府进行测量调查的两名官员，莫斯黑格与惠勒，也抵达了。他们俩都是强壮而能吃苦耐劳的人，已经习惯于攀登喜马拉雅山区中较低的山峰，惠勒还曾在加拿大爬过山，对加拿大照相测量系统颇有研究，这次探险中将借用他的这项专门技术。印度地理测量局的 A.M. 赫伦博士也加入了这次探险。这些人与来自英国的成员组成了探险团。

但探险团不能从大吉岭直接前往珠峰，而必须绕行一段很长的路程。直接走的话，应该是朝西经过尼泊尔，但探险团必须往东行经西藏，因为尼泊尔是块禁地。

因此，霍华德·伯里和他手下的人马往锡金的蒂斯塔河谷进发,走出那山谷后,他们将爬上哲拉普拉(拉为"山口"之意),顺着通往西藏首府拉萨的主要贸易道路走一段远路——那可不是行板车用的大马路,而是给驴子走的崎岖山径。他们最初将行经美妙的森林,然后就得跋涉二百英里,走过西藏的干燥高原。但这么走将获得代价,也就是最后将到达珠峰的半山腰,因为西藏高原大约有一万五千英尺高。而且,在那种高处走上几星期,将有利于把自己调适成能往更高处进发。

他们在五月十八日从大吉岭出发。出发的前一晚,雨开始倾盆落下——大吉岭一年当中总要下好多时日的雨:干城章嘉峰那么壮丽的景色必得以什么为代价才行。探险团出发后不久,雨停了,但山的周边仍环绕着灰色雾气,爬满青苔的树枝整天淌着水珠。这的确令人感到不舒服,然而这滴滴答答的森林还是有它的美。新生枝芽是那般鲜嫩,绿得好灿烂!羊齿蕨和兰花、垂挂的苔藓,以及缠绕的蔓藤,赋予人不断变化的视觉快感。

沿途行经的还有成排成列的低矮茶树;它们或许有用,但不像周边的林木那么美。现在,路径开始从山脊下降,空气越来越热,人和畜生都汗流浃背;草木随着气候而变换,高达二十英尺至三十英尺的树蕨、野香蕉及棕榈树开始出现;最最光彩耀目的,是硕大华丽的众多彩蝶。

抵达蒂斯塔河时,事实上探险团已经处在热带气候中了,因为这条河仅高出海平面七百英尺,纬度仅二十六度。热度很高,而在这潮湿、几近无风的狭窄山谷中,森林里全生长着热带植物。这座山谷的绚丽之处在于：它向上延伸至干城章嘉峰上方的冰河，因此，从热带到极区的动、植物，这里尽皆囊括。

在高于蒂斯塔河约三千英尺的噶伦堡，探险团受到著名的葛雷翰博士的款待，并参观了一座美丽的花园，园中尽是玫瑰、红木槿，以及爬上阳台廊柱的大花淡紫茄属植物。

在佩东，霍华德·伯里注意到一些树形硕大的红木槿、曼陀罗和九重葛。他看见一道美妙的曼陀罗花围篱，植株高十五英尺至二十英尺，盛开着数百朵白色喇叭花，花朵直径约八英寸，长约一英尺。在晚间，这些硕大的白花绽放着光芒，好似带有磷光，而且还散发一种奇特的香气。这里也有石斛、贝母兰及各式兰属植物，或淡紫，或白，或黄，有些花朵长达十八英寸。

这里的花和蝴蝶是一奇，但天气令人畏惧。雨倾盆直落，任何防水物都宣告无效，所有人一律淋得湿透。连续不断的雨带出了成千上万只水蛭；它们栖伏于树叶及枝干上，等着黏附到人或动物身上。

在龙里，也就是他们五月二十二日的扎营处，四处所见的岩石上都长满五彩芋及秋海棠。许多树的枝干上装饰着巨大石柑闪闪发光的大叶子。其他种爬藤，如蔓草及胡椒属植物，在树和树之间牵引攀援。树枝上常覆有厚厚的兰花草，而树本身往往高达一百五十英尺，有些树干直溜溜，离地百英尺不见分枝。

但从龙里开始，他们陡直爬出热带丛林，进入杜鹃花盛开的气候区。在往上攀爬的路途中,他们首先碰见的是两种杜鹃(R.argenteum 及 R.falconeri),长在由橡树、玉兰花树构成的巨大森林里,这些树上又覆满了羊齿蕨和开着淡紫或白色花朵的兰株。再往上走,出现一大片朱砂杜鹃(R.cinnabarinum),它们的花朵具有从红至橘的各种色调。继续往上,则由色彩缤纷的杜鹃花丛接棒——粉红、深红、黄、淡紫、白、奶白,五彩缤纷。

这些较小型花朵的花丛之间,有一种大型的粉红色虎耳草,以及一种绽放深紫红花朵的樱草属植物,铺盖每一英寸开放的空间。其他的小樱草开着细小的粉红色花朵,另一种则像是粉红色的大型樱草花[①]。

对于爱花者如霍华德·伯里、马洛里及沃拉斯顿等人而言,这片繁花似锦的景象是恒久的欢愉。在他们面对珠峰严峻、荒芜的岩石和冰雪实景之前,这片丰美秀丽的花草树木是他们双眼的最后飨宴。

---

① 樱草花,又称报春花,通常为黄色。——译注

第四章

春丕

现在探险团将进入的春丕河谷,并无锡金所拥有的繁盛花木。它也没有积雪山脉从森林中突起的壮丽景观。春丕是个小规模谷地,但通行起来比较舒服。降雨量已减少三分之二,空气较令人振作了,阳光也较为稳定。这儿很像克什米尔的谷地,只是克什米尔没有杜鹃花。规模大小约略等同于阿尔卑斯诸峰的山群从山谷底部升起,而谷中河川的水流虽湍急起泡,却不像蒂斯塔河那样囊括一切猛爆激流的特征。将沿途所见的主要花种及树种加以描述,是让人了解一处山谷状貌的好方法。

探险团从锡金的杜鹃花区,冒着倾盆大雨爬上一万四千三百九十英尺高的哲拉普拉;他们从那儿俯瞰到西藏。——但那不是地理意义上的西藏,因为他们尚未越过那主要的分水岭。眼前所见是位于印度这一边的春丕河谷。

穿过隘道,他们来到了不同的气候区。他们从烟雨缥缈中走入清朗的蓝空——那是西藏的典型特征之一。他们进入了春丕河谷,而它那时正值最佳妙的时节。当他们沿着曲曲折折的路径迅速下行时，再度置身于杜鹃花丛和樱草花间了。在接近海拔一万二千英尺处，沃拉斯顿注意到那开阔的平面上，一种深紫黄色樱草（P.gammiena）、一种细致小黄花（Lloydia tibetica），以及许许多多种类的虎尾草，地毯似的铺满了地面。至于那陡峭的坡面上，则燃烧着万紫千红的大品种杜鹃（R.thomsoni、R.falconeri、R.aucklandi）及较小的一种黄花杜鹃（R.campylocarpum）。下坡路继续着，经过了松树、橡树及胡桃树构成的森林，更下方则有白色铁线莲、粉红及白色绣线菊、黄色小蘗及白玫瑰，还有一种深紫色鸢尾花大量盛开着。

亚东有个英国贸易办事处，就在探险团到达那天，一队二十五人的印度护卫队也来到该村。它坐落于海拔九千四百英尺高处。苹果和梨生长良好，小麦、马铃薯大量产出。在五月天里，空气中飘着野玫瑰的香味；它们一大丛一大丛地生长着，每一丛都覆满了数以百计的奶白色花儿。

五月二十七日，探险团开始攀高，由春丕主要河谷往帕里及西藏高原本体爬去，路径紧紧沿着清澈湍急的河流。野玫瑰更多了，其中有大朵红花品种。到处盛开着粉红和白色绣线菊、铺地蜈蚣、白头翁、小蘗、铁线莲及某种迷人的矮牡丹。当他们靠近陵马塘平原时，则出现了大片粉红及淡紫色杜鹃、盛开的樱花、荚迷、小蘗及玫瑰。这座平原本身海拔大约一万一千英尺，是一片怡人的草原；在这个季节，覆生其上的是小小的粉红色樱草花（P.minutissima）。

平原再上去，山径穿过一片由桦木、落叶松、杜松、针枞及银枞构成的树林，地面上则铺着各式杜鹃及花楸。沿着路径生长的是蓝色罂粟花（Meconopsis sp.）、贝母、地生兰，以及气味甜美的樱草花。在这座森林里，朱砂杜鹃生长成最佳状况——它们的树丛高达八英尺至十英尺，颜色从黄到红，深浅不一。

沿着河岸最常见的鸟类是河乌、鹣鸰及白顶溪鸲。在树林里，常可闻血雉的啼声，有时也能看到它们的踪影。这里也住着体型硕大的西藏鹿，大小可敌麋鹿，但不容易见到。

在一万二千英尺处，高刹上方，植物和乡野景色开始改变。杜鹃仍是最美的开花灌木，但规模渐渐缩减。霍华德·伯里说到一种浅蓝色鸢尾花，沃拉斯顿则特别提及一种黄色樱草花，厚厚铺满地面，比蔓生在英国土地上的西洋樱草还厚，香味弥漫于空气中。到处都可以看到大朵蓝色罂粟花，有些花朵横幅达三英寸宽，白头翁的一支花梗上着生五六朵花。

很快地，树木越来越少，松树完全不见了，代之而来的是桦树、柳树及杜松。仅一英尺高的矮杜鹃，有些花朵纯白，有些生着粉红色花，继续生长到一万三千五百英尺高。然后，山面被紫色石南花似的小刚毛杜鹃（Rhododendron setosum）铺成一片紫毯。

再过八英里，乡野特质完全改观，高而深、富于林木的山谷已被甩在后头。现在探险团来到了空旷的帕里平原。这是真正的西藏土地，虽然事实上分水岭还离此数英里之遥。站在西藏入口看守国门的步哨，是崇伟的卓木拉日峰，高二万三千九百三十英尺（7326米）。它并非最高的山峰，却最美、最出众，它和其余的山离得较远，而山头是那般险峻尖削，外形又是那么棱角分明。

卓木拉日峰的山崖——摄自佩东的营区

第五章

西　藏

　　现在，探险团的假期过去了，业务即将展开。探险团的成员到达西藏时都不是处在良好状态，如今却得应付摆在眼前的艰苦工作。自从离开英国以来，他们一直经历对比强烈的气候，热和冷，干热及蒸热，干寒和湿冷，还有饮食的改变，也许再加上劣质和不洁的烹饪——这些，几乎将他们一一击倒了。凯拉斯的情况最是糟糕；一抵达帕里，他便倒床不起。

　　然而，现在他们到了西藏，至少天气是健康的。将人浸得湿透的雾气、倾盆大雨及消损精力的热气，全被抛在后头了。翻起巨浪的季节风云到不了西藏。天空很晴朗，空气很干燥，有时甚至太晴朗、太干燥了些。

　　帕里是个肮脏丑陋的地方，这是一八一一年托马斯·曼宁[①]旅行到此以来，每一位旅行者所做的评论，而未曾有人对

[①] 托马斯·曼宁（1772—1840），英国汉学家，他因替一位中国将军提供医疗服务而赢得将军的感激之情，于是在一八一一年混入这位将军的随从团到达拉萨，在此城待了四个月。

此加以辩驳。它是平原上一座被小镇环绕的防御工事。但当地官员"总办"很有礼貌，也很乐于帮忙。藏人本质上礼貌殷勤。虽然他们有时很顽固，一旦别人冒犯到他们的宗教，他们甚至会憎恨得牙痒痒，但他们天生的气质客气有礼。而探险团到此之前，"总办"已经收到来自拉萨的命令：备妥必要的交通工具——由英方付钱——并且友善相待。

这会儿，交通工具有着落了，只是还需要些时间张罗停当，探险团于是在帕里待了几天。

从这肮脏的地方，他们行经一万五千二百英尺高的唐格拉跋涉到了堆纳。这条隘道是一条两三英里宽的平缓地带，上升的坡度几乎无法察觉，因此，它具有非凡的重要性。它构成由印度到西藏的主要通路；一九〇四年的赴西藏使节团便是经由这条通路到达拉萨①。那时甚至时值深冬（一月九日）他们竟仍通过了，只是夜晚气温降到零下十八华氏度（零下二十七点七摄氏度）以下，白天则刮着强劲的寒风。隘道另一头几乎没什么下降，而赴西藏使节团在一月、二月及三月间所停驻的堆纳，位居海拔一万五千英尺高的地方。

---

① 十八世纪后，英国以殖民地印度为基地，试图将势力向中国西南地区伸展，屡次要求与西藏通商。一八八八年，英国与西藏地方政府发生武力冲突，彼此的关系恶化，终于在一九〇四年，本书作者荣赫鹏领印度总督寇松公爵之命带领武装使节团入侵西藏，双方在江孜宗山激战。江孜失陷后，英军攻入拉萨，达赖十三世逃亡，西藏地方政府被迫与英缔结《拉萨条约》，由于该条约严重损害中国主权，清政府未予批准。

第五章　西藏

现在探险团抵达西藏了。从这里往东数百英里是中国，北面则是中属土耳其斯坦①。这片领土由广袤、空旷的平原组成，高度在一万四千英尺至一万五千英尺间，四周由光秃秃的弧形山脉封住，它们高出平原数千英尺，接近峰顶处呈切锯状，一旦山峰高度到达二万英尺以上，山头便戴上冰雪构成的白帽。这便是西藏大致的地理特征。在某些方面，它荒凉、光秃而不讨喜。摧枯拉朽似的风，使人的身体与灵魂都打起寒战。但西藏至少有一项好处：早晨通常很静谧。在那个时刻，天空是透明、纯净的蓝；太阳暖融融的。远处积雪的峰顶被涂上了细致的粉红和淡黄色调。甚至人的心也暖了起来。

西藏之所以是一块如上所述的高原，原因在于缺乏雨水。在印度那一边的喜马拉雅山，雨落如洪，但西藏这边却几乎雨露不沾。是故，西藏这一边的高原不曾像印度那边般被切出高深的纵谷。雨的欠缺意味着植物贫乏，而植物贫乏代表动物稀少。因地表无草木覆盖，光秃不毛的岩石和土壤在太阳下被炙热，入夜后又迅速冷却，西藏就这样成了个刮大风的地域。

蓝天、不间断的阳光普照、厉风、变化极端的气温、严寒、光秃的景致，这些就是西藏的特点；而身处这高纬度带给欧洲人一种感觉，他始终觉得只有半个自己存在。

在这些条件下，无怪乎那儿的草木几乎不能令人感觉到它

---

① 某些外国人沿用的对里海以东广大中亚地区的称呼。所谓的中属土耳其斯坦即指新疆一带。从这些文字看，作者显然对亚洲历史充满无知，新疆和西藏毫无疑问是中国的领土。

们的存在。你极目望去，整片平原看似沙漠。你不能想象生命如何在那儿存活，可你又见到羊群和牦牛群。当你再观察仔细些，确乎看见了某种低矮的草木丛——这儿一片叶子，那儿又一片——在夏天甚至有花：一种小小的喇叭状紫色角蒿，而矮种蓝鸢尾花则相当常见。在冬天，动物拖着脚步在地面寻寻觅觅，依赖植物残存根部活命。羊瘦得像皮包骨，一条羊腿在冬天仅够佐食一餐。然而，它们总算也存活了下来，挨过严寒、厉风和饥馑，直到短暂夏季草儿迅速滋长的时刻到来。

除了家畜之外，这里的野生动物比一般人猜想的还多。最常见的动物中有种鼠兔，或称"皮卡"，是一种很讨喜的小动物，大小约如天竺鼠，行动快速，生气蓬勃，从一个洞钻进另一个洞，迅如飞镖。它们聚居在高原上石头较少的地区或小片草地，它们会挖洞藏身——夏天在其中储存种子，冬天则在里面冬眠。西藏兔生存于山脚下堆积的岩石碎屑里；山上则住着野山羊、蓝山羊及西藏盘羊。在这片空旷的高原上，常见优雅的小瞪羚，偶尔也会见到小群的野驴，或称"奇安格"。那儿也有狼和狐狸，但不多见。不知是为了保护自己免受其他鸟兽捕猎，还是基于其他原因，这儿的动物一般都呈土黄色或咖啡色，和高原的土壤同一个色调。

这种保护色在鸟群中更为显著。云雀、穗鹛及山鹨鸟是这里最常见的鸟类。西藏云雀几乎和我们的英国种一模一样，它们的歌喉几乎在每块农耕地上方都可听闻。第三梯次探险团的博物学家欣斯顿曾见到五种山鹨鸟。它们都被羽毛的颜色——

既不鲜艳又不明显的棕色或黄褐色——保护得很好。羽毛和空旷大地同样呈浅黄色的沙鸡,栖息在广阔的石质高原上,以可观的数量群居一处。在山的斜坡上可见到鹧鸪,而峡谷中则可见到阿尔卑斯红啄木鸟、岩鸽和岩燕。在村庄里和附近地区有麻雀和知更鸟。沃拉斯顿也在电线杆上看见一只布谷鸟。

这些鸟类和动物的"敌人",主要是地面上的狼和狐狸,以及空中的老鹰、秃鹰和茶隼。鸟类和动物的保护色,正是为了应付这些敌人。探险团成员曾见到巨大的胡鹫在空中盘旋,侦察可以下手的对象。

但这些"敌人"当中,人是不能算进去的。藏人虽不能说从不杀生,因为肉类在西藏是吃得的,但原则上他们反对杀生,而且不猎杀野生动物。事实上,在某些僧院周边,野生动物因被喂食而变得很温驯,以至于有野生绵羊走近探险团的营帐。这种对野生动物的尊重,来自藏人所信仰的佛教。但这一点上,其他信仰佛教的民族倒不像藏人这么特别。藏人之所以有这种较为严苛的戒律,或许来自他们在不利的生存条件中与动物一起奋斗求生而培养出来的伙伴感。当大家一起对抗酷寒和令人不安的强风,动手取一条动物的性命,必会遭受良心的谴责。

几乎不下雨,高原光秃而干燥——西藏的气候一直被如此描述。然而,西藏也因为它的湖而受瞩目;它的湖,美丽非凡。这些湖的主要特点是蓝——或许是反映了西藏灿烂的蓝天。在霍华德·伯里的探险团离开拉萨之路挥军西进珠峰的地方,有一座湖名唤多庆错;它是西藏最可爱的湖泊之一;它有一种特别的美，湖面上反映着积雪山脉，其中最超卓醒目的是名山卓木拉日峰的山尖。

在夏天，这些湖泊和沼池是无数野禽的出没地。头部有条状纹彩的鹅和赤足鹬在此筑巢。渎凫（又称赤麻鸭；行经伦敦圣詹姆士公园①里的湖边时，常可见到这种鸭）和白眉鸭被见到在这些池子里游泳。从头上掠过的，有沙燕、褐头鸥，以及常见的燕鸥。

现在探险团要行军通过的就是这样的乡野；首先他们会到岗巴宗，然后到协格尔和定日，他们偶尔会行经村落，因为即使在海拔一万五千英尺处也有大麦甚至小麦种植②，只因那短暂的夏季太阳很暖和。但他们大部分是行经干燥的高地平原，这些平原彼此被山脉隔开。从喜马拉雅山纵切下来的山脉，一直躺在他们左手边的视野内。

穿越这些高耸的山脉时，在一万七千英尺高处，探险团发生了第一起不幸的事件。凯拉斯和雷伯恩在帕里时都已经病了。凯拉斯甚至病得无法骑马，必须用一顶轿子抬着走。但他仍然开朗快活，没有人认为他的情况有什么严重。但他们才抵达岗巴宗，就有一人急急忙忙跑来向霍华德·伯里及沃拉斯顿报告说，凯拉斯在被抬着越过隘道时突然心脏衰竭过世。对探险团而言，这无疑是个可怕的冲击。

---

① 位于伦敦白金汉宫东南方，面积约三十六公顷，是伦敦中心地区最古老、装饰最富丽的皇家公园。
② 此区域现在一般种植青稞。

这位苏格兰登山家拥有出于其民族性的不屈不挠的精神；他一生追求衷心所爱，直至将可怜的身子驱迫至死。他无法自抑，山巅是不可抗拒的诱惑。而今，在这还谈不上开始探险的阶段，他就把自己累死了。他被埋葬于岗巴宗南坡可以望见珠峰的地方。我们都乐于知道他的视线最后落在他曾征服的山尖上：高大的泡罕里山①、干城章嘉峰及卓木拉日峰。这三座山，他——也只有他——曾爬上去过；在他最后一天的行程上，它们正好矗立在他面前。所以，在这儿，在世界上最高的山群之间，安息着伟大山脉的伟大爱好者；他的热情仍激励着每一位喜马拉雅山的攀登者。

雷伯恩现在也病得很严重，必须被送回锡金，而沃拉斯顿必须陪伴他。因此，登山团队现在一分为二。被单独留下来继续登山的是马洛里及布洛克这两个从未到过喜马拉雅山的人；失去了凯拉斯，情况更为糟糕，多年来他一直从事一种特别的研究，探讨高海拔地区氧气的使用。在那个时期，许多人相信只有使用氧气才有可能爬上珠峰。

但现在珠峰终于进入视线了，登山者继续向它挺进。从岗巴宗放眼望去约一百英里，在一片广阔高原后就躺着珠峰——它是一系列巨峰的最后一座；这些巨峰包括干城章嘉峰，标高二万八千一百五十英尺（8586米），以及马卡鲁峰②，

---

① 泡罕里山，标高七千一百二十八米，位于中国和锡金边境。
② 马卡鲁峰，标高八千四百六十三米，世界第五高峰，中国一九九一年才开放。

二万七千七百九十英尺（8463米）。那雄伟壮丽的行列直冲天际，构成了世界最高的山群——它们是喜马拉雅最秀美的山头；只有经由山脉另一端，也就是聚集在标高二万八千二百七十八英尺（8611米）的K2周围的另一群灿如明星的山头，才能接近它。

从登山的观点来看，马洛里距离珠峰还遥远得很，几乎谈不上有什么进度。但它那自山顶平缓下降的东北脊现在完全看得见了——这就是从大吉岭附近所拍得的珠峰侧影。最上方的一千五百或二千英尺似乎很容易爬上去，但问题是在那以下珠峰是什么样子？有没有办法到达那段山脊？这问题尚无法回答，因为有道山脉从中介入，遮去了珠峰的下半部。

但等探险团越过那段山脉到达阿伦河盆地，当有机会找到满意的视野。珠峰上的冰河便是泄入阿伦河，这河以最大胆的手法将喜马拉雅山切出一系列壮观的山峡。马洛里和布洛克在六月十一日清晨开始走，到达阿伦河流域，爬上一处岩质山巅，满心希望能从那儿获得想要的视野。

老天！珠峰那个方向全被蒸腾的云气遮掩。然而，偶尔出现的云隙隐约揭露山的形状，他们耐住性子等着。最后，珠峰的山景浮光掠影地拉下面纱——起先是一个片段，然后又是另一个片段，之后是山顶，最后是壮丽的全貌，还有冰河，以及一道道山脊。那天傍晚，在距离扎营处很远的高处，他们看见了珠峰，平静而清朗，躺在渐渐收敛的夕照中。

珠峰甚至还远在五十七英里外，底部仍被介入的山脉遮着，但马洛里看得出它的东北脊并非陡峭得无法攀爬；他也看见一道山谷从它东面切下，显然直通阿伦河。这或许也提供了一条能够登上去的信道。那就是他后来发现的山谷，而且被证实是整个喜马拉雅山区最美的山谷之一。

但这还不是他们从东边这一面探勘珠峰的时候。他们应该继续西行，向珠峰北面略微偏西的定日前进，并从那儿逼近目标。定日，就是罗林准将和莱德在一九○四年到访的小镇；它有利于整个探勘活动进行的条件。因此，他们继续向它跋涉。

在路途中，他们经过协格尔宗；这地方从来没有任何欧洲人到过。它非常具有西藏特色，因此，即使珠峰已如此接近，还是很值得暂时歇脚。霍华德·伯里描述它是个很有意思的地方，所有三个梯次的探险团员都不能自已地为它拍了许多照片；这些照片一致支持他的描述。它很巧妙地坐落在一个尖而突出的岩丘上；那岩丘就像是放大了的圣迈克尔山（岛）①。那小镇事实上位于岩丘的山脚，但有座很大的寺院不折不扣地"栖止"在半山腰的峭壁上；这座寺院由无数建筑物构成，住着四百多名僧侣。这些建筑物由围墙和塔楼联结起来，其上突起一座堡垒；这座堡垒同样由具有角楼的围墙联结起来，还有个令人好奇的哥特式建筑立在山尖上；那儿每晚都供着香火。

六月十七日，探险团在那儿歇脚时，霍华德·伯里和他的

---

① 花岗岩岛，位于英国康沃尔郡西边，矗立在英吉利海峡芒特湾，离岸三百六十五米。潮位低时，有天然堤道连接邻近城镇马拉宰恩。

一些同伴们参访了这座巨大的协格尔佛塔。它是由一大群建筑物层层叠叠像梯形般建在很陡的岩坡上。他们沿着岩丘上的一条路穿行过好几个拱洞,然后一伙人上上下下走过一些美如图画但又陡又窄的街道,直达一处很大的庭院,庭院一侧便是寺庙主体,庙中有好几尊佛祖镀金雕像,周身装饰着土耳其玉及其他宝石。这些雕像后面是一尊巨大的佛祖雕像,有五十英尺高,他的面容每年都重新镀金。围在这座巨像周边的是八尊令人好奇的人形,高约十英尺,都穿着离奇有趣的荷叶边衣饰。据说他们是这个神龛的守护神。

这队人马在几乎伸手不见五指的黑暗中,走过一道陡峭又滑溜的台阶,来到了巨大佛祖像对面的一个平台上。在此,他们看见了一些有美丽浮雕图案的银制茶壶,以及其他雕饰得很富丽、很有意思的银制对象。在这神龛里,光线很暗,油灯中燃着的油脂散发着令人窒息的味道。

霍华德·伯里和他的伙伴们受到寺院住持的接待及导览。离开前,他们会见了活佛——他已在这座寺院中住了六十六年。他被认定是由前任活佛转世而来,因此被尊奉为极端神圣者,受到特别的崇拜。他只剩一颗牙齿;尽管如此,他的微笑仍令人感到十分愉悦。他的房间里,沿着墙壁全是镀银并镶有土耳其玉及他种宝石的"舍利塔"①,并且到处燃着香。

霍华德·伯里有幸能为这位最有意思的人物拍下照片。几

---

① 佛教传统中,存放高僧或活佛遗骨的塔或形状类似的容器。——译注

第五章 西藏

位僧侣劝动了他，让他愿意盛装而出，穿着美丽的金袍坐在高高的台座上，跟前摆着一张精雕细琢的中国式桌子，桌上放置他的铃杵，背后则挂着无价的丝质中国挂幔。后来霍华德·伯里将这张照片冲洗出来送给很多人。没有什么礼物比这更受欢迎了；将这位活佛奉为圣人的人，会将那照片供奉在神龛中，在他面前供香。

这次以及旅行者其他类似的经验都显示出：宗教是西藏的一个非常真实、非常强而有力的因子。寺院中的长老喇嘛们往往都是真正可敬的人物，探险团后来遇见的绒布喇嘛更是一个独特的例子。他们都已将毕生奉献给宗教——同时，由宗教启发灵感的艺术也很值得我们注意。在理智方面，他们并未高度发展：他们并无印度教徒宗教哲学上的味觉；但精神方面的觉知非常细致；他们很慈悲、很恳切，而且深受尊崇。这些被尊崇的对象也满足了藏人一种很大的需求；或许这竟是藏人一般而言都很知足的原因。人需要有崇拜的对象，而在藏人中，就存在着这种让他们能倾注崇敬之心的活生生的人物。

第六章
接近珠峰

他们在六月十九日抵达定日,现在,可以认真从事探勘工作了。从大吉岭到那儿足足用掉了一个月时间,比从伦敦到大吉岭花的时间还长,这段为避开尼泊尔所绕行的路非常漫长。然而,穿越西藏的行军使登山者们渐渐适应了高海拔地区。从定日后方的一座山上,他们看见了一片壮丽的景色:越过平原后,矗立着远在四十四英里外的珠峰及它西边的几个大山头,包括孪生子似的卓奥友峰①及格重康峰②,前者标高二万六千八百六十七英尺(8201米),后者高二万五千九百九十英尺(7952米)。

然而,还是有从中介入的山脉挡住视线,因为喜马拉雅山脉的各高峰并非单独拔地而起。而马洛里的问题还挺复杂的。

---

① 卓奥友峰,位于西藏和尼泊尔的边界上,是世界排名第六高的巨峰。卓奥友峰是一座登顶率较高的八千米级巨峰,比起稍低的希夏邦马峰或更高的珠穆朗玛峰都容易些,所以每年春秋两季都有很多登山队来此报到。
② 格重康峰,八千米以内最高峰。

他现位处珠峰东北脊的西面——东北脊正是他的目标。他正在从它的对面注意看着那从大吉岭所看到的同一面；他还得找找西北面是否有路上去，并且是否有任何比这东北脊更佳的路可以到达山顶。或许除了断崖和冰瀑之外什么都不会有，就如阿布鲁齐大公在 K2 所发现的那样。且不提高原反应，从形体特质上看起来，珠峰可能十分难以攀登。那是马洛里更接近它之前必须弄明白的。他立即做的工作是去找出某个山谷，一个可将他带到珠峰的山谷。这可能很不容易，因为他面前是群山构成的迷阵，而在这雨季中，珠峰本身常常不见踪影。

定日果然是登山工作运作的好基地。马洛里和布洛克在六月二十三日从那儿出发，直接向珠峰挺进，而探险团中的其他人，包括沃拉斯顿在内，则着手从事各自的研究——测量、地质调查及采集。两位登山者带着选就的挑夫中最上选的十六位，外加一名印度工头。因为听闻有一条很长的峡谷可以通达珠峰，他们朝它行进。越过一条山脊后，他们到达绒布山谷，之后往上爬，在六月二十六日抵达绒布冰河的鼻口。冰河从此处溅迸下来，仅仅在十六英里外的珠峰完全看得见了。顺着冰河直走上去有条路通往珠峰。

如此逼近探看，珠峰是什么状貌呢？这是很多人想知道的。现在马洛里和布洛克可以从容不迫地亲眼见证那胜景了。他们所注意到的第一点，是它那巨大而简单的线条结构。它没有白雪覆顶、侧面结冰、缓坡起伏的标准雪山外形，它也不是状似破损、怪石嶙峋、严峻峭拔的山峰。它只是个庞大的山块——一块巨大的石头——外面涂覆一层薄薄的白粉；那白粉不时被吹散飞扬在它的四周，只有在那些微微突出的岩架上，以及几个较大的缓坡上，才会有终年不散的积雪。它的外观相当平滑；因为岩层呈水平走向，一道垂直劈下的黄色条纹便显得非常醒目。这个景况似乎充满了力度，充分强调出山的基座是那般宽广。

从马洛里所站的地方，可以看见两道险峻而轮廓鲜明的山脊：一条是东北脊（从大吉岭附近和岗巴宗也看得见这条山脊），另一条是西北脊；这两道山脊间坐落着珠峰壮伟的北壁；它陡峭地直落于绒布冰河。

马洛里扎营处，也就是后来的基地营，海拔高达一万六千五百英尺，所以登山者们所在点已高于山腰了。因此，眼前这世界最高峰不像从南方看起来那么高耸，也不像从大吉岭看到的干城章嘉峰那么崇峻。它矗立在基地营上方不到一万三千英尺处，因此，在这里看起来，它的大小规模倒比较像勃朗峰。唯独勃朗峰少了珠峰的严峻面：在山顶与营区之间，没有人类居住，没有树，没有草地——几乎没有任何生物，也没有令人愉悦的山谷微风；全部都是严峻的石头、雪及冰河。甚至在这个山谷基部，仲夏之际，噬人的寒风仍猛烈刮着。

山就在他面前，爬上去的方法也有了：冰河本身就是一种手段。马洛里一天也不肯浪费，立即着手尝试顺着冰河走上去，一心一意想找到一条路通到那萦绕他心中许久的东北脊。因为西北脊，正如他现在所看见的，靠近山顶处是那么陡峭，连考虑都不用考虑了。东北脊还有一个因素吸引他，因为他注意到：

第六章　接近珠峰

在它的终点，也就是那或许可称作东北肩的地方，有一道从属的山脊，形成了北壁边脊；它可能向下通达一道峡口——也就是两条山脉间的颈口或鞍形地带；一个介入的山尖就在那儿遮去了珠峰的实际状貌。

事实证明，绒布冰河与其说是一条通往山顶的衢道，不如说是一项障碍。但它是个可以攻克的障碍，也充满奇异的美。在较高的部分，它是个"冰锥的童话世界"；冰块融化成无数小尖塔，最大者约五十英尺高。它们就像是一个颠三倒四的巨大冰柱体系；那些冰柱从一大块冰体向上戳指，底部全坐落在一片名副其实的地板上。

登山队向上攀行时，感觉到一种特别的倦怠感；这种倦怠感耗尽了他们的精力。那就是后来为大家所知的"冰河倦怠"，显然是阳光灼炙在冰上，使空气中充满水汽所致。挑夫和登山者都感觉到了。

当马洛里再往上行，把山势看得更清楚后，他明白：攀登珠峰比他原先设想的困难。现在横阻在他面前的断崖，就显出狰狞恐怖的险象，大大不同于从远方所拍照片中所显现的长而平缓的雪坡。他最先想到的终极手段是跪地爬行——不管东西南北，遇缓坡就爬，从扎营处一直爬到一处积雪的平缓山肩。但现在他看出：这里所需要的并非这类苦功。这里需要攀岩手——可不是半途就头晕目眩的那种。珠峰是一座岩质山脉。

但他尚未找到一条路从冰河跨到山面上。为了探查东北脊那处断崖下方的冰河源头，他在七月一日动身，顺着冰河往上

幕色笼罩的基地营与珠峰

第六章 接近珠峰

东绒布冰河上的冰锥,在第二营区上方

走。在这里他有一项重大发现。由于云量很高,他只稍稍看到它,但他的确看到了那个显著的颈口——即现在所称的北坳;它连接珠峰陡峭的北壁和一座位于北边的山峰,也就是现在所称的章子峰,即珠峰的北峰。从北坳滚滚而下直至绒布冰河的,是一道破碎冰河,或称冰瀑。

由西边的路爬上北坳,或许是可行的,而马洛里也没有当它是绝对不可行而将之一笔勾销。但他评估了诸多状况后,相信只能把它当做别无他法时的最后手段。它的困难点在于那冰瀑的巨大高度,以及雪崩的可能性,但最主要的障碍在于它完全暴露于可怖的西风中。那风会汇聚一切暴怒,直接吹袭登山者,因为这冰河就位于通往北壁的漏斗的顶端。

与其说是基于任何实际的需要,不如说是出自不可遏抑的登山精神,马洛里和布洛克在两天后爬上一座高峰的峰顶,那座山峰后来被命名为麒麟峰,高二万二千五百二十英尺(7038米),位于绒布冰河的西边。但从那上面他们能够看见北壁的上方朝后倾斜,斜度并非陡峭到不能克服,特别是从北坳往上一直到东北肩——这条路在以后的攀登行动中都被采用。

因此,现在登上峰顶的路变得越来越清楚了。从北坳经由北壁边脊,可以爬上东北脊。从北坳到峰顶的路一清二楚了。

下一个问题是:如何到达北坳——到达它,也就是说,经由一条比较好的路径,而不是马洛里先前看出的由绒布冰河河口爬上去的那条。但在他为这问题查到答案以前,还有件事得先弄清楚:或许还会有一条完全不同的路可以通向珠峰峰顶！如果他能够置身于那长长的西脊后面——绕到珠峰的南边去——或许有一条路就在那儿。没有人见过那一面——西南面。或许那儿有一条秘密路径可以上山。那是个值得探索的可能性。

经过数天的预备工作，在七月十九日那天，他到达了一道山坳的顶端，在珠峰西北脊的末端；从那儿，他往下看到尼泊尔那一面的珠峰。那是个"美如幻境的景观"，但并没有路径存在。那儿有道毫无希望跨越的一千五百英尺高的断崖，崖下是一条冰河。他本以为能够以斜向横断法到达那冰河源头，但后来发现亦无此可能。这条西冰河的上半段陡峭又支离破碎得可怕。从南边这一面，他看不见可以登上珠峰的路，即使有，也必须从尼泊尔往上攻；从北面根本没办法绕过去。

不过，登山者们若能被允许从南边上山，他们将看到多么壮丽的景色啊！从北面所见到的珠峰壮伟若此，从南面所见者必将更为殊胜！马洛里可以看见南方尼泊尔境内一群可爱的山头。有谁知悉它们吗？它们的高度和位置是可以知道的，因为已经被测量出来，如同珠峰的高度和位置可以从印度平原的观测站测定。但它们蕴藏着怎样的美、怎样的树林和花朵呢？而从它们——从它们所在处反观马洛里这个方向——我们可以见到何等壮丽的景色啊！如果它们是一面大镜子，而马洛里能够从那镜中反照自己这一边，他所看见的想必会是全世界最美好的景致：前景是覆满丛林的陡峭峡谷，再过去则是从无数断崖、绝壁中抽拔而出的珠峰，一边拥着马卡鲁峰，另一边傍着卓奥友峰，较小但仍庞大的山头成列向西、向东联袂而立，直至极

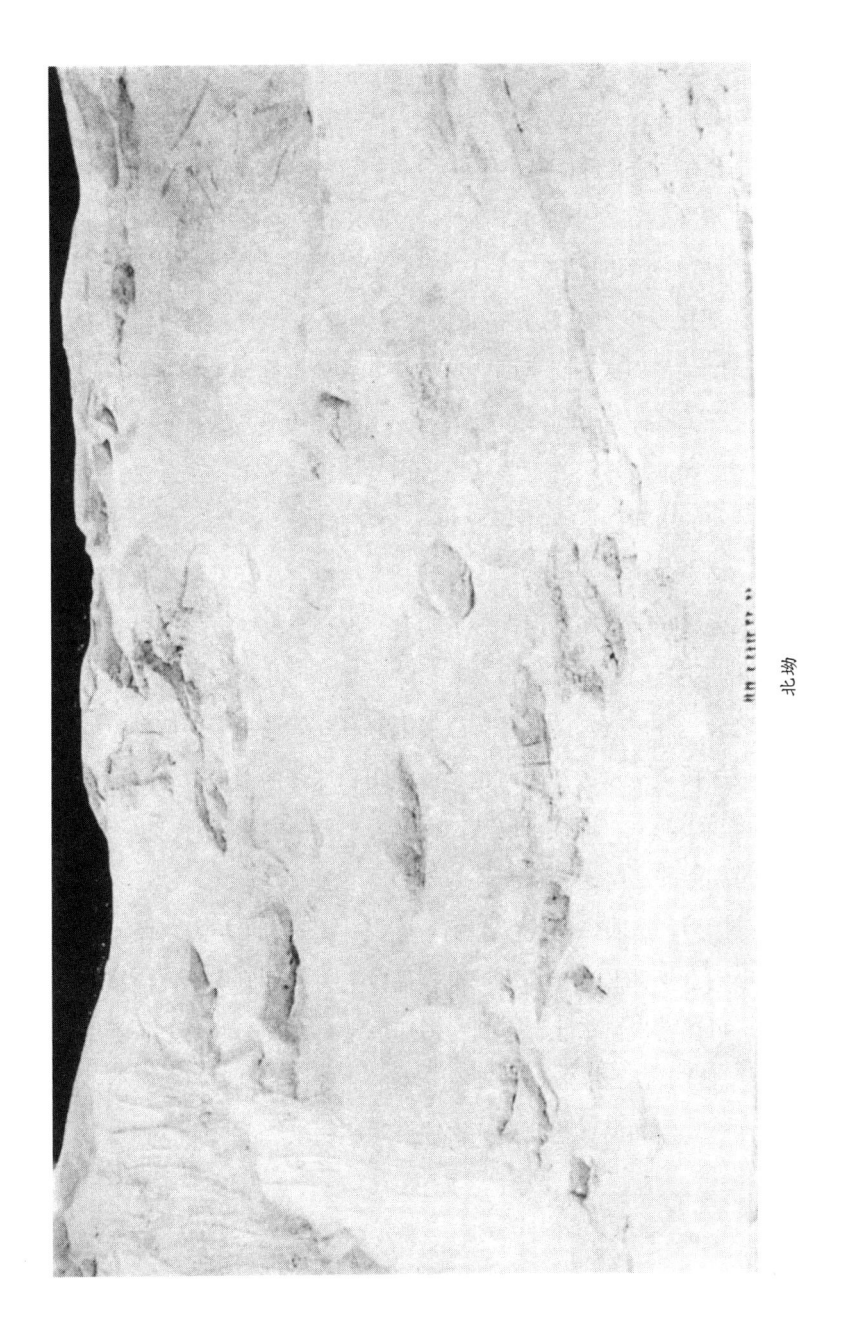

第六章　接近珠峰

远处；那些山头此刻都在灿烂的阳光中闪闪发光，但它们的白被垂悬在南方天际的雾霭涂上了一抹蓝紫色。

马洛里在这个高海拔地区已见识了其他辉煌的景色，可以归纳出探勘的结论了。从麒麟峰顶向西望去，有两个山头近在咫尺：卓奥友峰和格重康峰，两者皆巨大而厚重；至于那高度稍低但或许更美的普莫里峰①，他也见到了——它标高二万三千一百九十英尺（7161米），山形非常迷人。他也看见了广袤的冰河世界，充斥着从覆着白雪的高峰流下来的冰雪；这些冰河的边际是坚硬如铁的绝壁，样子很是吓人。

侦查过这些山势后，他得到一个结论：从这看似直通珠峰的大公路——绒布冰河——事实上并没有合宜的方式可以通向那儿。它被断崖包围得很妥善，除了攀上那陡峭的冰瀑到达北坳之外，并没有别的路径可以接近它——但那是无法可想时的终极手段。从这绒布冰河也不可能爬到珠峰的南面，转从那儿尝试攻上峰顶。即使可以从南面上去，要斜向南方时，也会被一道朝南的断崖绝壁阻断。

然而，这回探勘绒布冰河产生了一个重要的结论：他确信，自山的上半部开始，峰顶是很容易攻上去的。他从峰顶检视下来，可以看出：东北脊连到峰顶那段是一截长约四分之三英里的缓坡，其次，从北坳连到东北脊的北壁边脊虽有点陡，但还可通行。但如何上达北坳呢？这个问题还没解决。一旦到得了

---

① 世界著名的竹尖形巨峰。

珠峰简图

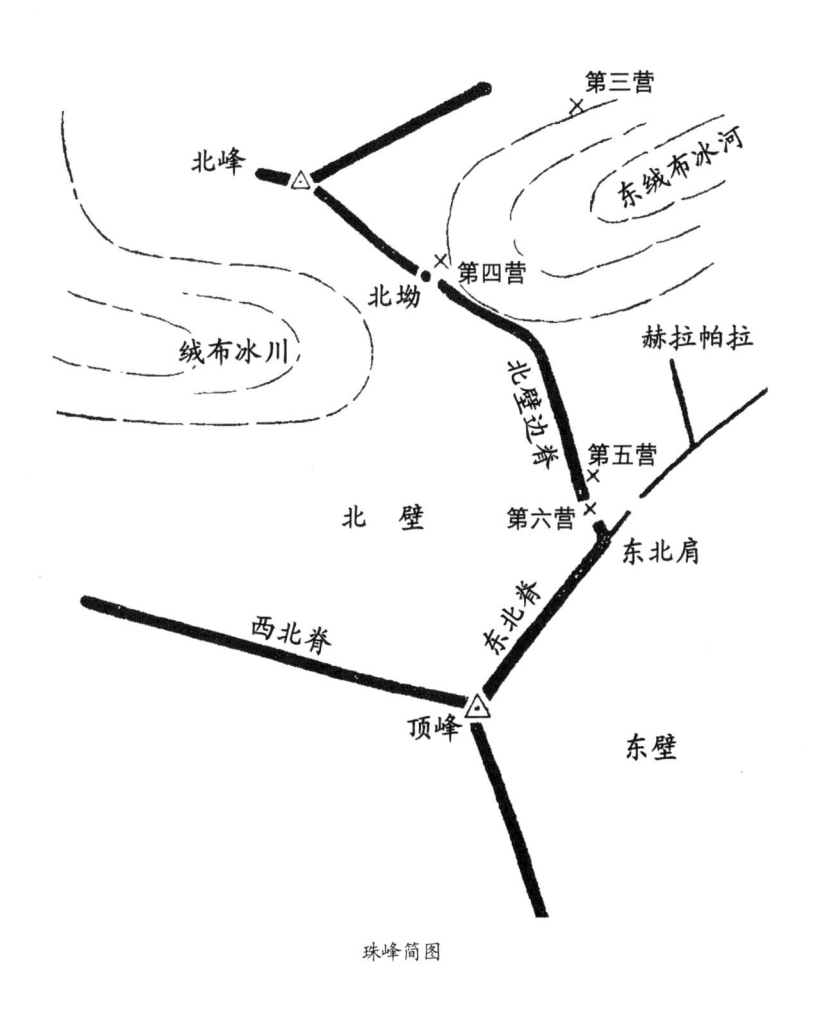

第六章 接近珠峰

北坳，再往上的路就容易了：在北壁边脊上并没有突出的岩块，也没有又陡又滑的岩壁；它是一条老老实实的圆棱，相当平整持续。

到目前为止，一切都好。现在马洛里和布洛克必须绕到珠峰的东面，一方面解决如何登上北坳的问题，一方面也看看是否还有其他更好的路径。珠峰的南面是不通的；他们也检视过北面路径的西半段了。现在，他们得探勘它的东半段。

珠峰的北坳与东北肩

第六章　接近珠峰

第七章
路找到了

现在，他们将从东边趋近珠峰。他们将绕过它外围的支脉，从东边到达北坳，并看看从那一边是否有比从西边更实际可行的路。但这么一来必须绕行好几英里的路。

七月二十五日，在雪、冰雹和劲风中，马洛里与布洛克拆下他们在绒布冰河上的帐篷，向卡达行进——卡达离前述的绕行路径大约五十五英里远，但几乎具有他们所需的东边方位，这是霍华德·伯里所建立的新基地，位于一条东向峡谷的入口，可以直接看见整个珠峰。在马洛里与布洛克探索绒布冰河的那个月里，他勘察了这整个区域直至尼泊尔边界。莫斯黑德与惠勒执行测量，赫伦负责地质研究，沃拉斯顿则从事植物研究并收集自然史标本。现在，分散各地的探险团团员将以卡达为集合地点；过了一个月，雷伯恩因为身体康复到某个程度也归队了，他勇敢地参与他能做的事，为探险团贡献一分力量。

卡达坐落处海拔仅一万二千三百英尺，天气温和，草木丰盛，当地人可以种植五谷。因此，换到这样的地方来，真使马洛里和布洛克感到心旷神怡。他们先前工作的高海拔地区，景色虽然壮观，但那种严峻、冷酷的环境并非人类能够长期忍受的。

现在，我们已习惯听闻有人登上海拔二万英尺以上的山，而登山者本身也很少发生呼吸困难或恶心呕吐的事情，因此，我们很容易就会忘记这一切是经过好一番奋斗才得来的。他们开始能够适应高海拔的水土，但他们的神气显然没有了。唯有像马洛里那样具有烈焰般精神的人，才能保有坚定不移的决心，但那是一种冰冷、僵硬的毅然决然，而不是欢欣、热情的意向。暂时而言，高海拔的确会夺走人在登山时的昂然斗志和纯然喜悦。它变成一桩必须逼迫自己去完成的苦差事。只有在疲累和不适消失后，大自然的辉煌美景尽收眼底时，才谈得上登山的乐趣。

巍巍的高山固属胜景，但登山者努力往上爬向冰河时，他们面对面接触的却只是它的部分。当那白雪皑皑的山头没入云中时，他们所见者根本谈不上悦目：漫长而赤裸的碎岩屑坡道，或是一丘又一丘呆滞无趣的小山峦。在冰河上面时，他们经历了奇异的冰河倦怠。在那仅能容身的小帐篷中，他们必须睡在地面上；一两天的不舒服或许能不在意，但之后，那寒冷、那雪、那局促感就会开始说话，而他们体内的勃勃生气就开始转变为倦怠与忧虑。

如今在卡达，这一切都突然消逝了。这儿有树，有草，有花，还有大麦田。蝴蝶和鸟儿在空中飞翔。天气温和宜人，空气舒爽。到了这儿，登山者们的确再度感觉到生命的愉悦。

然而，马洛里只允许自己在这种奢侈的舒适中待四天；八月二日，他再度出发走向珠峰，尝试探勘它的东面。他打算沿着卡达溪往上走到它所源自的冰河。但当地向导却将他带出了卡达溪的峡谷，通过一条隘道，往下走到南边的一条平行峡谷中。最后，正如马洛里所预测，事实证明卡达峡谷才是正确的路径，但他被带入这条歧路，也就是嘎玛峡谷，可真是好运，因为它可能是整个喜马拉雅山区最美的溪谷——除非禁止进入的尼泊尔境内藏着比它更为幽奇的美景。

嘎玛峡谷的美，在于它陡直地从珠峰切下来，上面的部分全都嵌在珠峰中；也在于它直接走下马卡鲁峰的巨大断崖——马卡鲁峰比珠峰矮了二千英尺不到，但比珠峰美；再者，它的垂落角度是如此急陡，以至于当这两座巨峰整个都还在视线之内时，它已下降至草木旺盛的海拔区了。那放牧牛群的碧绿草地上，龙胆草、樱草和虎耳草都盛开着花朵；从那儿望去，珠峰仅在十五英里外，而马卡鲁峰则只有八英里远。这些长度是指它和峰顶之间的距离；至于它和山峰外围的山壁和断崖则更近了。第三个山头也在这溪谷的周边范围内——它是珠峰的卫星，与主峰仅隔一道山坳。这就是新发现的南峰，现在称作洛子峰①，海拔二万七千八百九十英尺（8516米）。从它向马卡鲁

---

① 世界第四高峰。

峰延伸过来的,是一条陡峭的覆雪山脊;它形成了一道白闪闪的巨墙,但那白色被含有水分的浅蓝色空气晕染得很有韵致。

当登山者走下溪谷,与他们照面的,是马卡鲁峰和珠穆隆索峰令人眩晕的山壁;它们向下直削,几达一万英尺,直通谷底;现在,新降的雪将山壁沾得粉白。那景色的壮丽,或许世上无与伦比。

头一次撞入这道美丽的峡谷,真是绝妙的经验。马洛里与布洛克的这项发现,霍华得·伯里与沃拉斯顿在大约一周后继续深入探索;登山者往上走,他们则向下行。当他们沿着嘎玛峡谷走下去,到了它与阿伦河谷的交接处,也就是海拔一万三千英尺处,阿伦河即将切出喜马拉雅山壮观的峡谷之前,他们进入了一座林木茂密的森林,其中有杜松、银枞、山梨、柳树、桦树及高株品种杜鹃等。此地离珠峰的底部仅十五英里,而恰恰在马卡鲁峰的峭壁之下。这森林极为美丽。腰围二十英尺的杜松,生长到一百英尺至一百五十英尺高;玉兰花、赤杨、枫和竹子相继出现;在距离珠峰的底部不到二十三英里处,嘎玛河加入阿伦河;两河交汇处,海拔只有七千五百英尺。

单是发现一道富有如此多变的山、树和花之美的峡谷,就足可让此探险活动的成就远远超越其他。在多年内,将只会有少数人探访这处与世隔绝的地方,但是,知道喜马拉雅山后藏有这么一处宝地可以让人有朝一日前去寻幽访胜,也将是一大快事。而且,它是那种永远不会被彻底摸透、玩腻的地方;越是深入,将越觉得它珍异幽奇,值得一再探访。

还有另一条河谷，其山景之壮丽或许可与嘎玛峡谷相抗衡。它就在第二高峰 K2 的下方，海拔一万二千英尺处。它叫克勒青河谷，它远在喀喇昆仑喜马拉雅山脉那一头，甚至比嘎玛峡谷还远；它的位置偏北，几乎已不受季风雨的影响了。空气干爽寒冷，而非温和柔润。那峡谷中没有绿草如茵的放牧区，没有牛群，没有龙胆草和樱草，总之，没有崇高与可爱的组合。峡谷两旁棱线曲折的高山，只是一派严峻，并无柔美景物的调剂。

这或许就是喜马拉雅山区最为辉煌壮丽的两道峡谷，除非——这倒很有可能——珠峰与马卡鲁峰在尼泊尔那一边的山底下有更了不起的景观。但既然克勒青河谷坐落的环境比嘎玛峡谷更艰险，那么即使有比它们二者更壮丽的山峡，自然环境也势必更为险绝。不如说那耸峻的山头对闯入者发出挑战——它们在他内心以最真实的虚幻下达"滚开！"的命令，但那些映着日光的山巅以其纯净与崇高吸引着他，有如灯火吸引着飞蛾。他甘冒生命的危险，只为了一睹它们盛极的容光。

马洛里和布洛克走进了嘎玛峡谷这个优胜美地，却立刻将精力投注于眼前的任务：从东面寻出一条能够到达北坳的路，或任何其他得以导向那条绵长北方山脊的可行之路。

为了能够完全看清珠峰的东面，他们从嘎玛峡谷的南侧登上一座山头。一眼望去，的确雄伟壮观。他们还看见它上面有一条冰瀑，而且用不着看几眼——马洛里如是说："就可以确信，冰瀑下的石块，几乎到处被那冰瀑泼溅着；如果有可能拐

嘎玛峡谷

个弯爬上去，爬起来也会太费力，花太多时间，爬到尽头时也将找不到一处方便扎营的平台。"

简而言之，东边这一面是没有路可以登上顶峰的。

因此，只能另外找一条登上北坳的路，而马洛里从这嘎玛峡谷看不出这么一条路。但他看得出来，他先前走的卡达峡谷，再走上去会有某种可能性。因此，他离开这辉煌、绝美的峡谷，走入卡达峡谷，顺着它走上顶端的山坳——赫拉帕拉，的确发现一条似乎可以通上北坳的路。但在他尝试走过去之前，将稍作等待，直至季风雨过去，那样才有比较大的胜算，可以不仅到达北坳，还有可能往珠峰的峰顶走上一程。这可能会是整季工作的高潮，而为了这个目的，适当的准备是必要的。

完成了这番预备性探勘后，马洛里和布洛克在八月二十日回到卡达休息十天，并重组团队。在这儿，所有探险团的成员，包括雷伯恩，现在都集合了。惠勒带来了一项重要的资讯；这项资讯扎扎实实影响了探险团的整个布局。话说惠勒在为珠峰山区进行摄影测量时，发现了一条冰河，如今称作东绒布冰河；从它上面流下的溪水与绒布冰河连接，连接处距离绒布冰河的终点大约三英里。它上面的部分很可能来自北坳。现在从地图上看起来一切都很单纯，但理清那些冰河、山脉、支脉的动线其实是极端复杂的工作。马洛里在爬上绒布冰河时曾看到这条溪流；他打算走近前去瞧瞧。但雨季正以强劲的态势到来，时间上相当紧迫。他也尚未能想象一条从正东方过来的小溪，会发源于珠峰正南、稍微偏东的山坡。它应该是从北方或东北方过来才对，而不应是南方啊！无论如何根据惠勒的说法，它来自珠峰的方向，而且可能是——事后也证明是——能够导向北坳的一条路。那是盔甲上的一道小裂缝，经由它，就能将巨人一箭射穿。

于是，就有两种可能性要探究了。可以经由东绒布冰河从北方通到北坳，也可以经由卡达冰河从东边上去。这两种可能性现在必须加以检视。

在卡达峡谷一处方便的绿台地上，他们已建起一个前进基地，海拔一万七千三百英尺；再往上，在海拔二万英尺处，他们也扎起了一处营区。如饥如渴的马洛里所盘算的不仅是爬到北坳，他还想爬上珠峰的坡面，直达东北肩附近。他的雄心甚至比这还高。为什么不？他想，在海拔二万六千五百英尺处扎起一个小小的营，然后就从那儿试着探顶，岂不妙哉？这就是他热切的盼望。他尚不明白，攀登这世界第一高峰是如何恐怖的一件事。

在八月的最后一天，他和布洛克又到了卡达冰河上方的前进基地。但他们在那儿被迫待了将近三个星期，直至九月十九日季风雨还是没有停止的迹象。最后，当天气终于放晴，太阳似乎又没有将雪融化的威力了。再等下去，不会有任何收获。既然前进的脚步已然迈开，不如继续走，虽然到达珠峰峰顶的机会微乎其微——雪是那么深厚，而天气变得如此寒冷。然而，他决定继续依照计划行事，直至情况逼他放弃。

他的第一目标是赫拉帕拉，也就是卡达冰河头的山坳。他先前从那个地点往下看到如今惠勒向他确定是东绒布冰河上游的地区。他意欲走下这个冰河的上游盆地，再从那儿爬上北坳。但在往前推进之前，他首先必须弄到一些装备和存粮，丢在这赫拉帕拉上面。

九月二十日清晨，马洛里和他的同伴莫斯黑德出发了，情况顺利。他们体验到踏雪的乐趣——那雪又脆又硬。他们也有直上珠峰的万丈雄心。但是，穿行于冰河的罅隙是艰苦的奋斗；在较高处的踏雪亦十分辛苦——那雪，现在呈细粉状，是会滚动的物质。走在前面的人试着为那些可怜的挑夫踏出一条坚实的路，但未能成功。这队人马走得零零落落，四下分散得很厉害。但马洛里继续挺进，走到赫拉帕拉的尽头，以显示它是到得了的。有他当榜样在先，这一小队人马继续勉力向上，走完最后一段山坡，在那峰顶放置了十一担补给品。

马洛里又来到赫拉帕拉了；天气很是晴朗，所以他能清楚地看见北坳和珠峰的山坡。这景象让他思考起来。从那冰河盆地爬上北坳可不是件容易的事。它是一道难以敌对的巨无霸大山壁，或许有一千英尺高；它的表面因为那些难以克服的冰斗隙①而显得险恶破碎；它的一般角度无疑相当陡。事实上，它是一条巨大的悬垂冰河。马洛里很乐观地认为他们能够爬上去，但那可不是未经训练的人做得来的事。一群多多少少患着高山病的挑夫一同绑在登山绳上，仅由三名登山者指挥——这种提

---

① 指位于冰河上游较巨大的裂隙，通常是与终年冰层的挤压造成。

议，一分钟也不用考虑。

显然一支强劲的团队是必要的；马洛里心中既已对登上珠峰的路有了底，而且也踩出了一条通往赫拉帕拉的路径，便先与卸下重担的挑夫走回营区，霍华德·伯里、沃拉斯顿、雷伯恩、布洛克和惠勒，都在那儿会合。

在白日里，这必定是个令人愉悦的营区，因为，它虽位处海拔二万英尺的高处，却享有灿烂温暖的太阳。这一团人便在帐篷外的空地上享用早餐、午餐和茶。从营区上方，几百英尺远的一个较小山头上，可以看见壮丽的景色；霍华德·伯里便形容过：填满山谷的浩瀚云海像羊毛制海洋般，而那些最有名的山一座座从云海中伸出头来，宛如璀璨的珍珠岛。向东一百英里是巨大的干城章嘉峰，贾奴峰①和丘密墨峰则紧紧相随。就在近旁，笔直伸出傲视群伦的是最壮丽的马卡鲁峰；再过去，则是尼泊尔境内的一些巨峰。向西不出几英里，则为珠峰本身——上个月新降白雪，使它显得尖削而轮廓分明，颜色也分外洁白。此时，它已不因从它辐射出去的高大山脊而在视觉上被矮化。现在，它看起来俊秀而挺拔。

所有这些景色都沐浴在灿烂的阳光中。它像是一个新世界，超脱于滚滚红尘之外。在这新世界中，一切都纯净而明亮。

到了九月二十二日，往珠峰进发的准备皆已就绪。雷伯恩必须被撤下，因为这可怜的人并未完全康复到能够禁得起前头

---

① 贾奴峰，标高七千七百一十米，位于尼泊尔境内。一九六二年被征服。

的磨难。其他六人在那天早晨四点出发；当时，温度计显示的气温是二十二华氏度（零下五点五摄氏度）。伴随他们同行的是二十六名苦力，分为四组，每一组都用登山绳适当地系在一起。那是登山人力的一大提升；行伍间，对于探险行动即将接近的最后关头，有着一份惊悚与悸动。

明月照彻人间；那覆着白雪的高大山头几乎与日间所见同样清楚，只是带有一种特别的灵妙之气，仿佛它们是真正的仙境。冰河上的雪正在最佳状况中——它冻得很坚硬，使这整队人马能有相当好的进度。

天开始破晓。正前方，就是珠峰。在含霜的空气中，它衬着西天的深宝蓝色，每部分细节都清楚显现出来。从它的尖峰上，太阳洒下第一道微弱的光芒；先是以粉红激荡着雪白，然后又渐渐将它变为橘色。

在渐次增强的日光中，这队人马在马洛里的带领下，循着冰河往上攀爬，到了十点三十分，他们已在赫拉帕拉的山顶，海拔二万二千三百五十英尺（6849米）；珠峰仅在两英里外了。但接下去要陡直下降约一千二百英尺（500米）到下面一处冰河盆地上，从那儿延伸过去，有一面冰封的山壁可以爬上北坳。这一段路打住了这天的行程。所以，他们必须在这赫拉帕拉的山顶停驻。冰冷的风正在肆虐，被吹起的雪粉到处渗透。他们在山顶下方几英尺处的雪中找到个小穴，便在那儿扎起营来。这是唯一能扎营的地方，但没什么遮蔽物可以挡风；甚至小型的"阿尔卑斯米德"及"马默里"帐篷都很难撑得起来。随着时间的逝去，这些高海拔禁地的闯入者开始明显感觉到呼吸困难。

那真是可怖的处境。当太阳下山，温度降到七华氏度（零下十三点九摄氏度），然后又掉到零下二华氏度（零下十八点九摄氏度）。厉风在那些脆弱、不舒服的帐篷外怒嚎。没有人睡得了一点觉，或许除了马洛里。到了早晨，每个人都因为帐篷中空气不足而头痛。挑夫们变得很不灵活。

随着太阳升起，以及一些温暖的调剂，众人的头痛消失了，生命力又恢复到某种程度。然而，因为通往北坳的那道冰墙是那么难以克服，他们决定仅让阿尔卑斯登山专家：马洛里、布洛克和惠勒三人带着几名挑夫继续前进，其他人回到二万英尺的营区去。

第八章
北　坳

在整个上行的路途中，只有北坳是唯一真正不确定的部分。它是整条锁链中最弱的一环。从珠峰峰顶以下到北坳之间，马洛里已经确定没有什么严重的困难存在。惠勒也看出，从主绒布冰河到北坳的基部，确定没有很大的困难。现在，马洛里、惠勒和布洛克必须确定的是：有无可能爬上那险绝的冰瀑，那条他们从赫拉帕拉看见的冰瀑，它是到北坳的唯一通路。事实上，北坳本身就被这条冰河覆盖成一种特别的形状。他们也必须判断：从东边这条路攀上北坳，是否比马洛里在上溯绒布冰河时所见的西边那条路容易些。

这就是他们在九月二十三日拔营离开赫拉帕拉时摆在他们眼前的任务。他们离开了赫拉帕拉的山顶后，便向下走入东绒布冰河的上方盆地。他们走完这段一千二百英尺长的急下坡，没有遭遇很严重的困难。然后这队人马慢慢地横越那处盆地，最后在北坳脚下空旷的雪地扎营。那里的海拔是二万二千英尺。

他们扎营的地点三面环山，不免让人以为那儿必然静止无风,他们应该过了个平静的夜晚。但实际情形却大相径庭。猛烈的暴风雨摇撼、袭击着他们的帐篷,威胁着要将帐篷从系留处扯开。厉风的烦扰加上高原反应,使得这些登山者根本没法熟睡。

二十四日那天要早一些出发是不可能的,因为天气酷寒,而且在这高海拔地带,人很难在太阳冒出头来以前开始行动。现在,一项困难而且可能是危险的任务横摆在他们眼前,所以只能带几名最有能力的挑夫前往——共选了三名。在一个半钟头内,这一小队人员登上了那道大冰瀑的最初几段山坡。接下来开始攀爬陡坡,也就是在覆雪的冰上向上攀登约一千八百英尺(约550米)。对一名专家而言,这码事不是太大的困难,但它的确需要判断力。马洛里一马当先,正如他遭遇登山技术问题的挑战时惯常的表现。

下面的部分是很单纯的行进,一路上只是埋头向上走,只除了通过一块突出的巨岩时,有一段短时间内登山者必须凿步前进。他们首先往右斜上,走上一堆部分冻结的雪崩堆,然后往左进行长距离的斜向横断,向山坳的顶部走。但就在山坳下方不远处,有一段坡确实令他们心急起来。那就是后来以"最后两百英尺"闻名的一段坡。一九二四年,马洛里本人会同诺顿及萨默维尔,曾在同一地点历尽艰险,救出被困在那巨岩上的四名挑夫。那段坡上的雪积在很陡的斜面上,而且深到足以令人退却。他们努力凿了大约五百步,最糟的部分才终于过去。到了上午十一点三十分,这一小组人员站上了北坳。

登上峰顶的主要障碍现在被克服了。攀上北坳的路不仅被找到，而且被测试过了，该为探勘阶段戴上胜利的皇冠了。

马洛里从北坳望向上方的北壁边脊，再往前观察东北脊，不再怀疑那是可以接近的了。他从远观得来的印象，现在被近在眼前的山势充分证明了。从这儿往上，有很长一段路只见平缓易爬的岩石和雪坡，既不危险也不困难——马洛里目前认为如此，后来也发现的确如此。所以，这便是登上峰顶的实际可行之路了。那是最容易走的一段路；那也的确是所有可能性当中唯一可以实行的一条路。

探险团从英国被派遣来此所要发现的，现在发现了。但这些登山者心中总珍藏着一份希望：或许他们除了探路之外还能多做一些——他们或许可以走上去；谁知道它有多高？马洛里个人就怀抱着这份热切的盼望。他的状况足可再往上爬，但这整个团队却不宜往前多走了。惠勒认为他可以再做些努力，但他的双脚失去了知觉；布洛克则累坏了，纯粹的意志力能让他再撑下去，但或许撑不了多久。前两个晚上，马洛里比其他人睡得好，所以他想他可以再攀高二千英尺。但等到达成这目标，他便将被迫折返，在天黑前回到北坳脚下的帐篷过夜。

那么，不能再有什么进展了，况且此刻有一个决定性因素发生：甚至当这一小组人站在一道小冰崖的下风处时，仍有频繁而猛烈的阵风吹袭过来，卷起巨量雪粉，令人窒息。在这下风处之外，整个北坳上方刮着凄厉无比的风。再往上，景象更可怕了。珠峰巨大的坡面上新降的细雪被卷起来抛入空中，成为一波波破碎的浪头，而登山者往上爬所将采行的山脊，则因地势突出而暴露在厉风全力的肆虐之下。被吹起的雪斜飞向上，一会儿后因为撞到山脊而重重摔落，在下风处掼下可怕的暴风雪。登山者们挣扎着走出去试试风力，将自己暴露在北坳顶上，去感觉那风暴的强度。但那种尝试一会儿就够了。他们又挣扎着回到避风的地方。这便是第一季珠峰探险之旅的终站。

当那条通往峰顶的小窄路被发现时，风却横加拦阻。相较于体力的不济，甚至相较于高原反应，风，将会是接下来两次探险行动的主要障碍。准备探险时，这一点得时时计算在内。在最糟的情况中，人甚至无法站立。

马洛里并不十分愿意放弃再往山上走的希望。回到北坳脚下的营区时，他构想着在北坳上面扎一个小营地的可能性。但口粮不足了，挑夫又不愿意，而且如果发生任何不幸的事故，又该如何往回爬那一千二百英尺陡坡到赫拉帕拉。另外，这狂风有可能停下来吗？不管怎样，一切都不可行。

所以不可能再有进展了，而且任何进展都是不必要的，因为他们被派遣来此的任务已经完成了。他们已经找到一条实际可能通往山顶的路径，也测试过那条路中最难攀爬的一段——且不提它的高原反应。在最有经验也是曾和喜马拉雅山打过交道的唯一两位登山大将相继折损之后，他们仍能有此成就。于是，他们折返主营区。

回印度的旅程，在这里就不多说了。在霍华德·伯里的领导下，探险团的目标皆已达成。除了找到上山的路径外，他们

第八章 北 坳　　71

也为整个珠峰区域画了地图；他们还为紧邻的山区做了特别的调查。他们也进行了地质的探测、自然历史的研究，以及标本的收集。探险团从大吉岭出发后一年内，便出版了一本包括探险报告和地图的专册，可供第二次探险参考。

良好的基础已经打实；接下来派出的两支探险团皆充分认知他们从这第一次探勘之旅承袭到很多利益。

第九章
再度准备

现在，是真正竭尽全力尝试攀顶的时候了。珠峰已被看得一清二楚；登山小径已走了出来，一条或许是唯一可行的登峰造极之路已被发现。现在，可以将一切努力集中在爬上山巅这一最高目标上了。

为了这个目标而建构的新探险团队必须组织起来。新的入境申请已向藏地政府提出，并且获准了；霍华德·伯里和他的团队已经返国，第二次探险的准备工作正在全速进行。没有时间可容虚掷了，因为根据马洛里的报告，想登珠峰必须在季风雨来临之前进行才行。季风雨在六月初开始，显然登山者必须在五月的最后两周以及六月的第一周之间登上去。这意味着探险团必须在三月底前离开大吉岭。为了实现这一可能性，储粮和设备得在一九二二年一月间从英国送出去。而现在已经一九二一年十一月了，准备工作势必得加紧脚步。

但超乎一切重要性的领队人选问题必须先解决。霍华德·伯里完成了这么多工作，而且完成得那么好，想请他让位实在很为难。在第一次任务中,为了借道印度所需的外交预备工作以及后来探险团的事务总管,诸如克服突发的严重运送问题、安排补给品、与藏人微妙互动,以及拟定整个探勘行动的策略等等,他都表现出非凡的精明和老练。因此,他必定热切期待收割他这些努力的最后成果,因此,现在要他放弃这份热望,必将带给他残酷的挫折感。然而,想征服珠峰,个人就必须不断为这个共同的目标来牺牲。现在,第二度探险之旅的领队出现了一名超级优秀人选,霍华德·伯里便秉持骑士风范,接受了整个冒险事业为了获取最大利益而做的安排。

陆军准将布鲁斯从他的印度兵役退役后,接受任命服务于地方自卫队,因而未能参加第一次探险。但现在,他获准请假。作为登山者,他是太老了些。即便年轻几岁,他能否爬上珠峰峰顶也很有问题,因为经验显示,那种身体轻盈、瘦削、不需携带多少筋肉的人才能攀登上去。但没有人比他更适合带领整支探险团了,他的喜马拉雅山经验以及他与喜马拉雅山民相处的能力无人能比。他曾隶属一个廓尔喀①联队,服役期间几乎全驻守在喜马拉雅山区;而廓尔喀人是尼泊尔在珠峰那一边领土上的居民。自从一八九二年康威爵士开了先锋以来,布鲁斯便是许多次喜马拉雅山探险行动的成员。他也曾在阿尔卑斯山致力于登山技术的研究,还带了廓尔喀人同

---

① 廓尔喀族,居住于印度、尼泊尔的好战的印度教种族。——译注

往。他对这些山民如此了解，对待他们是如此恳切，以致除了他以外，没有第二人可以让他们说出更多心中的话。他全心奉献给他们，而他们也对他深深倾慕。因为英国的登山者将绝对有赖于这些人搬运轻型营帐到够高的地方，最后攀顶的冲刺才有可能成功，所以布鲁斯在这些人当中的影响力，对探险团而言就具有非凡的价值。他这种能够对纯朴山民发挥影响力的人格特点，同样也将使他成为一位理想的探险团领导人。

他是"孩子"与"成人"的超凡混合体。你从来就不会知道与你交谈的他是孩子还是成人。即使他活到一百岁，他将仍是个孩子；而童心未泯的他，也一直是个成人。他是个欢愉喧闹的男孩，恒常跃动着孩子气的玩性。而他也是一位机敏、能干的成人，连最轻微的荒唐愚蠢也不稍加容忍。这是一种不同凡响而实际有用的组合。他也有不允许自己抑郁的精神力量，而这种精神力量是会传染的，整个团队将受到熏陶。这就是为何他如此被看重的原因。一支有布鲁斯在的团队，必将是一支兴致高昂的团队，而兴致高昂的团队将能发挥最大的长处，达致最高的成就。

布鲁斯的故事很多，有一则是这样的：在某次探险活动中，团队里起了"谁比谁大"的争论，布鲁斯说了句"好吧，我只是个苦力"，便将一份捆包背上身继续前进。这与另一位伟大登山家阿布鲁齐大公的故事很像。阿布鲁齐大公有一次在阿拉斯加从事探险时，遭遇团队成员皆拒绝背负重物的状况，于是他

第九章 再度准备 75

背起一份捆包走完整段路，其他人因此感到羞愧。

现在被邀来带领探险团的，便是这么一个人。探险团中实际从事登山行动的成员，也在他的协助下——选定了。很幸运，马洛里又能接受征召，但布洛克却必须回到他的咨询工作上，在舒服的天堂法国港市勒阿弗尔观察探险团的进度。芬奇现在康复了，探险团对这位经验丰富的登山家将有所倚重，因为他的青年时期无论冬夏大部分都在瑞士登山。他想征服珠峰的热望与决心，与马洛里相比亦毫不逊色。他们两位是早先就被看好的，另外两位从英国被邀来参加的登山者则是诺顿与萨默维尔。

任陆军少校（现为中校）的诺顿曾获颁英国优异服务勋章，他在英国登山协会是个响当当的人物，对登山知识亦有很深的造诣。此外，他额外的长处是先前曾在印度服役，并在喜马拉雅山区从事过多次狩猎探险。他会说兴都斯坦语（北印度土语），并知道如何与印度人民打交道。他机敏、镇定、警觉而率直，有领导统御的习惯，因而能立刻博得他人的信任。他的善良与和气又增添了别人对他的信赖。他的确是许多种特质的组合体。他身为皇家骑炮兵的军官时，便因为对他的射击器械具有机敏的调度能力而深受瞩目；战争期间，他的服役表现杰出；他曾获英国陆军大学学位，并曾连续七年主办印度的大型活动："卡迪尔杯"猎野猪竞赛。他是敏锐的观鸟人，也是超出一般水准的业余画家。每件事他都讲究方法，并掌握状况。他对自己的准时颇为自豪：他从不会到得太早，也不会迟到。在赴印度的行程上,他抵达维多利亚车站的时间仅比火车离站时间早了一分多钟。等火车开动,他才悄悄一跃而上,还一边闲闲地继续着他与朋友的对话。他从来不会慌张匆忙。每一种意外状况必然都被他盘算过了。当危急时刻到来,你可以想见他会把保存得当的精力用在刀口上。

才艺不遑多让——或许犹有过之的是萨默维尔。他是个专业外科医师,也是位艺高胆大的登山专家,同时还是才华非凡的画家与音乐家。他从小居住于英格兰西北部的湖区,因为一直与山峦为伍而对它们一往情深。他具有非凡的果断、坚毅、能量与活力。但超乎这一切之外的,是他那伟大、强健的温柔之心——他那随时准备好的、开放的、容易亲近的气质,令人一见到他就觉得轻松自在。他也是个可以信赖的工作能手,能够随时委以重责大任。他是个强健的巨人——不是指身体,而是指气质——并具有源源不断的快活与乐观。他的体格并不引人注目。他确乎不若诺顿笔挺,也没有布鲁斯的强大体能。他并非筋肉横生的那一型。或许"柔软"才是其主要特质——正如他的心——那是一种富有弹性的柔软:准备让步,但也有卷土重来的不屈不挠。

除了具有诸多才艺之外,萨默维尔也是一位作家。远征珠峰二十年后,当那最壮伟的印象已然充分沉敛与结晶,他将写出一本怎样的书,所有的出版商都应加以注意。他身为科学人、艺术人,又具有温暖的人道精神和强烈的宗教情操,当那肉体的受苦已从记忆引退,整个冒险行动的精神体验有时间在他心

第九章 再度准备 77

中渐臻成熟，他应该会有些东西值得写下来。

马洛里、芬奇、诺顿和萨默维尔，这些都是可被指望登上世界最高峰的登山家。再来就是也曾荣获英国优异服务勋章的E.L.斯特拉特上校、维克菲尔德医生、杰弗里·布鲁斯上尉，以及在印度政府任文官的C.G.克劳福德先生。这些人不是年纪太大，不适合从事攀登世界最高峰的超级劳顿，就是不具备足够的登山经验，所以他们组成了支持团队。

斯特拉特在阿尔卑斯山受过良好的登山训练，也具有登上珠峰的体型；如果这次探险早几年进行，他便是那登峰造极的人选。在此次探险中，当探险团离开基地营时，布鲁斯将留在原地，那时斯特拉特便是具有无上价值、能够带队继续向上的第二指挥官。

维克菲尔德正如萨默维尔，是来自英格兰西北部湖水区，年轻时曾在那个区域展现过非凡的登山技艺。探险团成军时，他正在加拿大执业行医，但因一心想参加此次探险行动，便出让了医疗设备，前来加入。

杰弗里·布鲁斯是布鲁斯将军的堂弟，在登山方面不曾受过正规训练。但他曾在喜马拉雅山一带进出，并隶属一支廓尔喀联队。所以他可能有助于探险团与尼泊尔人和藏人打交道，并能待命在危急时刻与更有经验的登山者一同上山。

克劳福德则是一位艺高胆大的攀岩专家，因为在印度山区服役，对攀登珠峰这个构想深感兴趣。他对当地语言与百姓习性的了解，对探险团也将是一大帮助。

再来是那位医生兼博物学家、喜马拉雅登山老将朗斯塔夫博士；他仍持有登上最高山峰的世界纪录。其他人曾在山的侧面爬得比他高，但没有人曾爬上比德里苏尔更高的山峰；它标高二万三千四百零六英尺（7120米），朗斯塔夫于一九〇七年登上它的峰顶。他也在喀喇昆仑喜马拉雅山脉发现了一个美妙的冰河区；而他在阿尔卑斯山及喜马拉雅山的广泛经验，使他在判断状况方面对探险团具有非凡的价值。他那亲切热心的性格则是另一项附加价值。

这一次，探险团将有一位正式的摄影师。J.B.诺尔上校曾在一九一三年从锡金向珠峰的方向做了一趟旅行，从那以后，他一直对攀登这座山抱有浓厚的兴趣。他也对摄影情有独钟，并成为这项艺术的专家，特别是在电影摄影术方面。他放弃军职，加入了探险团。或许他的主要特质是：为探险团的需要随时待命。什么场合最需要人，诺尔就会在那儿——最需要人，意指需要的未必是摄影师的时候。他也具有强大又不屈不挠的韧性，同时也是一位无怨无悔的爱山人。

有人提议让一位杰出的画家随同探险团上山，画下那美妙的山景。从基地营望上去，珠峰在许多方面看起来并不比勃朗峰显眼壮观，这倒是真的。基地营本身已经很高，珠峰从这个营区抽拔起来的高度，并不高过勃朗峰或罗莎峰①从很低的

---

① 罗莎峰，位于意大利和瑞士两国边境，属阿尔卑斯山系，标高四千六百三十四米。它是个巨大的冰川，上覆地块，地块耸立十座高峰，其中四座列名阿尔卑斯前五大高峰。

河谷抽拔出来的高度。然而，世界最高峰的魅力还是在的。同时，从嘎玛峡谷往上看，珠峰及马卡鲁峰所呈现的景观，欧洲没有一处山景比得上。西藏高原及西藏境内较低的山坡尽管干燥、光秃又无趣，但随着季节雨的到来，袅绕的霭雾会使山头和高原显得虚无缥缈，宛如幻境，萨默维尔曾绝望地发现，在他的调色盘上找不到一种具有足够明度及强度的蓝色，可重现二三十英里外的光影。在珠峰山区，显然有让第一流画家发挥的余地。从锡金穿行到西藏一路行经的山岳与森林，具有人世间最最壮丽的景色。然而，没有一位顶尖的画家拥有这趟旅程所需的体格。所以探险团必须倚赖诺尔的相片与萨默维尔在爬山之余匆匆忙忙画出的图画，来重现那群巍峨高山所给予人的印象。

当这一切准备工作正积极推动时，有个尖锐的问题被提起：为何不用氧气？凯拉斯先前就已开始将氧气实验于登山，为什么不继续实验？氧气缺乏既然是登上珠峰的一大障碍，那么加以供应氧气，明天登山者或许将一蹴直达峰顶。

到目前为止，珠峰委员会还没想到为探险团配备氧气，因为他们一直怀疑携带氧气的可能性。其实，这背后存在着一种质疑：使用氧气登山，是否还有运动家的气魄？当然这项质疑很容易驳斥：吸氧气，并不比啜饮一口白兰地或一杯牛肉茶更有损于运动家气魄。但仍有一项事实不容忽略，那就是：不使用氧气就登上珠峰峰顶的人，相较于使用氧气才登上峰顶者，前者会被认为成就较高。我们不会询问一个登上峰顶的人，一路上是否曾喝茶提神,但如果他曾使用氧气,而非仅使用一般提神物,我们势必会给他的成就打个折扣。所以,在氧气的使用上一直存在着偏见,而委员会亦不能免俗。他们随后放弃了这项偏见,但如果他们继续保留着它倒还好些,因为事实证明不使用氧气,人的身体还是能够在不寻常的条件下自我调整。人类善于"适应水土",也能登上二万八千英尺的高度,就像他们刚刚做到的。

然而,在一九二二年,当这第二度探险正在筹备中时,没有人知道这么多。当时,还没有人爬上高过海拔二万四千六百英尺的高度。许多科学界的人猜想,若不借助外来的帮助,人类似乎不可能登上珠峰峰顶。而且许多登山家,以及许多探险团的新成员,都倾向于赞成使用氧气,其中尤以芬奇最受瞩目。如果想确保一举登上峰顶,就要使用氧气,他们说。于是当萨默维尔为氧气的使用提出一项权威又具说服力的请求时,委员会便无异议通过了。

不过,这议题的通过很是匆忙,是否睿智也颇有疑问。除了一两人之外,探险团全体从不曾对氧气的使用太过热衷。氧气设备笨重而庞大,萨默维尔本身并不曾使用过它。而除非有信心支持,氧气的使用似乎不会导致成功。

委员会最认真考虑的一个构想是:让携氧的二人组当先锋,为没有携带氧气的二人组导引路线。因为配备了氧气,想到达二万六千英尺、二万七千英尺或任何预先设定的高度,应该会比较容易;而被踏出的路将对后来者有帮助。这个构想经过实践，结果每次都与原先料想的相反。没携带氧气的人总是走在前面领路。

有这么一回事：人仰赖科学太多，依赖精神太少。珠峰代表着冒险的精神，而如果人对精神有信心，事情会进行得更好。

第十章
第二度出发

一九二二年三月一日,布鲁斯到了大吉岭。为了预作准备,他比其他人提早离开英国。现在,他真正得其所哉了:他又回到印度的"山头"上,而且处在他的山中乡亲之间。贸易官员韦瑟罗尔先生已经着手进行了许多前置作业,修复了上一次探险行动所用的帐篷,购置了面粉、米和土产等供应品,并召集了一百五十位山民,包括夏尔巴人、不丹人,以及居住在尼泊尔与西藏接壤处的其他族人,布鲁斯将根据他自己合理的想法,从中挑选人员出来组成荷重兵团。这些山民竞相想加入探险团,只要有一位他们信得过的"大人"[①]同行,他们都很能吃苦耐劳,并富有冒险精神。所以布鲁斯得到了相当有用的一伙人。然后,他慢慢对他们灌输荣誉感,以及如果探险成功,他们所将建立的名声。这对他们的精神甚为鼓舞,再加上主办单位允以很高的待遇、很好的衣服和很丰美的食物,他们遂对这番事

---

① 原文 Sahib 为殖民地时期印度等地对欧洲男子的尊称词。

业兴致勃勃，并因参与一个大型探险活动而感到欢喜。

尽管有着高昂的精神，他们还是有其弱点。布鲁斯对此十分明白。他们就像孩子般无忧无虑，没责任感，每当有酒喝就深深耽溺其中。所以，布鲁斯不仅亲自给予严厉警告，还请了他们的祭司来告诫一番。在他们出发前，婆罗门教与佛教的僧侣都来为他们祈福——这是他们非常看重的一件事。或许他们的宗教并不十分精致，但，正如所有居住在大自然中并与之密切接触的人，他们对于隐藏在事物后的那种神秘、巨大的力量有一种信服感。他们对于祭司和神职人员怀有很高的敬意，因为那些人以某种朦胧的原因，代表着那股神秘、巨大的力量。当这种神秘、巨大的力量的代表对他们显示好意，他们便因精神上得到滋补而感到快乐。

厨师的选任是布鲁斯特别注意的另一件事。他在这方面以及许多其他事情上，都像是探险团的父亲；他已经看到上一次探险因差劲、不洁的烹饪而蒙受不少苦，因此他招来了许多厨师，将他们带到山间加以测试，然后选出最优秀的四名。

在这些事情上，他现在有杰弗里·布鲁斯及C.J.莫里斯上校从旁协助——莫里斯上校是廓尔喀联队的另一位军官，他会说尼泊尔语，并知道如何带领这些山民。四位廓尔喀未经任命的士官和一位廓尔喀勤务官，也被联军总司令罗林森大人征调过来探险团服役。

随队同行的还有一位曾在大吉岭受教育的西藏年轻人，名叫卡尔马·保罗，他将担任翻译。结果证明这是个十分成功的安排；布鲁斯说他"总是个好伙伴，始终兴致昂扬"。他应对进退绝佳，与藏人互动良好。这一点非常重要，因为就如同所有的东方人，藏人本身有着绝佳的礼貌，并很容易对他人的良好礼节起反应；一位在礼节上粗枝大叶的翻译，将会危及整个探险活动。

除了三月间从英国来到大吉岭的登山者外，克劳福德先生现在已从阿萨姆赶来参加。满怀热诚的莫斯黑德也得以向军中告假，以团员身份加入探险团，不再只是测量官。

第二次探险团就这么成军了，只差供给氧气的器材还要过几天才会运到。佛教徒协会及山民协会在警察局副局长拉丹·拉先生的主持下，宴请了整个探险团；本区喇嘛及婆罗门长老都来祝福探险团，并为探险团的平安与成功祈福。在三月二十六日那天，探险团带着大家的祝福从大吉岭出发了。

从大吉岭穿过锡金，横越西藏到位于绒布峡谷的基地营，这段旅程得稍微简单描述一下。第二梯次探险团选择的路线和第一梯次大致重叠。但由于时间上早了两个月，他们碰上了更为糟糕的天气状况。构成锡金花海的主要花种杜鹃，当时尚未冒出花苞。当他们在四月六日到达帕里，冬天才刚刚过去。八日他们又从帕里出发，在大雪与几近暴风的狂风中穿过唐格拉。他们走一条较近的路前往岗巴宗，但必须通过海拔一万七千英尺高的一条隘道；从喜马拉雅冰原直吹下来的狂风，在隘道上怒号。

四月十一日到达岗巴宗时，他们找到凯拉斯的坟墓；它状况良好,坟上立了块碑石,上刻有很工整的英文与藏文。他们为他加立了几块大石头,以示敬悼之意。然后,他们出发前往协格尔,四月二十四日到达,再度拜见那里的长老喇嘛。但布鲁斯并不像先前来的人那样对这位长老抱有好感。他认为他是个极端狡猾的老人,也是第一流生意人。他收集了大量藏人与汉人的艺术珍品,并和任何专业买卖人一样知道那些东西的价格。

四月三十日,他们到达了绒布寺;对于这里的长老喇嘛,布鲁斯却有相当不同的印象。这所寺院距离珠峰仅十六英里,可将之一览无遗。这位长老喇嘛被认为是某位神祇的再生身。他年约六十,"具足威仪,有一张最聪明、睿智的脸,并有超乎寻常的动人微笑"。随队同来的人都尊以最高的敬意,他则特别要求布鲁斯善待他们。他对动物也特别关照;在这个地区,没有生命会被猎杀,野生动物也被喂以食物,以致那些在喜马拉雅山靠近印度那侧很难接近的野绵羊,在这里却驯服不过,还会走到很靠近营帐的地方。

但为什么英国人会想来爬珠峰,这位喇嘛百思不解。他详细征询探险的目的何在,布鲁斯给了他一个相当可以理解的回答。他说,他们是在从事一趟朝圣之旅。事实上这趟探险没有任何物质上的目的,如寻找黄金、煤炭或钻石之类,而是为了一个精神上的目标:活化人类的精神。如何向这些人表达这么个单纯的事实,只能采取布鲁斯的说法了。他解释说,英国有个拜山的教派,他们就是出来礼拜世界最高峰的。如果礼拜意指强度赞美,那么,没有比布鲁斯的说法更能描述此行的目标了。

在峡谷上方,有六七处隐居修士的居所。那些居所非常小,那些虔诚的修士从不曾用过火烛或喝热饮。他们由修道院供养,经年累月将时间用来冥想"翁姆"——上帝。在这海拔超过一万六千英尺的西藏冬天里,他们必定吃足了苦头,但藏人具有不可思议的耐力;出乎我们意料,这些修士身体上的活力并未麻木,有几位至少走出了条件严酷的修行所,非常慈蔼、机敏地面对世俗人。

这些修士的隐居所是最后有人类居住的地方。五月一日那天,布鲁斯照预定行程带队出发;队中包括十三名英国人、四十至五十名尼泊尔人,以及大约一百名藏人,外加三百多头牛。这行人畜朝绒布冰河鼻口出发,基地营将在那里成形;从那里,珠峰将一览无遗。

这座山很可能曾被这大规模入侵吓一跳。人类与它的战斗现在正式展开。除了芬奇之外,这次探险团全部成员的健康都处在良好状况中。对于烹饪的关照已经收到良好的结果。这个月里横越西藏的行军,虽因不停吹刮的大风及一成不变的干燥高原和山丘景观而令人疲劳,但也给了队员们磨炼耐力和适应水土的机会。在这高海拔地区,太多的体力支出只会降低而不会增加人的适应力,因此,布鲁斯鼓励他们大部分路程骑牛,不要步行。不过,他们也走得够多,身体始终保持强健;现在他们可望在那短短三个星期的间隙中,亦即,极端寒冷的冬天过去而季节雨尚未来临前，与那座山交手，因为那是唯一可能攻坚的机会。那座山的唯一弱点就在于一条窄窄的空间和一段短短的时间。仅仅在那个空间与时间内，才能将它攻下。而当时、当刻，攻坚便意指极尽他们最大的力量，鞠躬尽瘁，死而后已。

他们必须设定的目标，将是带两顶小帐篷上北壁，在二万七千英尺的高度靠近东北脊处找到些凹处。如果做得到这一点，就有四名登山者能在那儿过夜，第二天早上再往前推进，如此一来，就有较大机会走完剩下的二千英尺（约610米）到达峰顶。距离峰顶超过二千英尺，他们便不太可能在一天内走完。海拔越高，登山者往上攀行的速率越低。所以整个情况的关键系于挑夫的负重能力：他们能否运送两顶帐篷，以及必要的睡袋、粮食和轻便的烹饪用具到那二万七千英尺高的营区备用。

对他们而言，那是很高的要求。到目前为止，甚至空手的人也不曾爬上超过二万四千六百英尺的高度。那多出来的二千四百英尺，负重攀爬，很可能会是累死骆驼的最后一根稻草。但除非挑夫们能够那么做，登山者登上峰顶的机会微乎其微。带得上去的可能只有一顶帐篷，而非两顶；能坚持到最后登上峰顶的可能只有两人，而非四人，那是实情。但如果只带一顶帐篷，单派两名登山者上去又太冒险了。一人病了或遭遇意外，另一人可能无法将他带回来。因此，最后二千英尺要送出四名登山者是当时应设定的目标，因此，有必要将两顶帐篷送到海拔二万七千英尺的高度。

如果想达成这一点，就必须在二万五千英尺处搭设一个营区，中介于最高的营区及二万三千英尺的北坳营，在北坳营和基地营之间也必须有一系列或许三个营区，散布于东绒布冰河上——东绒布冰河便是上溯北坳的通路。为那些营区带帐篷、为登山者与挑夫带面粉、肉及其他补给品，还要带燃料用牦牛粪，以及营区生活所需的其他各种行头，就必须使用多种运输方式。布鲁斯的特别负重部队将只能用于冰河以上的区段；单单这一区段便会竭尽他们的力气。因此，布鲁斯特别焦急地想在当地找到一些人或牲口在冰河上工作，好使那四十位尼泊尔挑夫保持精力，施用于更为艰难的爬山工作本身。

这是理论上的理想安排。目标凭此设定，然而在这种情况中没有一件事会完完全全按照计划进行。但你至少必须在心里有个数，然后尽量依计划行事。在接近基地营的最后几段行军路程中，布鲁斯一直能够循计行事。他曾试着劝诱一百名藏人到达基地营后继续走上冰河。他原以为他已经说服了九十位。但等他们到了基地营，这个数目缩减到四十五；甚至这些人也仅仅工作两天就回家了。事实是：五月适逢西藏的春耕，田地上很缺人手。探险团所给的丰厚酬劳并未构成足够的吸引力，以扬名立万来劝诱，亦不曾引起他们的兴趣，毕竟，为探险团携带帐篷和补给品上冰河并不能建立多大的名声。

未能保住这些当地人夫，可说是此次探险的致命重击。如果布鲁斯不曾睿智地带来他自己的负重部队，那么攀登珠峰这回事就绝不可能继续了。势之所趋，原先的计划只好大幅缩减。如果他未能从最近的村庄找来继续运送的人每次工作一两天，整个计划将缩减得更多。这些从最近村庄找来的人手有男有女，女的往往身背婴儿。于是，就有一大群本地的运送者能够为冰河上的第一及第二营区工作，但他们不肯再往上走了。再一次，我们叹服这些藏人的吃苦耐劳，在这海拔高达一万六千至一万七千英尺的地方，甚至连女人和孩童也能傍着岩石露宿户外。

同时，斯特拉特、朗斯塔夫和莫斯黑德也已被派出去勘察东绒布冰河。因为，我们必须记住，马洛里仅看过它的头，而惠勒只看过它的尾，没有人曾经真正通行全程往上爬。一条爬上去的路，而且是最好的一条，必须找到；最适合扎营的地点也必须有着落。

斯特拉特和他的同伴所进入的，是一个奇怪、诡异的世界。东绒布冰河中段是破碎的，或宁可说融化了。大块的冰融化成无数不可思议、如梦似幻的冰锥——它们的表面在日照下白光闪闪，内部融蚀的窟窿则显出透明的蓝光或绿光。

第一营区的最佳地点找到了。杰弗里·布鲁斯用石块建起许多克难小屋，并用帐篷的备用零件当做屋顶。这些石墙至少能挡掉一些风，虽然吹毛求疵的人可能会认为还太通风了些。这个营区在海拔一万七千八百英尺的高度，距离基地营大约三小时脚程。

第二营区则还要高出二千英尺，大约离第一营区四个小时脚程。第二营区坐落于一道冰墙下，位于这惊人冰世界最为如梦似幻的区段。出了这一区再往上，冰锥渐渐合并为滚滚冰河。

第十章　第二度出发

但它的坡度并不陡，而不至于成为冰瀑。

第三营区的地点订在大约二万一千英尺的一处冰河形成的积石堆上，距离第二营区四小时脚程。它上有北峰为屏障，又因为坐向朝东，还有观赏日出之利。但太阳在午后三点就不见了，而且晚上很是凄冷荒凉。

斯特拉特一行人在五月这么早的时候就到达该处，经历了强度的寒冷，并饱受风袭。朗斯塔夫因为一段时间以来身体状况一直不甚良好，在那种季节里已无法在更高的海拔工作。他们在折返途中为路过的每一营区设立了烹饪设施，以利于即将开始持续在这些营地间来来去去的团队。五月九日，这三个人回到了基地营。

冰河的探勘完成了，冰河上的营区建立了，补给品也运上第三营区，登山者将能实际攀上北坳，在那儿扎营；现在，登山者便向前移动，以便发动进攻。时令上还有点早，但季节雨开始的确实日期永远预测不准，而开始攀登的最早机会却必须牢牢把握。因此，五月十日，马洛里和萨默维尔离开基地营，在两个半小时内到达第一营区，在那儿，他们走入一幢"屋子"，一名厨师在那儿招呼他们，给他们茶喝，在这种比较舒服的情况下他们到达第三营区；他们真正的工作从那儿才开始。理论上，这两名超级登山家、整个团队的顶尖人物，应该保留到更后面才开始工作才对，比他们差一点的人手才应该被用来将上山的路准备妥当，而这两位应在基地营或冰河营区中随便哪个营区养尊处优，爬爬周边的山以锻炼身体、适应水土，但总能够回到舒适的营地提提神、享用好食物，并有蔽身处可过夜。前头的苦工和粗活皆应由其他人为他们备妥，然后，当路途平顺时，他们或将轻易、迅速而舒适地一掠而过，保持可能达到的最佳体况，为那一切所依的最高目标做最后的拼搏。这是理论上应该做的，但是，理论再度被迫丢在一边。

正如马洛里前一年所发现的，攀上北坳的那段路是整个攀登珠峰的路程中最艰困、最危险的一段。那是一道冰和雪结合成的山壁和坡道，上有裂冰的罅隙，随时有崩坍之虞。只有极富经验的登山家能迎战这种障碍，而整个探险团中仅有四五位在这个关头上可以被信赖。这四位便是马洛里、萨默维尔、芬奇和诺顿。因为后两位将特别保留于用氧登山的任务，于是马洛里与萨默维尔此刻必须马上面对这个虽能克服，但困难重重又险恶无比的阻碍。

这是萨默维尔首度进入喜马拉雅高山区。他浑身是劲，到达第三营区的那个下午，他就又动身爬上营区对面的一个山坳，去寻访他素来渴求的美。在那山坳上，他的确找到了那种绝美，因为从这个现在叫做雷披优拉的山坳上，他往下眺望的正是那绝美的嘎玛峡谷，所仰望的则是壮丽的马卡鲁峰。他匆匆绘了份画稿——或者说草拟画稿的示意图，便在五点三十分与马洛里返回营区。

第二天，五月十三日，马洛里与萨默维尔偕同一名挑夫，带着一顶帐篷、一些备用的绳索及木桩，从第三营区出发，开路前往北坳，并尝试在北坳建立营区。此时必须找到一条安全或经过改善能变得安全的路，以便后继而来的挑夫为较高营区运送补给品时能够顺利上下。寻找这么一条路并确保其安全，需费点心思。当然，马洛里先前曾爬上这面冰壁，但自从他去年秋天登访以来，此处已经发生了些变化。他曾踏雪而上的路，现在闪着冰晶的蓝光，告诉他这段路此时已变得光秃坚硬。这种路面是不管用的，必须另觅途径才行。在他左边是一系列令人绝望、不可能爬过去的断崖；在他右边则是一些非常陡峭、高约三四百英尺的结冰坡面，在那之外有一条斜斜的走廊，显然覆着深厚的白雪。为了走上这段结冰的坡面，他们不得不凿步而行，并架设了供挑夫来日使用的绳索。但再往上直到北坳，虽然坡面更陡，却已没什么阻碍。

他们平安到达了北坳，一条供挑夫通行的路也已确保，于是他们扎起一顶迷你营帐作为征服此一路段的纪念。现在，他们有时间欣赏风景了。他们所在处海拔二万三千英尺，比勃朗峰高出七千英尺，视野也就异常广阔。但珠峰在他们一边抽拔出六千英尺，北峰则在另一边抽拔出二千英尺，所以这视野仍然饱受局限，但确乎拥有珠峰美丽西北面的景致，包括它冰晶雪亮的山壁和嶙峋诡奇的断崖，以及那绝美的普摩里峰。

侧身嵯峨巨峰之间的普摩里峰只是个矮子，高度仅达二万三千英尺，但形状非常美丽。它那覆着白雪的峰顶，如同马洛里所述，"被极为壮丽的建筑支撑着。那金字塔形的山体、向南向西的山面、陡急直下的棱线，以及向东向北的冰岩断崖，被一整系列山脉隔开；这条山脉走向为西北西，沿着一条多变、

往北坳的路径（照片中的字：第四营，建在这块岩架上方）

第十章　第二度出发　95

幻妙的山脊。附在这条山脊的雪檐和冰塔,使其秀丽和雅致在这一地区无与伦比"。

这样的景观是一路艰苦奋斗的补偿。但整体而言,珠峰登山者的劳顿鲜少得到山势之美的慰劳,因为他们是从视野狭窄的山谷走上来的,而这些山的较低部分往往很丑。它们都远远高过生命存活线,在这里看不见树、灌木丛或绿色草地,所见不是冰、雪、断崖,就是堆积着岩屑的漫长、无趣的坡道。

留下一顶营帐当做攻占标记后,马洛里和萨默维尔便带着卸去重负的挑夫,在同一天下午下山回到第三营区。他们感觉到某种程度的高原反应,但休息一两天后就迅速恢复过来,并热血澎湃地想完成登上巅峰的伟大任务,甚至打算在北坳以上不扎营过夜。幸亏不曾真的这么做,因为人类能否在珠峰的峰面上熬过一个晚上还是个问题。无论如何,只有在完全无风的夜晚才有那么一点可能。而完全无风的夜晚,通常也是极端寒冷的夜晚。所以,人在那儿纵使幸免于强风,亦将罹难于酷寒。后来的经验显示:在珠峰的峰面上,即使有帐篷遮蔽,那风、那冷也几乎是人类无法承受的。

五月十六日那天,第三营区因斯特拉特、莫斯黑德、诺顿和克劳福德的到达以及大批护卫队送来的补给品而受到补强。在一年当中,这座山唯一可能被攻下的三个星期已经到来。马洛里报告了十六日他在雷披优拉所见到的气象,更挑起登山团队想立刻行动的心意。他从雷披优拉下望嘎玛峡谷,看见"那只可怕的大锅中蒸腾的云并非闪着白光,而是可悲地呈现灰色"。麻烦会有一箩筐——这是他的结论。季节雨即将到来，他们必须与它赛跑；在来得及之前跑上山巅。

所以第二天，也就是五月十七日，斯特拉特、马洛里、萨默维尔、诺顿及莫斯黑德便带着挑夫（每一名负重二十五至三十磅）直发北坳，一天也不多耽搁。但克劳福德却因病必须回基地营区。坡道上没有风，团队甚至感觉到朝阳的光和热直射身上。马洛里和萨默维尔所感觉到的高原反应已不像第一次爬上这坡道时那么厉害。他们已经适应过来了。人可以在高海拔的新环境中适应过来，这项事实或许是不将最后一搏的起点设定得太低的好理由。让他们在二万一千英尺和二万三千英尺处待上几天，再往上拼，或许是很好的。

五月十八日花在北坳上面的第五营，一方面休息，一方面建设营地。隔天，第二批物资运抵，登山者现在安顿在以当地条件而言堪称舒适的环境中了。他们的营帐皆扎在雪上，因为找不到岩石或岩屑，但巨大冰块的庇荫免去了刺骨西风的吹袭。他们有充分而多样化的粮食——茶、可可、豌豆汤、饼干、火腿、乳酪、香肠、沙丁鱼、鲱鱼、培根、牛舌、果酱、巧克力、陆军及海军口粮，以及意大利面。只要是固体食物，没有一件被忽略。困难的是水。在北坳营区，以及由此而上的地区，雪和冰从不融化；它们只会蒸发。因此，那儿既没有溪涧，也没有涓滴之水。想在这里或其他高地营区得到水，必须费心将雪煮化。

五月二十日，即将攀登真正的目标——珠峰。

第十一章
出　击

在那大冒险展开的前夜，马洛里心中充满希望。如果说在那薄弱的安排下他并未真正料想能攀顶成功，那么至少他抱着一丝希望。但一切全系于挑夫能将营区设施搬到多高。或许不是"一切"都系于此，因为挑夫若能将一顶或数顶帐篷送到海拔二万七千英尺处，登山者也未必能爬完那最后的二千英尺。但如果挑夫们不能将扎营设施搬上二万七千英尺，登山者攀顶成功的希望便极为渺茫。

五月二十日那天早晨，只有九名挑夫能应召工作，其中只有四名真正处在健康的状况下。要带上去的有两顶各重约十五磅的帐篷，外加两只双人睡袋、饮食用具，以及一天半用粮。全部东西只打包成四个各重二十磅的捆包，由九名挑夫分挑。这给了挑夫们很多完成任务的机会，而且，当然，他们都是生长于这个山区的人，在生活中又早习惯于负重。

从事登山者为马洛里、萨默维尔、诺顿及莫斯黑德。斯特拉特必须折返第三营区，因为他仍然水土不服。

出发时间是七点三十分,这是人类有史以来首次真正踏上这座山。数百万年前,这块土地上必定充满了生命,因为它曾一度在海平面下;之后它必曾是一座热带小岛,覆满了棕榈树和羊齿蕨,并群聚鸟禽和昆虫。但这肯定发生在人类出现之前。在人类的全部历史内,它必定一直覆着白雪。如果尼泊尔人和藏人从来不曾有过攀登这座山的壮举,那么我们可以肯定,原始人类也不曾那么做过。因此,一九二二年五月二十日当可视作人类首度踏上珠峰的日子。但历史并未确实记录这四位登山者中,哪一位首先落脚在那始于北坳的上山坡面上。不过,报告中提到莫斯黑德刚开始一马当先,荣耀或许应该归他;又因为他隶属印度测量局,而这座山乃是由该局首先发现,并加以测定高度和位置,所以以其前任首长的名字为这座山峰命名也就顺理成章了。这位首长的名号是:测量上将,乔治·埃佛勒斯① 爵士。

　　在这近距离内,登山者所看见的这座山峰到底是什么样子呢?在一段距离外看来,它是爬得上去的,近在眼前的事实又是如何呢?从这北壁的底部往上望,它的坡面稍显内凹,接近东北脊处越来越陡。登山者可以沿着左手边走上环绕山面的山脊往上,因为它连接着东北壁;他们也可以向右边走,找一条与山脊平行的路走上那微微向后缩的山面。无论采取哪一条路径,都不会太难走。在这途中有大片雪地,可提供上行的方便

---

① 乔治·埃佛勒斯(1790—1866),英国地理学家,印度次大陆测量总监。

第一组登山队（由左至右）：莫斯黑德、马洛里、萨默维尔及诺顿

性。困难不在山本身，而是寒冷与高原反应。那天早晨天气一直晴朗安定，真是幸运，因为登山者曾在其他情况中在这儿见识过恐怖的风。但再往上一千二百英尺，由于空气变得非常冷，他们都加了衣服。现在太阳消失在云后了。他们越往上推进，冷度便越来越强。高原反应开始作用，他们必须奋力呼吸，每一步都得呼吸好几口气。

十一点三十分，他们爬到了二万五千英尺处；在这里，他们遭遇了困难。他们本来打算往上推进到二万六千英尺。现在的问题是：要在哪里为那两顶小型营帐找到扎营处？那些岩石都非常陡峭，逢到坡面不连续处，那凸出的岩架也都陡斜到无法扎营。这可真是严重的困境。他们好歹得找个地点安顿下来，而且必须及时找到，以便挑夫们能在天气变坏前回到北坳，因为那两顶营帐只够登山者使用。他们搜索山面，特别是避风这一面，仔细探勘等高线的沿边，找寻某个足够平坦合宜的扎营地点。云气阻断了任何较远的视界，他们只好在咫尺内寻寻觅觅。最后，大约在两点，萨默维尔和一些挑夫找到一处地点可供扎下一顶帐篷。至于第二顶帐篷，他们找到一处丝毫都不像是适合扎营的地点，只得设法补强。它位于一长片倾斜厚岩板的基部，于是他们在它上面造了个平台，这才扎起帐篷。三点，挑夫们被遣回北坳。

连托住帐篷的小片平地都那么难找——下一回探险团也将同样经历这项困难——这可具体说明这片山面是何种样貌。珠峰的山面并无断崖横阻往上的路，但它一路陡斜直上。

那天晚上相当暖和，温度计不曾掉到七华氏度（零下十四

第十一章 出击　101

摄氏度）以下，第二天他们便计划直上峰顶。它一直在他们的视线内，直线距离仅大约一英里，在那透明的空气中它看起来必定更近些。很可以假设像马洛里和萨默维尔这样热烈渴望成就这番志业的人，那光景必定让他们持续精神昂扬。但马洛里记录道：那天早晨整个团队没有丝毫奋发精神。我们或许能下个结论：在海拔二万五千英尺处，人类的精神奋发不起来。事实是：他们正处于长跑选手在最后阶段那种精力耗竭、喘不过气的状态。如果现场有群众狂热地向他们欢呼，或如果他们具有读心术，能够知晓那些身在家中却在想象中热切追随他们的进度的人，他们或许就能稍感振奋。但事实是，他们必须在死一般的寂静中朝目标奋力前进。在那高处中的最高处，在那一片冰冷的寂静中，人类的精神必须在欢呼声外兀自坚挺下去。

雪在二十一日早晨落了下来，山头也被厚厚的雾气遮掩。把脚伸进结冻的靴子，再热些东西来吃，得花不少时间，所以他们到了八点才出发。登山者直接往山上走，也就是说，他们采行东北脊的路线——那也就是从大吉岭和岗巴宗都可以看见的山棱线；我们从照片中熟悉的珠峰便是这个面向。才走不了几步，莫斯黑德却说他最好不要继续走上去了。他感到极端疲倦，不想在途中成为别人的累赘。于是他回到帐篷中等待他们回来。

上行的路径持续陡峭，但并不难走。在那断开的坡面上，几乎可以到处走。并没有体能上的奋斗或强力的拉臂动作：他们并不是在爬山脊，而是一处山面。他们在珠峰的山面上，但非常靠近棱线。真正的障碍是呼吸困难。他们必须避免仓促、突然的动作，而得做韵律性移动。精疲力竭如斯，他们还是必须保持良好的姿势，并在行动中力求平衡。同时，他们必须精心刻意地进行长而深的呼吸。他们必须透过嘴来呼吸，而不是使用鼻子。呼吸到足够的空气——这样才有足够的氧气——维持他们的肺部功能。由于这些因素，他们的工作必须讲求方法。

他们运用这种方式保持行进，一次走二十至三十分钟，配合三至四分钟的休息。但呼吸的困难在发出警告了：他们走得不够快，一小时才走四百英尺。当他们继续往上爬时，速度还会更慢。渐渐地，他们察觉到：他们不可能到达山巅。它距离他们的帐篷四千英尺，而依目前的速率至少得花十个小时才能到达。此外，他们必须保留足够的时间和精力，让自己能够安全回到扎营处，这段山路虽算好走，毕竟还是不能掉以轻心。这种思虑开始在他们心中形成分量。他们原先的目标远在他们能力所及的范围外。两点三十分，他们决定折返。

他们所到达的地点，后来经过经纬仪测定，海拔为二万六千九百八十五英尺。

现在，他们既已爬到这样的高度，比任何人所曾到达的高度还高出二千六百英尺，那么很可以假设他们必定感到意气风发了。而且我们会认为：当他们仅仅距离东北脊的最高点三四百英尺时，无论如何一定会渴望再向上拚，好一览山脊的另一边，或许能看见大吉岭山脉。无论如何，我们会认为，当他们向下眺望像卓奥友峰这样比二万七千英尺低不到二百英尺的巨峰时，一定会感到极其快乐。但马洛里和他的同伴并没有这类感觉。他们心中已不再有任何情感。他们接受了不能到达山巅的事实。既然接受了这项事实，他们便怀着某种程度的私密满足感下山。萨默维尔甚至承认，在那一刻，他一点也不在意能否爬上山顶。他们心中任何一丝奋发精神和欢愉感皆被淘尽了。

到了四点，他们回到帐篷；莫斯黑德看到他们回来时显得非常高兴，但他的状况很不好，在继续往北坳撤退的下坡路上，必须小心照顾着。不久他们就获得一个惊悚的体验，足以显示甚至珠峰的"平顺"山路也有它的危险性。他们四个人以绳索绑在一起，走在最前面的是马洛里；当第三人摔跤时，第四人遂失去平衡；第二人虽能打住，但无法将他后面的两人抓牢。突然，这三人朝东边山脊的陡坡滑下去。这三人以加速度往下掉，很快便将摔落二三千英尺，摔得粉身碎骨；此时马洛里听见后方似乎有些不对劲，立刻本能地将手中的冰斧凿入雪中，将绳索牢系在斧头柄部并用力压住。第二人先前打住的动作防止了绳索立即突然拉扯，这三人的命就这样保住了。命保住了——这都要感激马洛里这位登山家的卓越技术。

然而，这并非他们的最后一次恐怖经验。这次意外事件之后，他们必须走下一段雪坡，而且必须凿步而行。这是很累人的工作，而莫斯黑德现在已经病得需要扶持。夜幕正缓缓笼罩，他们却还有一段长路要走，而且走得非常非常缓慢，因为他们得摸索下行，只能借着入夜后依稀可辨的岩石轮廓分辨路径。最后他们到达了北坳，但还必须在高大的冰块及冰河裂缝之间找路，而这并不容易，因为即使点了盏灯笼，他们还是走错了许多路，直到晚间十一点才到达帐篷。他们以为麻烦就此终结，而且将能找到食物，最重要的是水——一些温热的饮品，因为，正如所有登珠峰的人，他们已因吸入大量干冷的空气而感到口干舌燥。所以，当他们发现帐篷里居然没有锅子可以煮融冰雪时，是何等惊恐啊！由于疏忽，锅子都被带回第三营去了，没有任何温热的东西可吃了。在那临死一般的痛苦焦渴中，他们所能获致的最流质的提神物是草莓果酱加结冻牛奶和冰雪后敲打出来的东西。

他们缔造了世界登山纪录之后，除了吃这种东西，就别无他物能补充体力，只得躺进睡袋。累极、倦极的人哪！无怪乎诺顿兴起了这主意：在下一次探险中，应该在北坳营设个奥援团队，以便有人迎接并协助归来的登山者进入营区，并立即供应他们温热的饮料和食物。经验可以教会人很多东西，但同时带给人剧痛。

第二天，五月二十二日，一早还得下到第三营；那并不容易。下了许多雪，旧的步道不见了，因此下行时不但得找到一条新的路径，还得凿步而行，以确保必须登上北坳营取下睡袋的挑夫通行安全。

他们六点出发，接近中午时终于抵达第三营；到达时已完完全全累垮了。无论如何，维克菲尔德将他们带进营中照料。营中有无限量茶饮可供他们食用，他们慢慢恢复了精神。但莫斯黑德的手指头已遭严重冻伤，好几个月不能确定能否继续保住它们。

第十二章
试用氧气

马洛里和他的队友从北坳下山时遇见了芬奇——他正使用氧气登上山来。他是使用氧气的热衷人士。身为大学化学教授的他，具有所有科学界人士欲将科学加以应用的热心。他无论采取什么行动，做法总是既宏观又兼顾最微小的细节。他从一开始就赞成并鼓吹使用氧气，而且打从英国决定启用氧气开始，他就被分派了所有相关任务。

氧气一直被飞行员使用，但截至此时为止，尚无登山者尝试将它使用在攀登珠峰这么大规模的登山活动上。先前也就没有为此目的而设计出来的装备。因此，这回探险团所使用的装备是特别订制的，而当这些装备开始被使用，免不了会出现许多缺点。芬奇花很多时间修正那些装备的缺点，并训练登山者使用它们。这项训练工作想必吃力不讨好，因为没有一个神智清楚的人能够兴致勃勃地携带那么一副麻烦又别扭的装备，更不会喜欢刚刚戴上那可怖的面罩时那种令人窒息的感觉。但当然啦，芬奇是个狂热分子，就像任何想推动一种新观念的人那样。

此君身为氧气热心人士兼登山家，其决心是不会被任何困难征服的。他离开英国的时候身体状况可能不是很好；在西藏，他又闹起了胃肠病。然而，凭着意志力，他以某种方式克服了胃疾，于五月十六日安然无恙地离开了基地营。本来诺顿有意与芬奇作伴，一同从事这趟氧气试用之旅，但因芬奇身体不适，诺顿便先与莫斯黑德出发，加入马洛里和萨默维尔。因此，芬奇便带着杰弗里·布鲁斯同行。

　　以英国登山协会的观点看来，杰弗里·布鲁斯并非登山者。他只是一位"健行者"。然而他是一位非常杰出的健行者，具有登山者的身材——高而瘦，不会太过矮胖结实。他也有很好的心性，而这几乎是不在话下的，因为对整个登山团队而言，那是一种普遍的属性。在心智上，他也具有某种柔软性与适应性，无论在登山技术或氧气的使用上，他都能虚心学习，而这仅仅次于真正的经验。

　　氧气队中的第三位成员，是短小精干的廓尔喀人泰吉比；他将搬运储存氧气的钢瓶到可能达到的最高处，使真正的登山者能继续往上走。他必须提供苦劳，以利别人建立功绩。在登山活动中总要有人扮演这种角色，没有人比那些因他们的劳苦而立功的人更感谢他们了。

　　维克菲尔德本来想参加这个团队，却因作用在他身上的高原反应比他预期中的厉害，只好作罢。他已不像从事英格兰西北部坎伯兰地区那些著名的登山活动时那么年轻了①。现在，他

---

　　①　坎伯兰是平地，空气足；高海拔地区空气稀薄，人容易缺氧。

以担任前进基地医官来满足自己；他陪着芬奇和杰弗里·布鲁斯来到第三营区，为他们做一次最后体检，让他们在良好体况中从事更高处的攀登。

在上溯冰河途中，杰弗里·布鲁斯和泰吉比接受凿冰术和登山技术的指导。五月十九日，他们到达第三营，同日，马洛里那队人马登上了北坳。氧气装备，尤其是口衔吸入器，有更多需要改进和修正处必须在第三营区完成。五月二十二日，芬奇和队友往上爬到北坳与马洛里和他的队友会合，并对氧气装置进行最后一次测试。他们在很好的时段抵达了北坳，就在同一个下午回到第三营。他们上去花三个小时，下来花五十分钟；芬奇对这些结果感到很满意。

现在，诺尔加入了他们。诺尔只是摄影师，也只是"健行者"，但他和探险团中其他成员一样，对攀登珠峰有着热切的盼望和坚定的决心。这想法已萦绕他心底多年。他对大自然有深厚的情感，对山的美也有相当细致的感受。他的雄心壮志就是同时以静态及动态画面为这次探险留下完美的记录。他想捕捉并表达山的精神、它们所激发出来的敬畏感、它们可怖的性质、它们的力量与荣耀，以及它们令人难以拒绝的吸引力。他心中的艺术家灵魂正强劲地运作着。他也是个不知疲倦的人。探险团回来后，每一位成员都说诺尔比谁都工作勤奋，他若不是在山边照相，就是在帐篷中冲洗照片，一待好几个小时。对冲洗照片而言，那是充满试炼的环境，持续不断的厉风会将尘埃或粉状雪吹得到处都是，而寒气会立刻把水或任何一种溶液冻结。

这地区不利于照相的另外一点，就是它过度干燥。照相器材的手摇杆一旦被扭转，就会释放出电光，因而破坏掉画面。

想将诺尔和他的摄影器材送上珠峰，可不是寻常的搬运手段所能办到的。然而，北坳却在"射程"内，因此，当芬奇和杰弗里·布鲁斯于五月二十四日出发，在山上从事那或许可以称作"氧气出击"的行动时，诺尔便跟着它们。那晚他们在北坳营过夜，五月二十五日芬奇和他的队友留下诺尔，从那儿起步再度向上进发。

十二名挑夫背着氧气筒、一天食粮和扎营器材，陪同芬奇、布鲁斯与泰吉比出发——挑夫先走，登山者在一个半小时后启程。后出发的这些人也是每人负重超过三十磅，这就是氧气装备的重量，但因他们借此能吸到氧气，便在海拔二万四千五百英尺处赶过那些挑夫并继续前进，抱着能在海拔二万六千英尺高度扎营的希望。但结果证明这是不可能的。在大约一点钟时，风力增强，雪也飘下来了，天气开始具有威胁性，必须立即就地寻觅扎营处，因为挑夫们必须回到北坳，而他们的性命绝不能因为下坡时遭遇大风雪而陷入险境。

现在整个团队停驻处海拔高约二万五千五百英尺，这个高度低于登山者意图到达的高度，但即使如此也高于建议的海拔了。它与峰顶之间还有三千英尺得爬，而这么大一段距离一时之间根本爬不了。既然那一天不能再爬，众人便在一处选定地点架起一个小小的平台，帐篷就扎在上面，挑夫们也被遣回了北坳。

芬奇、布鲁斯和泰吉比的帐篷扎在一个并不稳固的地点。可以说，它是以指尖抓住山坡，并不是稳稳地扎在坚定的地面上，而是撑在一面斜坡上。它们正处在那个恐怖的绝崖边上——它向下直削四千英尺，直至绒布冰河。一场暴风雪正在酝酿，雪下大了。那细微的雪粉被猛风一吹，就透进了帐篷，渗入帐篷里的每件物品。那是酷寒的天气；他们三人挤在那小小的帐篷中，试图将雪煮成热饮来暖身。但即使那样也舒服不了多少，因为在这么高的海拔，水的沸点很低，不可能有真正的热饮可喝。除了胡乱凑合些微温的茶或汤外，根本张罗不出什么了。

日落后，暴风雪以狂怒的姿态全力吹袭；它撕扯着那脆弱的小帐篷，威胁着要将它连同其中的人类像草芥般吹落山崖。这三个人必须时常走入冰暴的漩涡中，将支索系牢并叠放更多的石头。一整晚，这场与自然力的奋斗必须持续不辍，不能稍有松懈。睡眠是甭提了，因为厉风猛烈拍打着帐篷，而且他们必须持续保持警醒，以免被风卷落断崖。那螺旋进行的风雪强力扫过帐篷、卧铺及衣服，引发最尖锐的不适。

天亮时，雪停了，但风还是同样猛烈。无论如何，是没有希望再往上爬了，甚至往下走也不可能。他们必须待在原地。到了正午，暴风更强劲了。一颗石头在帐篷上划破一个洞，使得情况更糟。然后，在一点钟左右，风力突然降到强微风的程度，这给了他们迅速撤退到北坳的机会。

如果"安全第一"是他们的守则，那么撤退便是他们应该采取的行动了。但登山者不屈不挠的精神尚未被征服。他们仍然不死心地希望第二天再向上爬。在日落前，令人振奋的补给兵团到达了。帐篷外有声音传来，诺尔从北坳派来的挑夫出现了；他们以保温容器带来了热乎乎的牛肉和茶水。

这个小事件只是再次说明登山的成就是如何提升上来的。人被派上海拔二万五千五百英尺的高度去送保温瓶！在险恶的天气中亦然，半夜也照样赶路！那些人这么做是怀着如何耿直的忠心啊！美妙的是，这种义行将自然而然地激发出登山者多少向上奋斗的热心啊！

登山者感激地收下保温瓶，将挑夫遣回北坳。但他们现在筋疲力尽了。缺乏睡眠，加上彻夜努力保住帐篷，累垮了他们。身体既孱弱，感冒效应便出现了。一种死亡、麻痹的感觉爬上了他们的四肢。在这种极端的状况中，他们想到了氧气。不时地，他们吸它一口，便通身温暖起来。一整夜，他们就这样间歇吸一两口氧气，有了这剂提神药才勉强获致足够的睡眠。

他们在天亮前便起身准备登山。靴子全冻得硬透，他们于是点起蜡烛来使它们恢复原形，这便花掉了一个钟头。六点三十分，他们出发；芬奇和布鲁斯各自扛着氧气装备、照相机、保温瓶等等，负重达四十多磅，泰吉比则扛着另外两瓶氧气筒，重约五十磅（约二十三公斤）。对于必须扛那重量的人而言，那是个残酷的负担；使人愿意如此做的那份信心足可移动珠峰了。这份信心是否经过验证而产生，则是另一个问题。

芬奇的意图是：顺着北壁边脊直上山棱，并让泰吉比背负两瓶备用氧气筒爬到山棱的起点，然后将他遣回营区，等候芬奇和布鲁斯回去。但那份重负对可怜的泰吉比而言实在太多了，才走不到几百英尺他就瘫了，无论布鲁斯如何劝诱都无法鼓吹他再往前挪动一步。所以，他必须被遣回。他所完成的，的确已非比寻常了。他漂亮的成绩值得所有的荣耀——而且也颁发给他了。他到达几近海拔二万六千英尺的高度。

剩下来的两人现在继续前行；因为坡道并不难爬，他们便拆下了绳子。他们经过两处几近平坦、面积足可扎营的地方，到达二万六千五百英尺的高度。然后因风力大为增强，芬奇决定离开这北壁边脊的坡道，转而直接切过北壁。他希望借此寻获较佳的蔽身处，以躲开冰暴风——他预料那也是他在真正的山脊上将会遭遇的。

但在北壁上的行进并不比在它的边脊上顺利。一般而言，其坡道角度陡了许多；岩层的生成方式是向外、向下。有时候，岩块被靠不住的雪粉替代——那雪粉形成欺人的薄硬壳，让人以为是厚实的岩块。在这种情况中，落脚处并不总是很安全。但芬奇为了节省时间，仍然不使用绳索，他和布鲁斯就这么独立地爬过了北壁。

离开北壁边脊后，他们并没有往上进展多少，因为他们几乎是水平移动。但就距离而言，他们离峰顶更近了；这很令人振奋。在二万七千英尺处，他们斜切而上，到达那直指峰顶的山脊，约在它的半路上，直至布鲁斯的氧气装备因小意外而发生故障。芬奇将布鲁斯的氧气筒连接到他自己的，以便布鲁斯仍能吸到氧气，然后追踪出麻烦所在，完成满意的修复。

"追踪出麻烦所在，完成满意的修复"，这本身便是项了不得的功绩，因为，在二万七千三百英尺高处，人的机能几乎麻痹到不存在的地步。登山者们只能迟钝、机械性地拖着步子，脑子里一片茫然。但芬奇还保有某种心智上的警醒及意志力，也才有能力修复那些装置。

然而，他们已经走得够远了。他们因为饥饿而虚弱，又因那个晚上彻夜与风搏斗，身子虚脱了。他们离峰顶仍然太远，登上去的几率很渺茫。他们或许离它仅半英里远，却足足低于它一千七百英尺。前头并无勉力往上冲刺的实体目标，他们只能往回走，因为艰难的事实横阻在眼前。

他们这番努力所达到的最高点，在珠峰北面海拔二万七千二百三十五英尺处。他们看见了什么？他们觉得怎样？留下来的记录又是很少；他们的脑子里为什么对活动只留下那么少的记忆，原因很简单，就是：他们上山后立刻又要下山。芬奇最多只能说：云很多，而那座标高二万三千英尺的美丽的普摩里峰最初几乎看不见，因为绒布冰河旁边一座覆着冰雪的小山丘将它挡住了。他甚至不记得拍照，虽然他身上有照相机。他们整个脑子都在想：下山去吧！

既已决定回头，芬奇和布鲁斯很快就开始往下走；现在他们用绳子将彼此绑在一起，以免氧气供应被意外阻断时其中一人不幸失足。下坡进展很快，但必须小心。大约下午两点，他们又到达北壁边脊了。他们在那儿卸下身上的四瓶钢筒，才半

第十二章 试用氧气

小时就到达他们的帐篷。在帐篷中,他们发现泰吉比正舒舒服服地裹着他们三个人的睡袋,陷在那虚脱之后的沉睡中。挑夫现在上山来搬运帐篷了,芬奇便将泰吉比交给他们,继续向北坳行进。他们的身体因虚脱而颤抖,只能蹒跚前行,但仍勉力走到了北坳营区,时间是下午四点。在那儿,诺尔已为他们备妥了热茶和一碗罐装意大利面。渐渐恢复体力后,他们在四点四十五分继续上路,诺尔陪同他们,照料他们,让他们安全走下那段陡峭的冰雪坡道,到达下面那几乎呈水平的冰河盆地。到了下午五点半,他们抵达第三营区了,也就是说,他们已从他们所到达的最高点下降了六千英尺。

登峰造极的尝试失败了,但这趟用氧登山是一番非凡的努力。登山者所展现的冷静和不动摇的决心,鲜少有人能望其项背。

第十三章
雪　崩

　　登山的另一次伟大功绩已被完成，另一项纪录已写下，但珠峰仍未被征服——那是现在必须面对的残酷事实。珠峰尚未被征服，而探险团已几乎山穷水尽，没有任何资源被保留以供使用。最好的登山家皆尽了全力，而人几乎不可能在同一季中两度登赴珠峰。然而，登山者们甚至还不准备接受挫败。他们会继续努力，除非已确实踏上归途。这就是他们躺在基地营休养生息之际的心态。

　　萨默维尔是全队中状况最好的。马洛里有轻微冻伤，心脏也稍受影响。诺顿则受了冻伤，心脏也变弱了。莫斯黑德因冻伤而持续疼痛，并极有可能失去手指头。后两者当然必须尽速送返锡金，不宜有丝毫耽搁。当芬奇与杰弗里·布鲁斯两人抵达基地营，后者的脚已因严重冻伤而不能行走了。芬奇本身虽精疲力竭，却未遭冻伤，心脏也完全无恙。五月底，登山者整体状况如此，并不是很有再度尝试的希望。斯特拉特累垮了；朗斯塔夫亦大不如前，而维克菲尔德与克劳福德则皆尚未适应高原反应。

但在雨季开始前，如果这些人当中有几位能恢复过来，或许就有机会再试一次。斯特拉特、莫斯黑德、杰弗里·布鲁斯、诺顿和朗斯塔夫必须立即送返锡金。只有一个机会，那就是：如果马洛里的心脏能有改善，而芬奇的体力也恢复过来。

六月三日，马洛里体检结果状况良好，探险团立即决定安排进行第三次尝试，但布鲁斯将军警告所有相关人员：季风雨季节已来临，他们将冒着遭逢它的危险。马洛里、萨默维尔和芬奇将组成登山队；维克菲尔德和克劳福德则在第三营负责支援登山者。有足够的挑夫可以帮忙这两组人。就在六月三日那天，登山队抵达了第一营区，但芬奇的身体状况显然不宜继续走上去，因此次日折返加入朗斯塔夫的伤病团体往锡金去了。他确确实实尽了全力，没有人期望他付出更多了。六月四日，不祥的季节雨征兆出现了。雪重重落下来，登山队必须待在原地。既知道季节雨开始了，并体认进一步尝试已无可能，那么他们应该就会折返。但季节雨在那个地区并没有十分确定的起始日期。雪下大了后又会稍停，乍然放晴。马洛里所指望的就是这一小段晴天。他写道：他们不会一头栽进显然的险境中，但与其被一般性状况预估所拦阻，他们宁可到了他们不准备去冒的危险确实出现时，或无法克服上山的重重难关时，才甘愿罢休。

他们到达第一营的次日下了整晚的雪，但六月五日早上天气好了些，于是他们决定继续上行。他们很惊讶地发现这场雪稍稍改变了冰河的状貌。它大部分融化或蒸发掉了，只剩下六英寸深。他们行经第二营，直上第三营。在这里，雪深得多了，整个景色，包括低悬在山边的云，是一派阴郁与孤凄。更有甚者，这儿的帐篷先前为了节省竿子而被拆下，现在有一半盛满了冰雪；埋在雪下的补给品也必须挖出来。

在这种情况下还有可能继续往上走吗？他们真的有希望到达山顶，或爬到高于先前到达的高度吗？在那个晚上，答案似乎充满疑问。但第二天早上天气放晴了，很快又见晴空朗朗，阳光灿烂；希望又被燃起，特别是因为东北脊上的雪一直被风吹下来，那段山脊很快就会适合攀爬。

现在，他们将信心系于氧气。他们将不可能在北坳上建立第二个营区了。而没有第二个营区，他们知道他们不可能在缺乏外力帮助的情况下爬到先前到达的高度。但氧气将发挥神奇妙用。萨默维尔已从芬奇那儿学会了氧气筒机械装置上的细节，所以能够操作它——他确信如此。那些曾使用氧气的登山家如此信服于它的功效，所以马洛里和萨默维尔也就对它深信不疑。他们有意从芬奇的经验中受益。他们也再度想试着在二万六千英尺处扎一个营。同时，他们不打算在到达二万五千英尺前开始使用氧气。

然而，上北坳的那道冰墙必须先做一番处置。他们并不奢望在一天内到达北坳，因为降在那上面的新雪实在太多了。但他们可以立即带着一些捆包往上走一段路，因为必须尽量利用尚持续的好天气。因此，就在同一日，六月七日，他们开始这

第十三章 雪崩　　117

项工作。

他们在早晨八点启程。虽然夜里地面结了冰,但那层硬壳不怎么承受得了他们的重量,所以几乎每走一步就沉下去直没至膝盖。他们预料可能会有雪崩,但他们害怕会发生雪崩的只有一个地方,那就是第四营坐落的山崖岩架的下方,那最后的二百英尺陡坡。他们在那儿必须小心行进,先测试过雪的状况才能越过那坡。至于一路上其余的部分,他们认为不会有什么危险。

维克菲尔德被留在第三营担任支援官,现在,登北坳的队伍由马洛里、萨默维尔、克劳福德及十四名挑夫组成。这三名登山者既不必背负捆包,当然就必须在前头开路,在那陡峭又覆着白雪的冰坡踏出一条路径供负重的挑夫行走。那雪在冰上结得很牢,可以直接走上去,不必凿阶而行。他们尽一切可能掘开雪,以吸引它崩塌下来,但它动也不动。走过这险要的坡段后,他们一行人毫不迟疑地奋力向前行。他们相信,如果雪在那个坡段不塌下来,那么在比较平缓的坡段上也就不会崩下来。不会有雪崩的危险了。

所以他们勉力上行,通过那深深的积雪;累人如斯的工作,使得他们每向上移动一步,就必须停下来喘好几口气,直到将重量移到另一只脚。所幸那天天气晴朗无风,到了一点三十分,他们抵达一块显著的大冰块下方四百英尺处,也就是北坳下方六百英尺处,仍然在那条走廊的平缓坡道上。他们在这儿休息了一段时间,直到挑夫们顺着三条分开的绳索攀上来。然后,整队人马继续向前行,小心翼翼,但并未想到会有危险。

他们仅仅向前进行了一百米,由萨默维尔领队的这一行人已爬上了那段坡的上方,但尚未越过它。当最后一组挑夫刚跟上萨默维尔的步伐,大家突然被一阵巨响吓住了。"一种不祥、尖锐、暴力的声音如雷贯耳,然而那声音听来又有点软趴趴的,像是没有封装的火药爆炸的声音。"马洛里以前从未听过这种声音,但他立刻本能意会那是什么。他眼睁睁看着脚下的雪面破裂又皱缩起来,然后,他随着一片由不可抗拒的力量推动的坡面缓缓向下移动。他设法从那坡面脱身,以免被推到那段坡面下方。有一两秒钟之久,他静悄悄地随着雪往下滑,似乎一点危险也没有。然后,他腰上的绳索扣紧了,将他抓住。此时,一波雪落在他上方,将他埋住。看起来,他就这么完了。但他记起了:在这种情况下,最大的逃脱机会系于游泳动作。所以他将手插入头上的雪中,躺着以双手不断划出游泳的动作。然后他感觉到雪崩的速度缓下来了,最后完全止息。他的双臂自由了,他的双腿则已接近表面。再经过一番短暂的奋斗,他站立起来,惊魂未定、气喘吁吁地踩在那静止不动的雪中。

但绳索还系在他的腰际;他设想:绑在他身旁不远的那名挑夫必定被深深埋在雪中。令马洛里惊讶的是:那名挑夫竟然毫发无伤地从雪中冒了出来。不久,萨默维尔和克劳福德也分别将自己救出。他们的体验必定和马洛里的十分相似。

到目前为止一切都好。他们看得见一百五十英尺下方一群四人一组的挑夫。或许其他人也都安全。但这四个人却一直朝

第十三章 雪崩　　119

下方指指点点，显然其他挑夫被带到更下面的地方了。马洛里和他的伙伴们急忙赶过去，很快就发现这四名挑夫站立处的下方有个可怕的落差：一段四十英尺高的冰雪断崖。那些失踪的人必定被扫落下去了。登山者们立刻找一条路绕下去，然后，他们最糟糕的恐惧被证实了。有一个人立刻被挖出来，仍然活着，并恢复了神智。另一名用钢架背着四瓶氧气筒的挑夫被挖出来时是头朝下躺着，但虽被埋了大约四十分钟，却仍在呼吸。他也恢复过来了，并且能够走回第三营。但其余七位全罹难了。

于是，第三次尝试以悲剧告终。显然这个团队不应该到上达北坳的斜坡去冒险。但这么说却是事后的聪明。一切迹象都显示情况安全无虞，而且马洛里和萨默维尔也都是经验丰富又细心机警的登山家。或许可以承认他们是在跟时间竞赛，但他们也不是会冒无谓危险的人，更不会为了不必要的冒险轻易牺牲可怜的负重挑夫。对于这些挑夫，他们的的确确怀抱着最大的尊敬和最真挚的情感。

对于那些在这趟伟大探险行动中忠心扮演一己角色而后丧生的挑夫，探险团中的英籍成员深感同情。这件事在这些亡者的亲人、朋友及周遭的人当中造成什么反响，布鲁斯将军曾描述在他的报告书中。那些篇章显示出当地人对这类意外事件的态度，具有特殊的价值。

接到这个消息后，他向绒布寺的大喇嘛通报；这位大喇嘛"对整个事件极为同情，极为慈悲"。不少寺院为这些亡者和他们的家属举行了佛教仪式。所有的挑夫，特别是那些亡者的亲人，都受到绒布寺大喇嘛亲自接见，并给予特别的祝福。稍后，布鲁斯将军也收到一封来自他的朋友尼泊尔国王的吊唁函。国王陛下写道："这使我想起：许久以前，在我们两人共同的朋友马内斯·史密斯上校的时代，您为我们的议会带来了一项议题：是否为那攀登众山之王的计划发给通行尼泊尔的许可。那时我才知道：本地百姓间盛行一种玄密的信仰：山的高处是湿婆神和帕瓦蒂女神①的住所，任何人胆敢冒犯，都将因亵渎圣地而为印度教的国度及其人民招来灾难。这种信仰或迷信——任您怎么称呼它——是如此坚定不移，以致他们将这桩悲剧事件归因于神的愤怒，而神的愤怒是他们无论如何也不想去冒犯的。"

珠峰北侧的西藏和珠峰南侧的尼泊尔，对这起山难的看法就是这样。布鲁斯谈到藏人时，说他们是迷信和通达事理二者的奇妙混合体。显然他对尼泊尔人也会做相同的描述。

他进一步说道：住在高山上的尼泊尔部落以及不丹籍夏尔巴人有一种信仰：当一个人坠落山崖死亡，便成为奉献给神明的牺牲品，特别是对于失事现场的山神。他们更相信：任何人如果在别人发生山难的日期和时辰恰好也在同一地点，来日也将落山而亡。

然而，尽管发生了这场灾难，又有这些迷信盛行于民间，

---

① 湿婆神，印度三大主神之一，主掌"毁灭"；另两位是梵天和毗湿奴，分别代表宇宙的"创造"和"守护"。帕瓦蒂女神，印度教的雪山女神，为湿婆神的妻子，亦为戴维女神的化身之一。戴维女神是万物之母，同时代表创造和毁灭的力量。

探险团中存活下来的挑夫很快又能够对事情采取轻松的看法。他们就仅仅抱着这种看法：那些人的时辰到了。如果时辰未到，他们就不会死。没有什么好多说了。那是他们对命运的信念。而且他们也完全准备好加入另一次珠峰探险。如果命中注定他们将死在珠峰上，他们就会死在那儿；如果不是，这就不会发生。事情就这么结束了。

所以，那场山难丝毫不曾令这些挑夫和其他人丧失勇气。他们大伙儿仍准备为下一次探险勇往直前，一如既往。

不过，那些登山者本身却对这起山难非常在意。他们觉得那是他们身为登山家的一大耻辱。但如果那是耻辱，两年后马洛里与萨默维尔便在这同一地点将它抹去，如同我们现在所听闻的。

第十四章
高海拔生物

世界最高的山头尚未被拿下,但人类已经靠自己的力量爬到了海拔二万七千英尺。是否曾有任何其他生物做到这一点?是否曾有其他兽类,或昆虫,或甚至鸟类,曾到达如此惊人的高度?这一点不无疑问。有一只红嘴山鸦曾在两年后飞上来——它随着另一支登山团体飞到那个高度去收集登山者的食物碎屑。但乌鸦不会为了那壮丽的景色或登高的荣耀而飞得那么高。而这是有史以来,食物一度被带到海拔二万七千英尺的高山上。所以我们可以假设,在那以前不曾有红嘴山鸦到过那个高度。秃鹰飞得很高,沃拉斯顿曾在一九二一年观察到一只秃鹰飞过二万五千英尺的北峰上方,但并未超过它二千英尺;而这是已知人们见到秃鹰踪影的最高海拔。它们不会飞得比需要的高度还高,而对它们来说,飞到二万七千英尺的高度并没有显然的需要。

众所公认,到那时为止,人类在一九二二年所获致的高度,高过任何活物凭己力到达的高度。他凭恃双腿所到之处,已高过有翅生物飞到的地方。

这几次珠峰探险活动,提供了绝佳的机会让我们知道各种各样的生物能在多高的地方生活。这个问题更由下一梯次探险团中的博物学家,即"印度医疗服务处"的欣斯顿少校特别加以详细研究。但前后三次探险活动都在这方面做了贡献,而此刻正适合将其结果加以叙述。

地球上最高的恒久住客,似乎是欣斯顿少校在海拔二万二千英尺处发现的某种蜘蛛。它们是小型的跳蛛,看起来似乎尚未长成,体型微小,呈黑色。它们生活在岩石碎屑中,潜行于沟缝里,并藏身于石块下。它们到底以什么维生仍是个谜,因为在那个高度,除了光秃的岩石和冰之外,什么也没有——没有任何植物,或任何肉眼可见的有机生命。蜜蜂、蝴蝶和蛾或许偶尔会被吹到这么高的海拔,但这里似乎是这些蜘蛛自然的家:它们是住民,不是过客。

被看见的最高海拔植物是一种小型的莎草(A.musciformis);沃拉斯顿发现它们呈坐垫状簇生,宽数英寸,直生长到二万零一百英尺处。他也在二万英尺处发现多种草和苔藓类,以及高山火绒草。

这些是世界上住得最高的生物。在访客当中,除了沃拉斯顿所见飞翔于二万五千英尺的胡鹫,以及一九二四年跟着一支登山团队飞到二万七千英尺高的红嘴山鸦外,萨默维尔也在卡达普峰上二万三千六百四十英尺处看见一些红嘴山鸦。而在二万一千五百英尺处雪地所见到的足迹则几乎都是野狼所留,野狼本身的踪影则大约在一万九千英尺处见到。沃拉斯顿曾经两度见到一只戴胜鸟飞过二万一千英尺高的卡达冰河上方。大约在同一个时候，他也看见一只小苍鹰飞过天空。

在二万一千英尺处的第三营区，欣斯顿看见几只红嘴山鸦和一只巨嘴鸦，两者似乎都是循着营帐飞上来的。他在那儿所见过的一只朱雀似乎是越过山脉移栖过来。另一名访客是一只大黄蜂。沃拉斯顿在二万一千英尺处看见狐狸和野兔的足迹，而它们本身则在二万英尺处被看见。

在卡达冰河上，海拔二万英尺处的营区，每天都有胡鹫、大乌鸦、红嘴山鸦、阿尔卑斯乌鸦，以及黑耳鸢来访。在海拔二万英尺上，可以看见蓝山羊的粪便，而在一万七千至一万九千英尺之间绵羊相当常见。一种新物种的短耳"皮卡"（一种野兔，Ochotona wollastomi）被发现于一万五千英尺至二万英尺之间。一只没曝露真面目的老鼠在二万英尺的帐篷内偷吃食物。

在卡达山谷内，一万九千英尺高处，可以见到矮种的蓝色绿绒蒿和多种类的虎耳草，另外还发现了一种奇异的青木香（sasusurea）——花上满是棉絮的大型菊科植物。

在一万八千英尺高的卡达山谷中，有最小的杜鹃属植物（R.setosum 及 R.zepidotum）和一种毛茸茸的矮小蓝色飞燕草（D.brunnoneanum）；在这个海拔上，沃拉斯顿也看见了一种很漂亮的红胸朱雀。而欣斯顿则在海拔一万八千英尺的荒凉冰河堆石上发现了一种新属类迷你蚱蜢；在同海拔上也见到一只古登史塔氏红尾鸲（Guldenstadt's redstart）。

降到一万七千英尺，生物种类更为繁多了。在卡达山谷中，生长在溪流岸边的是一种非常漂亮的龙胆属（G.nubigena）植物——单单一支花梗上就生着半打花朵；附近则有一种很香的紫色和黄色小翠菊（A.heterochoeta）及一种鲜黄色黄菀（S.arnicoides），其叶平滑光亮。在干地上，则长着一种奇异的深蓝色野荨麻（Dracocephalum speciosum）。他也提到他曾看见美丽的龙胆属植物（Gentiana ornata），但是否在这么高的海拔上看见则不清楚。

在这个海拔上，人类出现了。欣斯顿提到，在绒布河谷中，一位隐士闭关在一万七千英尺高的一间密室中。在这个海拔上，他也看见了食虫虻、掠食黄蜂、西藏野兔（一只鼠兔），以及龟甲蝴蝶、阿波罗蝴蝶，还看见一群蓝山羊沿着山壁在做工。

沃拉斯顿在卡达山谷中同一海拔上看见许多不同种的鸟类。在积雪线以上常见大群的西藏鹀鸪（Tetraogallus tibetanus）。在溪流中，他见到河鸟（Cinclus cashmiriensis）；在巨大的圆形冰河堆石间，他看见一只体型很小、颜色很深的鹪鹩。雪地鹨鸟及东方岩鹨的栖息地似乎高到积雪线。九月间，在一万七千英尺以上，可以看见许多不同种类的候鸟，有田明克氏滨鹬（Temminck's stint）、彩鹬、长尾凫鹬、毛脚燕，以及好几种的鹬鸻科鸟类。一个晚上可以听见好几次迁移中的涉鸟叫声，一定是麻鹬，不会错。

在一万六千英尺处有绒布寺，欣斯顿在基地营看见了山鹨鸟、棕色鹩鸟、旋壁雀、大乌鸦、胡鹫、岩鸽，以及红嘴山鸦。亚当氏山鹨鸟和古登史塔氏红尾鸲也在此海拔筑巢。每一坨粪便中、每一具动物尸体下面，都可见到推粪虫。一种稀有的小黄蜂惯于在这里的黏土中工作。半翅类昆虫可以见到了，扁虱藏身石头底下。

现在我们已降到了勃朗峰的水平，不需要再就这个主题探讨了。但我们可以注意一点：在高于欧洲最高峰的海拔上，生存着多少不同种类的生物啊！欣斯顿说，动物会为了获取惯吃的食物而爬上山去，而且不会被实质上的险恶吓阻。它们会无惧于寒风及越来越稀薄的大气，只要适当的食物供应得以确保。他相信，如果在珠峰顶上扎个营，红嘴山鸦也将跟上去。

第十五章
重要成果

珠峰尚未被攀顶，另一趟探险或许有其必要。但这次探险所获致的哪些经验能作为下一次探险的参考呢？

这次探险所发现者具有显著的重要性——不单是对以后的珠峰探险活动而言，即使对人类全体来说亦是如此。经由这次探险，我们发现人类能够在高原反应中调适过来；人类能够在越来越高的海拔上，越来越稀薄的空气中，呼吸越来越少量的氧气。如果人类的精神——亦即他对冒险的喜爱，他对自身所感到的骄傲，他的乐于冲刺以博同侪认可、赞赏和加油——会推动他去攀登那高山中之最高者，那么他将发现自己能够应付各种状况；他将发现他的身体和心智皆善于回应精神的召唤。

这是第二次珠峰探险的发现，而正如我们后来所见，这一点在第三次探险中获得充分的证实。如果我们回想在这些探险活动展开之前科学家们的意见，那我们将更了解这项发现的重大意义。科学家曾认为，在海拔二万英尺以上，人类不可能适应得过来。也就是说，若撇开体力的耗竭不论，如果你两度从二万英尺爬到二万三千英尺，那么你所感受到的高原反应，第二次将大于第一次。而如果你第三度爬到二万三千英尺，那么感觉会更糟。同样，如果你在二万三千英尺处待两天，第二天你会觉得比第一天更糟。而如果你在那儿待到第三天，会觉得还要更糟。那将超出你水土适应的极限。你将不再能在那改变过后的条件下调适过来。你将不能呼应你的精神对你的召唤。你将不能随机应变，而将屈服于困境。你将不得不承认被物质环境打败，而不再享受克服困境的成就感。

这便是探险团开拔之前许多科学家所持的黯淡看法，而这全是因为他们对自己缺乏信心。他们对他们的科学充满信心，但出于某种神秘的原因，他们总是将注意力集中于这个世界的物质、化学和机械面，以及细菌和疾病，对于人本身及人类这个大全体则甚少注意。而当他们对人类投以注意力时，也仅注意他的身体——生病的身体。他们所处理的是人类微小的分离物，以及这世界的微小分离物。他们不处理整体，因而他们得到了错误的结论。

借由这次珠峰探险，我们发现：如果人的精神将他二度上推到二万三千英尺，那么他第二次所感觉到的高原反应会低于第一次。此结果经由真人一再实验，并且在高于二万三千英尺以上的地方实验，总是一再获得相同的结果。此外探险团很幸运地能有一名团员是医疗人员，并且碰巧曾在生理学方面做过若干年研究，而且他也是珠峰登山行动中爬到最高处的人员中的一位——爬到大约二万七千英尺处，而且没有使用氧气。他将他的经验记录了下来。

谈到登上北坳（二万三千英尺）的经验，萨默维尔说："我们永远不会忘记我们第一次爬上那该死的冰雪坡道的情景——每一步都艰困万分，每一步都是奋斗，直到最后登上那山坳时，几乎完全虚脱了。"那是他头一次爬上二万三千英尺的体验。现在让我们再听听他第二次爬上二万三千英尺时的感受。他说："在下方的第三营区（二万一千英尺）待了一两天后，我们再度登上北坳。这一次攀登是苦差事，但也不过就是那样；到达北坳后，我和莫斯黑德两人欣喜万分，立刻就去探索爬上珠峰的路径。"

所以萨默维尔第二次登上北坳时所感受到的高原反应比第一次更少，而不是更多。现在让我们听听他第三次爬上二万三千英尺时的感觉。他说："一两天后，我们再度登上北坳，一路上除了偶尔呼吸困难外，并未感到任何不适……在二万一千英尺上所过的那几天，让我们适应高海拔水土到一种可观的程度；先前是艰苦奋斗的工作，现在已相对容易了。"是以萨默维尔所感觉到的高原反应是越来越少，而非越来越多。其他人的经验也支持了他的叙述。于是，我们便有证据证明：人至少可以适应二万三千英尺的高度。

这种体格上对于高海拔地区的适应，给了萨默维尔体力，使他能不靠氧气便登高到二万七千英尺。他的经验以及其他人的验证，都说明高海拔水土适应过程很快，而且可以持续到很高的高度。水土适应在高海拔地区是可能而快速的。

此外，我们可以注意到：这种水土适应的过程，不仅作用在肉体上，同时也发生在心智上。当外在情况不断变化，身体不经心智的觉察便能透过一些奥秘的过程自动调适过来。血球的数量增加了，无疑还发生了其他方面的改变。而心智也会自我调适。当登山者和挑夫首度向北坳爬上去时，他们心中并不确定爬上二万三千英尺的北坳后，是否还有多余的能量继续往上爬。一旦爬上了那个高度，他们心中对于成就的标准就提高了。最后他们已经不太把二万三千英尺当一回事。挑夫们不断上下来回走着；诺尔在那儿连续睡了三个晚上。马洛里与萨默维尔、芬奇与布鲁斯则睡在更高的地方。当探险团出发时，二万一千英尺的营区被视为各种工作运作的基地；等探险团回来后，团员已将二万三千英尺的北坳当做出发点。他们在心智上已提升了成就的尺度，并一如他们的身体，已习惯于更高的海拔。

但探险团是否曾获得二万三千英尺以上水土适应的证明呢？不多。每位登山者都只从二万三千英尺往上爬过一次。但挑夫们曾二度登抵二万五千五百英尺的营区。第一次派他们到那么高的地方时困难不小，但第二次他们就很自然地爬上去了。芬奇和杰弗里·布鲁斯在那儿的时候情况可能很狼狈，所以在二万三千英尺的诺尔便招来一二名挑夫，吩咐道"将这几支保温瓶送上去给芬奇大人"，他们便上路了。风很吓人，而且很可能在他们回来前就会入夜，但他们还是安然交付了东西，顺利完成任务。那个高度比起人类在那一年之前所曾达到者，高出

第十五章 重要成果

一千英尺。

这些经验使萨默维尔认为，在珠峰的峰顶以下没有任何水平线会是水土适应理论上的极限。他预言，人既能在二万三千英尺适应过来，便能登上峰顶。他因此相信人可以不用氧气便到达山巅。他认为，必定有许多人可以全靠自己的体力，不借外力支援就爬上珠峰峰顶，只要在二万一千英尺处待上几天，让身体自动调整一番。"如果有一伙人被允许生活在相应于第三营（二万一千英尺）的高度两个星期左右，时而远足到二万三千或二万四千英尺处，那么我不怀疑，从体力的观点看来，他们足可爬上珠峰，如果天气好、风也不吹得太猛的话。"因此他预言："要登上珠峰峰顶，最有可能成功的方式便是：送出九至十名能够待在高地营区的登山者，让他们完全适应水土，然后编成一系列探险队，每次三人左右，在天气状况允许的时段内持续尝试。"

这样的结论未曾付诸实行真是万分可惜。笔者本人把自己归于应受责备的行列，自认应对第三次探险筹备失策负责。然而高海拔水土适应的观念，甚至到了今天也尚未被人完全接受。在一九二三年，人们仍固守着这种观念：氧气是少不了的，而萨默维尔本人也应为此负担部分责任，因为他曾经那么具有说服力地劝诱珠峰委员会为一九二二年的探险队配备氧气。因此第三次探险也被配备了氧气，就如同第二次探险。

事实是：我们尚未充分认知人类还是一个非常年轻的族类——存在尚未超过五十万年。我们仍处在探测与证明自己能力的阶段。我们尚未将自己所处的这颗小星球踏遍，看看我们能做什么、能往哪儿去。目前，我们觉得很难爬上珠峰峰顶，在这第一回尝试中不断跌跌撞撞。但我们还不知道自己的能力有多大，也不知自己该向那些勇于体验、认知其翅膀或腿足的雏鸟及幼兽虚心学习。

如果说这次——以及下次——探险中，有一件事实的重要性高于其他，那就是：人的能力还有待开发与养成；如果你操练它，它就会扩张。我们有充分的理由对自己更具信心。

第十六章
氧气的使用

氧气的使用有某种借口。人类有多少能耐登高至二万五千英尺的高度？在一九二二年时，我们对此所知甚少，因此，当有氧气可用而不去使用，或许后来会被证明是很愚蠢的行为。然而，氧气使用的结果却形成珠峰探险行动的障碍。在第一次用氧登山中，除了萨默维尔之外，芬奇是主要的倡议者。悲剧却在于：这么杰出的登山家，俱足经验与技巧、绝对不可征服的意志，以及想借由登上珠峰赢得荣耀的企图心，很可能会是不用氧气就登上珠峰的那个人。将他导入歧途的，是科学界人士在珠峰探险行动开始之前所持的信念：人不可能生存于极高海拔地区的稀薄空气中。因此，身为一名科学人，不使用氧气对他而言似乎很愚蠢。有了氧气，如果能找到携带上山的手段，便将确定能够登峰造极了。同时，不用氧气似乎确定到不了山巅。我们想一举攀顶，于是明摆在眼前的方策便是赞成使用氧气。这就是他的思维路线。他是一位科学家，他会去应用他的科学，他会去使用氧气。而且依照他的性格，一旦立意使用氧气，就不会对这个想法有所迟疑，即使事实证明人类可以在二万三千英尺的海拔上迅速适应过来。

探险结果教给他的，不是水土适应的价值，而是氧气的价值。他比较了先后两次的高度攀登——一次是五月二十二日的无氧行动，一次是五月二十七日的有氧行动，然后持着比较的结果加强自己的主张。他说："经过六个钟头以上的攀爬，马洛里、诺顿和萨默维尔到达了海拔二万六千九百八十五英尺，所以自从他们离开高地营区以来，已经做了一千九百八十五英尺的垂直上升，速度每小时三百三十英尺。他们返身折回的地点……以水平距离而言，大约离山顶一又八分之一英里；垂直距离则在山顶下二千英尺。下午二时三十分，他们开始循着原先上行的路往回走，四点回到高地营区，因此他们下坡的速率是每小时一千三百二十英尺。四点过后不久，他们在莫斯黑德的陪伴下踏上返回北坳的行程，晚间十一点三十分到达北坳；下行速率每小时二百七十英尺。"然后他描述在次日一早遇见他们的时候，也就是他们走回第三营区时的状况："显然到了体力耗竭的最后阶段。"

他拿自己的用氧登山经验与此相较：五月二十七日早上六点，在两夜一天没有休息并遭受尖锐饥饿之苦的情况下，他和杰弗里·布鲁斯从他们的二万五千五百英尺营区出发，满怀攀顶成功的希望。半小时后，泰吉比倒地不起。在二万六千五百英尺处他们转而走上珠峰的山面，在一个半小时内从营区爬升一千英尺，也就是说，尽管各自负重超过四十磅，仍有每小时九百英尺的上升速率。从这里开始，他们垂直上升不多，但稳定而持续地接近峰顶。他们最后折返的地点距离峰顶的水平距离不到半英里，垂直距离大约一千七百英尺。他们所达到的垂直高度仅比无氧队高了三百英尺，但他们与峰顶的距离比无氧队接近了两倍。

总结这两次登高的结果，他说："第一队在海拔二万五千英尺处扎营，住了一夜，最后到达的地方海拔二万六千九百八十五英尺，距离峰顶一又八分之一英里，未稍停留就回到北坳。第二队在二万五千五百英尺海拔处扎营，在那儿过了两夜又近乎两天，最后到达的地方标高二万七千三百英尺，距离峰顶不及半英里，回程没有休息直奔第三营。"他并坚定声明："用氧队所经历的天气远较第一队所经历的恶劣。"

因此他结论道："'人工供氧在负重上的不利，抵不过其产生的利益'，这种论调并无理由，该被扬弃了。"于是他假设：如果再有任何攀登珠峰的尝试，氧气设备将构成登山者最重要的一项装备。

所有这一切或许完全正确。登山者使用氧气便确定可以登上珠峰峰顶，如果他们能找到足够的挑夫，不仅背负帐篷和补给品，还运送氧气筒，并且，氧气设备到了极高的海拔也都不出差错。还有，如果不用氧气就没有丝毫的机会爬上去，那么氧气的的确确是该采用。但重点在于：一九二二年的探险活动已经显示：不用氧气也有机会到达山巅；再将整个情况——挑夫的缺乏、氧气器材的缺陷等等纳入考量后，用不用氧气在成功几率上已无多少差别。况且攀登珠峰这件超凡的绝技，不用氧气去成就将比使用氧气有价值得多。对于科学界的人而言，那会是人体适应能力的实证。而不用氧登山，所带给一般人的精神上的满足，是用氧登山永远无法比拟的。

若说一九二二年探险活动的经验的确显示出什么的话，那就是：珠峰可以用氧攀登，也可以不用氧攀登，但若在这两个方法之间游移不定则无法攀登。这两种方法必须选定一种才行。登山者不能一心二用；在攀登过程中，他必须专心致志。他的计划必须很单纯。

再者，有两种考量与"用氧说"大为冲突。第一点：真正实用的供氧器材尚未被发明出来。第二点，也是最重要的一点：携带氧气筒和供氧器材上山必须雇用许多挑夫，而他们原应被雇用来为登山者搬运帐篷和补给品。挑夫的数量并不是无限的。如果一种方法比另一种方法需要较少的挑夫，便应考虑优先采用。

或许会有一队致力于用氧登山实地教学的热心科学家前往珠峰，一路口衔氧气管、身背笨重累赘的供氧器材上山，终于坐上了巅峰，在那儿吸着氧气。但如果有人想知道他凭己力能做到多少，那么便应自己来一趟。他或许会为了医疗目的携带一瓶氧气筒，正如他也可能带一瓶白兰地，但他不会依赖它。他靠的是自己，而到目前为止，所有的经验皆显示：他有足够的适应力可资凭借。

这次探险结束时，萨默维尔说他"在二万七千英尺高时，觉得情况非常好"。挑夫既曾将重物带到二万五千英尺和二万五千五百英尺处，便很有希望诱使他们至少带一顶小帐篷到二万七千英尺。如果那有可能做到，那么两名起步时"情况

第十六章 氧气的使用

非常好"的登山者便应能够不带氧气爬完那剩下的二千英尺。如果这有可能做到，其结果当远比氧气辅助下的成果更令人欢喜、满足，并更能激励人心。它将显示出：单单高原反应不必然会拦阻人类去爬世界上任何其他山峰。

"拥氧人士"很有理由主张：如果上次探险集中于用氧登山——而且仅仅集中于此策略——应该就已攀顶成功了。或许真的如此。但，果真如此的话，我们就错失了"人可以适应高海拔水土"这一项可贵的发现。我们将一直不知道人类竭力一拼时，能够扩张极限到什么程度。而且攀登高山时，我们将越来越倚赖外在刺激品，而弃置自己本有的能量不用。我们可能永远不会知道我们有那么大的潜力。科学界的一个分支容或赢得了成功，但全人类将失去一次了解自己的机会。

然而，这些功课是我们尚未从一九二二年的探险学会的，得通过第三次探险来教导。我们还在"相信自己"还是"相信氧气"之间游移。我们太过倚仗物理与化学所能为者，而太不看重自己能为自己做的事情。所以下一次探险仍将有氧气供应。

不过，正如我们将看到的：那是一次灾难性错误。它将出击的计划复杂化，而登山计划高于一切必要的必要则是"尽可能简单"。况且那么一来，本可更有效使用于运送帐篷和食物的挑夫名额也被削减了。

然而，这不过是事后的聪明罢了。在这当儿，不用氧气似乎很笨，至少也要备用才行。直到现在，或许还有氧气热心人士会鼓吹氧气的使用呢！

第十七章
其他结论

北坳以上必须有第二个营帐（一个大约在二万五千英尺，另一个大约在二万七千英尺），以便不用氧的攀登能够成功——这是探险获致的结论。在山上，前进必然是很缓慢的，无论那些登山家多有效率，也无论他们多么适应当地的水土，每移动一步都得喘好几口气。他们必须留意精简努力，维持平衡，保持精神抖擞，并让动作具有韵律性。即使这么小心经营，我们还是不能盼望他们在最后那二千英尺上，速率超过每小时三百英尺。在这么高的海拔，一大早出发几乎是不可能的。而到达峰顶后，他们必须让自己有时间下来，可能的话最好回到北坳营。下行速率可能会是上行的三倍，但须准备四至五个小时以供下行使用。所以，攀顶一搏的出发点必须尽可能接近二万七千英尺。而这意味着什么，任何曾经从克什米尔望见二万六千六百英尺高的南迦帕尔巴特峰的人都会了解。那么就必须找到挑夫，将应用物品带到那非凡的高度上，登山者才有可能从那儿到达山巅。这就是结论。

从这次经验习得的另一课是：登山者必须不可太老——不可超过四十，而应尽可能接近三十。如果太老，就不能很快适应水土。这是一项很有价值的经验，因为以前并不知道什么年龄层比较好——老一点或年轻一点。情况必定曾是这样：老一点的，更沉稳，更有历练，便更能受得住操劳。但无论他们多能吃苦，就是适应不了高山环境，不能在高海拔的新情况中迅速调适过来。结果，在极高海拔上的登山能力就不如较年轻者。

另一方面，如果登山者太年轻，则虽然可能较快适应高海拔环境，却可能因身体过劳而崩溃；他可能没有那样的耐力。三十岁上下，似乎是攀登珠峰最理想的年龄。

而且，他必须是个子高、腰身短、四肢长那一型，也就是说，他本身没有多少重量需要携带，而有一双长腿可以撑起身体。

良好的肺功能显然是必要的。马洛里和芬奇都表示：在高处，必须做深、长而且强力的呼吸。另一方面，萨默维尔却发现：快速而短促的呼吸最适合他。下断论还嫌太早。每个人都必须仔细研究自己，然后采取对自己最有利的方法。但无论做深长或短促的呼吸，强健的肺部都是必不可少的。

登山者只要能够平稳地向上跋涉，就会有不错的速率，但如果必须致力于较不寻常的努力，则行进将因精力分散而大受影响。煮顿饭、穿上靴子、走出帐篷去系紧拉索——甚至上床——都可能把他们弄得很狼狈。能找到人做好这些事情，避免他们为此分心，是极为需要的安排。

另一项显然少不了的安排，当是一支奥援队伍。第一梯次探险团便因缺少这项安排而蒙受很可怕的痛苦。做出极大努力的人必须能够觉得：当他们身处困顿时，有人在后面准备好前来支援他们，至少，在那最伟大的日子，在从事了此生不太可能再度从事的工作回来后，会有顿热食等着他们。

谈到珠峰探险可能遭遇的障碍与危险，现在大家都已公认珠峰——以英国登山协会的语汇来说——是"一座平易的岩峰"。其北壁凸出的岩板，特别是积载了雪的时候，固属险恶，必须小心应付，但并不构成超越不了的屏障。而且最后尚未被爬过的半英里，并没有什么障碍在那儿；它就站立在人们上山的路径上。

山本身不是障碍。拦阻进程的是天气——可怕的风，以及那酷寒，那雪。酷寒能以温暖的衣物抵御，但萨默维尔提出一项警告说，在水土适应的过程中，已经适应的人会更容易罹患冻疮。因此未来的探险应针对这一点预作防范。

关于雪的危险，探险团曾有过的可怕经验将对未来的探险具有警示作用，此处不拟赘述。

风的危险不及雪的危险，却是较为持续的阻碍。这些狂暴的风是那么频繁，以致登山者做出这个结论：必须将狂风怒号当做是那儿的正常状态。它们肆虐到极端险恶的程度时，移动是不可能的，但考虑到登高能合理进行的时间是那么短暂，登山者实在等不起无风的日子。无论有没有刮风，都必须往上爬，除非刮的是飓风。但如果要这么做，他们就必须为自己、为挑

第十七章 其他结论

夫准备适当的衣服——越不透风越好，并供应同样不会被风雪穿透的帐篷。凡是不像钢铁那般坚硬的物质，都无法真正顶得住珠峰山上的风。但还有其他具有不同可透性的物质，现在就是要选出最不可穿透而又可以穿在身上、可以携带的物质。

这些都是有待取得的可贵经验，而如果下一次探险能够从中受益，成功的可能性将大为提高。

第十八章
第三次出征

　　第三支探险团现在必须组织起来了。第三度，许可书必须向西藏政府取得，资金必须筹措，登山队必须组成，补给品与设备必须在英国张罗，负重部队必须在印度征召。

　　但这一次可用的时间较多，因为珠峰委员会已决定不在紧接着的那一年派出探险团，而将等到一九二四年。在委员会中，主任委员也换人了。现在轮到英国登山协会的主席担任主委，而英国登山协会的主席恰好是布鲁斯将军本人。因此他可以将委员会主委和探险团团长二项职责集于一身。那是各方乐见的结合。

　　由谁来担任亲自带队上山的副团长一职则比较难决定。经验显示，登山的人员年纪不可太大，因此，斯特拉特上校将不克胜任。而可能在紧急状况中取代布鲁斯将军的这位副团长必须了解印度，并要有和亚洲人打交道的经验。诺顿上校如果能够罗致，则是不二人选。他年纪尚轻，可以登山，并能说兴都斯坦语，也懂得如何掌握印度山民。再者，他身为炮兵中队的指挥官及参谋,在组织与领导上有很多经验。但自从第二次珠峰探险以来,他一直被派任达达尼尔军团担任参谋,一时之间他能否入团还是个问题。然而,麻烦终告解除;英国军事当局果然对于委员会的劝说从善如流,于是,诺顿加入了探险团。

马洛里则是个较为敏感的问题。他的入团是委员会最高度的渴望,但是,再去请他入团,对他公平吗?如果他被邀请了,他不能完全拒绝。委员会邀请他,实质上就是强迫他;委员会能这么做吗?他是个有家室的人,而且也参加过前两次探险,在后面这一次探险中还曾两度遭遇严重的意外,其中一次有七人罹难。他已经演完了他的戏份,而且演得很高贵。委员会有任何道理要求他奉献更多吗?就另一方面而言,如果他——这位曾经耐得住那些酷寒艰苦日子的人——未获邀请,会不会深深感到被冒犯呢?如果他被略过,对他而言难道不是残酷的侮辱吗?那是个很难做决定的节骨眼,于是,委员会伸出了一些敏锐的触角,好弄清楚他的意向如何。结果很令委员会满意:他衷心愿意出马。邀请函便发出去了,他也接受了;委员会如释重负,欣喜万分。

同样令大家欢喜的是:萨默维尔也将加入探险团。他既拥有外科医师的技术,又曾在大战中获取很多经验,加上他那普受欢迎的个性,很可以在英国执业一展宏图。而且在英国,他还可以拥有更为志同道合的社交圈,以发挥他在音乐与绘画方面的才华。但他听见一股召唤,要他以外科技术去服务印度人民,因此他加入了南印度的一支医疗队。所以他就在附近了,很容易到喜马拉雅山区待上四五个月，参加另一次登峰造极的尝试。

杰弗里·布鲁斯是另一位可以入团的老手。到目前为止，他还不曾在登山技艺方面受过多少训练。但他去了瑞士，学到了不少仅能从阿尔卑斯登山专家那儿学到的东西。

在新人当中，最有价值的增员是 N.E. 奥德尔先生。他是一位地理学家，前次探险曾被邀请，但尽管探险队极需要他，他却为职业所羁，未能参加，现在他获得自由，可以前往珠峰了。他还在波斯，但再过几个月就可以到印度去。他是很漂亮出众的那一型，身材很好，线条几近完美。他在阿尔卑斯山登山技术上很有心得，并从内在发散出平静、稳健的气质和坚定的决心。我们会对这样的人寄予厚望，而他绝非外表与实质不符以致会让人失望的那种人。

本特利·比瑟姆则属另一种天性。他并不完全像马洛里那样心中燃烧着一团烈火，但他总是恒常沸腾、迸发、洋溢着激情与热诚——只有上吨砖块才系得住他；一百九十磅还嫌不够重。他也是经验丰富的登山家，曾在阿尔卑斯山有过很好的登山成绩。他的职业是中学教师。学校应该庆幸阿尔卑斯山距离不远，因为他可借此发散掉许多奔放的蒸汽。

第三位登山队的新成员是哈泽德。他的职业是工程师，也曾有亮丽的登山纪录，因为曾在印度服兵役，担任扫雷工兵，故多少知道去印度的必备条件。

最后一位新成员是安德鲁·欧文。他只有二十二岁，并不具备那极为需要的阿尔卑斯山登山训练。但朗斯塔夫与奥德尔曾见过他在一九二三年"牛津斯匹次卑尔根探险活动"的表现，故极力推荐他入团。他曾两度参加牛津的划船比赛，因此必然拥有极佳的体力，但对于攀登珠峰而言，他或许太粗壮了些，不像奥德尔的身量那么理想。他的年轻或许也不利于他——但在这一点上，没有人能提出权威性见解，因为最理想的年龄区间尚无人知道，像他这么年轻的人水土适应会快些，但另一方面，他的身体可能太年轻以致承受不住艰苦。

或许他没有别人的登山经验，也或许他的年轻对他不利，但可以确定的是：他的性格与心智对探险而言都有令人赞赏的适宜性。在这一点上，他的表现有目共睹。他会全然融入一次探险，使其持续运作，全心全意认同于其中，并自然而习惯地做有助于探险团的事——全然枉顾自己的特定利益，一心一意专注于冒险事业的成功。他也是个心智敏捷的人，头脑很清楚，还对机械设计很有天分。他仍是牛津大学的学生，但入团的条件是那么好，又有那么多项受人肯定的能力，委员会遂毫不迟疑地进行这项"实验"——让他入团。

在印度，尚有其他人会入团成为重要成员。探险团中还需要具有印度经验的人负责管理往回于山脚与基地营之间的挑夫。陆军上尉莫里斯曾在上一次探险中担任此职，但此次无法前来。这个空缺将由印度林务部的谢比尔担任。他深深了解这些山民，并具有指挥他们的高明手腕。

最后，探险团的医疗官及博物学家，是由印度医疗服务处的欣斯顿上校获选入团。他并非严格定义下的登山家,他在团中的职务也非登山,但他曾在帕米尔高原——"世界的屋顶"——旅行,因此熟悉西藏的一般状况,因为这两个山区之间有许多相似性。此外,身为印度医疗服务处的军官,他对于和亚洲人打交道相当娴熟。众人也知道他是个愉快的伴侣,还是个热心求知的博物学家。因此,他很有希望成为沃拉斯顿和朗斯塔夫成功的继任者。

这些人员齐集后,第三次珠峰探险团便组织完成了。可是财务方面如何呢?这是个令人焦虑的问题,因为委员会必须想办法筹到一万英镑,以挹注现有资金。这件事被陆军上尉诺尔的企业精神解决了。诺尔虽非登山者,却一直是珠峰登山行动最热心的关照者。他提出以探险行动影片及相片发行权为探险团筹募资金的计划,这使第三次探险行动得以遂行。他得到阿奇博尔德·涅托佛德先生及其他人金钱上的支持。探险行动能够持续进行,得特别归功于这两位。

第三度珠峰探险已得到藏地政府许可,财务问题顺利解决,团员的组合尘埃落定,那么补给品和设备就要开始买办、包装、发送了。或许有人会认为,经过前面两次探险的经验,这件事就简单了;但正如很多其他事情,一支探险团的组织与装备从来就不曾达到完美境地。在探险终了,诺顿上校与团员坐下来,一起研提改进的建言以供来日参考。这三次探险经验的总结有很多值得采记下来,或许此处正适宜做此记述。

诺顿强烈主张探险团团长应拥有团员取舍的最后决定权。

他必须与他们生活在一起，工作在一起，对他们负责，因此，他应能在选定人员时做出最后的意见。

诺顿也认为，出征珠峰的战斗计划应于探险团出发前在英国拟定。这是个很有意思的观点。或许有人会设想：拟定出击珠峰计划的地方，西藏应该比英国适当。但诺顿所持的理由是：挑夫所负载器材的重量与体积规模，以及登山者在极高营区的食物封装，大多要倚赖先行拟定的计划。另一个理由是：西藏高原的四月天并不是融合各种矛盾观点的好时机。换句话说，在一万五千英尺海拔上，在接近零华氏度的气温及号叫的劲风中，人的脾气是很不好的。一九〇三年西藏特使团的团员也验证了这一点。而在英国拟定计划将遭遇的一个实际困难是：探险团中的重要团员可能都远离英国；就以目前的情况为例，萨默维尔正在南印度，奥德尔在波斯，而杰弗里·布鲁斯在北印度。但借由通信就可以做很多事情，而攻坚的大致方式也的确可以这样安排。

诺顿进一步建议：装备委员会的主席应该由登山队的杰出人员担任；他必须参加过前几次探险，并应负责监督探险团各部门，敦促每位成员赶上进度，并使应用物品在交付运送前三四个月就完全准备妥当，以便妥为检验。

帐篷似乎一直都令人满意——怀伯尔帐篷及米德帐篷，以及轻便型米德帐篷皆然。诺顿本人则发明了一种非常有用而且方便的混合式帐篷，专供使用于横越西藏高原及停驻基地营区。

他还有另一项建议。他说，团长应穿着"适度体面的外衣或套装"。当我们忆起那些西藏官员都清一色穿着漂亮的中国丝织盛装，而且大部分可能从未见过欧洲人，便能理解我方在正式场合多么需要体面的穿着——至少团长应该如此。

他还建议探险团随团携带一个藏书丰富的图书库。大部分的旅行人都会为诺顿这项意见背书。书籍可令人暂时遗忘探险途中的不舒适及不卫生而保持精神昂扬，这种价值是无法衡量的。同时，探索路途上阅读的书往往不容易忘记：心智在那种非常时刻中，特别容易产生深刻的印象。

杰弗里·布鲁斯也在探险团的印度人员器材配备上提出许多建言。陆军少校欣斯顿则在医疗器材上发表意见，他对外科手术工具的供应表示肯定，但他也建议再做某些改变及增添；他并建议高地营区的器材应在英国就分箱包装，并指出在那渐次增高的各营区，其器材箱中应包含哪些东西。萨默维尔则就高地营区的登山设备发表观点，包括米德帐篷、冰斧、绳索、冰爪、绳梯、睡袋、食物、简易火炉、固体酒精、保温瓶、科学仪器等。奥德尔力主采用较轻的氧气设备：如果可能的话，控制在十五磅之内，最多不超过二十磅。如果备用氧气筒可以先丢置于山上，那么登山者就不用带着两瓶以上的氧气筒了。谢比尔处理横越西藏高原的运送问题，比瑟姆则对食物的分送推荐了一些做法。他说，高地营区情况特殊，有必要供应在伦敦做好送过来的袋装食物，以省却在西藏高原上烹制的麻烦。而在伦敦烹制以供连续多日食用的盒餐，应按序号 A1、A2、A3-B1、B2、B3-C1、C2、C3 等来制作，所有的 A 餐盒内容皆应相同，而与 B 不同；B 餐盒与 C 餐盒不同；C 餐盒又与 D 餐盒不同。它们应以 A1、B1、C1、D1；A2、B2……的次序食用；因为借着这个方法可以避免食物重复，从而避免胃口缺乏。他说，糖、奶、果酱和茶叶都消耗得很快。

所有这些巨细靡遗的观察，可以在诺顿上校为一九二四年探险所写的备忘录《搏斗珠峰》第六章"探险队的组织"中找到。

但是到目前为止，器材供应中最重要的问题是氧气设备的供应。氧气该不该用呢？不幸，决议是要用——笔者也在赞成之列。其时，水土适应的课程尚未完全被习知。会议当时萨默维尔不在伦敦，以致未能如同他在一九二二年力倡使用氧气那样，坚持主张信任人类水土适应的能力。氧气的确使得人类能够爬上二万七千英尺。它也可能是使人类爬上二万九千英尺的唯一手段。无论如何，或许最好是有所准备——大家如此议论着，于是，大量的氧气筒以及那笨重、累赘的器材，便列为这次探险的供应品。

第十九章
大吉岭到绒布冰河

布鲁斯和诺顿赶在大队人马之前先行前往印度，他们两人于一九二四年二月十八日到达德里。当时的印度总司令，已故的罗林森大人，给予他们各种协助和鼓励。他的先父曾任英国皇家地理学会主席，所以他对于探险具有热切的兴趣。他设法让杰弗里·布鲁斯上尉顺利加入探险团，并派了四名服役中的廓尔喀士官入团，供布鲁斯将军差遣。

三月一日，探险团的核心在大吉岭形成——布鲁斯将军、诺顿、杰弗里·布鲁斯以及印度森林部的谢比尔。谢比尔是新人，"他具有工作不知厌倦的狂热；对他而言，舒适与否毫不在考虑范围内"，布鲁斯说。他将担任运输官，而在他的援助下，准备工作遂加速进行。前次探险七位挑夫的死难丝毫没有造成障碍。众多的山民，包括夏尔巴人、不丹人及其他族人，熙熙攘攘而来，迫不及待地想被录用。有许多人是第三次前来。共来了三百人，获雇用的有七十人。卡尔马·保罗与他的助理嘉奥仁再度被采用为翻译。居住在锡金的害羞、温驯的绒巴族很擅长于采集标本，因此他们当中有一位被指定专供博物学家欣斯顿差遣。

不久，探险团其他成员便开始前来集合——萨默维尔来自南印度，奥德尔来自波斯，欣斯顿来自巴格达，最后马洛里、欧文、比瑟姆和哈泽德也从英国赶过来了。这些人全聚集了，一起接受布鲁斯将军快活明朗的领导；再一次，他在他的山民团团围绕之下，面向崇高的喜马拉雅山巅，如鱼得水般自在。此时，诺尔则为了顺利替探险行动拍下详尽的纪录片而进行各种安排。

三月二十五日，他们离开大吉岭，意图在五月一日就抵达珠峰下方的基地营，以便能将整个五月份及一大部分六月用来往上攀登，在不受季节雨影响的情况下登上东绒布冰河，并进行最后的攻坚。

通常行经锡金时，很难得有机会看见那俯视锡金全境的美妙高峰。干城章嘉常常被较近的山脉遮住，或者，当登山者爬上一道可以看见它的山脊时，它却又隐入迷雾。但在这种情况下，布鲁斯仍经历了难能可贵的一瞥。从卡瀑普隘道，他看见了整个干城章嘉峰。那山并非以冰冷尖锐的状貌大大咧咧地瞪视着他，而是浸润在那地区典型的神秘雾霭中——一种深紫罗兰色的烟霞，使那硬邦邦的山有了灵气。较低的坡段全被一抹蓝色吞没了，而积雪线以上的部分似乎与任何尘世的基座断了联系，倒像是浮在半空中一般，布鲁斯说。

就是像这样的景色，使得登山家甘受旅途的肮脏、不适与艰辛。一个身处群山之间，曾与它们激烈角力的人，比起那些仅在远距离外望着它们的人，更能欣赏它们的空灵之美。

在预计的时程内，探险团到达了帕里。就在这西藏高原的边缘上，他们做着通行高原的准备。所有的帐篷都被架起来检查，补给品都被整理分类，探险团的成员都顺从地由热心人士欣斯顿施予生理状况检查。布鲁斯则为了地方官"宗本"①收费过高而与他进行着一场大斗法。就像大部分的藏地政府官员，这位宗本彬彬有礼，但他很软弱，又贪得无厌，还不折不扣蒙受手下人掌控。以布鲁斯的话说，他手下那些人是一群残酷野蛮并以此为乐的流氓；他们显然是利用职位不择手段大肆牟利。

但帕里可以和拉萨进行电报通讯，而目前通讯情形良好，并非处于断讯状况。布鲁斯得知拉萨给了宗本一封电报，命令他给予探险团各种协助，乃草拟了一封电报稿，对所受待遇多所抱怨，之后，他以此为武器，遂能在极正式的情况下与对方签下一份合约。

于是探险团兴冲冲离开了帕里。但是，不久就遇上了很不幸的事。根据在帕里所做的生理状况测验，布鲁斯已经比他离开伦敦时好得多了，但行经隘道进入西藏本土时，探险团经历了贯穿隘道的厉风，第二天一早，布鲁斯便因严重的疟疾而病倒——严重到必须被送回锡金，只能无奈将探险团的指挥棒交

---

① 宗本，过去西藏地方政府设立的官职，为各相当于县的地区（宗）的行政长官，以前称宗堆。

给诺顿。

这对于布鲁斯而言是个重大的打击，他多年来的最大心愿就是攀登珠峰，如果以他的年纪不能担任实际登山者，那么他至少能在基地营规划攻坚的工作，并为那些斗士加油打气。如今，就在他将发挥极大的用处时，却被迫丢下他们不管。这对他来说的确非常难堪，而对探险团而言也是件严重的事情。组织的工作没有他也可以做，而且也由别人做好了，结果与他能做到的不相上下。但没有人能够像布鲁斯那么懂得鼓舞别人。布鲁斯是一座不停爆发出好兴致的仁慈火山；他那镇压不住的好玩心性，再怎么大的不幸都不能将它浇熄。这样的特质在英国人之间就够可贵了，若还包括当地土著，就更是十倍可贵。他能从基地营汩汩冒出欢乐的气氛，影响整个探险团。在这种探险行动当中，这样的能力是极端有用的。

因此，诺顿从布鲁斯手中接过了指挥棒。从某方面说，这是有利之点，因为诺顿先前曾实际登过珠峰，而这次可能将再度担任登山者。这是布鲁斯没有的优点。诺顿对于此地土著以及喜马拉雅山区不若布鲁斯了解，但他还年轻，可以担当登山的重任。

此外，诺顿和布鲁斯一样，具有一种就探险团团员（特别是探险团领导人而言）无价的特质，那就是如同"国家第一"、"船先于个人"这种词汇所彰显的那种特质；以眼前的情况而言，或许可说成"峰顶第一"。诺顿可能曾以一位伟大极区探险家的立场——而非一个英国人的立场——与自己辩论；他可能曾这么说:"探险团的重担与责任都在我身上,因此,对我而言,这荣耀使我有权要求他人自我牺牲,让我有较佳的机会爬上峰顶。"这样的主张里,有某种公道与合理性存在。探险团的领导人的确肩扛重责大任。他将因探险的失败承担责难,也会为其成功接受赞扬。但诺顿所采的观点是:让探险团攀上峰顶是首要考量,至于谁登上去、谁享有那份荣耀则属次要。他准备参与实际的攀登行动,但他是否适宜参加最后冲刺,他将让两位最有能力的登山者,马洛里与萨默维尔,为他做出不偏不倚的判断。

这种大公至正的精神给了探险团极大的鼓舞。如果他反其道而行,要求团员为他的成就牺牲,他们无疑也会照做,但那么一来,他们便很难像从事自己选择想做的事那样,保有极高度的热诚。而马洛里,这位曾连续三次参与探险行动、发现登上峰顶路径、与探险团关系最深的人,如何看待此事呢?幸而有纪录留存下来。在一封一九二四年四月十九日致珠峰委员会某位委员的书信中,他写道:

"我必须将诺顿在公文上不能说的话告诉你,那就是:他——我们这位团长很了不起。他知道整部'组织'[①],从 A 到 Z,他的眼睛看到一切,每个人都能接受他;他让全团的人都觉得愉快;他总是充满兴致;在平易近人中,有其威严。他也是一位惊人的探险家——他极想跟不用氧那队来一番冲刺;他

[①] 原文 bandobast 为印英语词汇。——译注

告诉我（而我当做机密告诉你，因为我确定他不会去广播）：当冲刺的时机到来，他一定会让我和萨默维尔商量，然后决定他是否适于担任那项工作。应该带上珠峰的，不正是这种精神吗？"

来自马洛里的这番证词特别有价值，因为马洛里有可能对诺顿的领导起反感。马洛里是声望更高的登山家，并且自从这系列探险行动开始以来便一直参与其事。如果他认为现在担任团长的人应该是他，不应是诺顿，那也是人之常情。此外，我们也必须对诺顿这项自我谦抑的行为加以注意，因为当他那么做的时候，探险团团员都还相当确定他们可以一举攀顶成功；马洛里本人在同一封信中也说，他相信绝不用再来一次。他确信珠峰将降伏在他们的首度出击之下。因此，荣耀将落在第一组成员身上；很自然地大家都希望编在第一组。

现在，他们开始严肃考虑攻坚的计划。他们在岗巴宗耽搁了四天，等待运送工具，于是利用这空当将整个问题研究个巨细靡遗。或许它看似相当简单，但除了天气多变外还有两项因素让它变得很复杂。第一个因素是，必须为用氧登山者与不用氧登山者各做一番安排；第二个因素是，在雇有挑夫的攻坚区段上，登山人员中必须有会说兴都斯坦语或尼泊尔语者。

早在圣诞节，诺顿就拟妥了一份计划，在团员之间传阅以便进一步讨论。马洛里对其中某些方面未予同意。在大吉岭和帕里，诺顿、马洛里、萨默维尔和杰弗里·布鲁斯曾举行过多次讨论，但甚至如今到了岗巴宗，协议仍未达成。直到四月

马洛里与诺顿

十七日，他们抵达亭吉宗之后，才有一份受到所有成员认可的计划被构思出来。原始提案人马洛里将它叙述如下：

（a）A和B带着大约十五名挑夫从北坳上的第四营出发，在海拔大约二万五千五百英尺处建立第五营，然后下山。

（b）不用氧登峰者C和D带着另十五名挑夫上行到第五营，其中七名背捆包。这七名挑夫将捆包放下后即下山，其他八名则在第五营过夜。

（c）C和D带着这八名挑夫，于次日爬上海拔二万七千三百英尺处，建立第七营。

（d）用氧登峰的E和F，在（c）步骤开始的同一天，带着十名挑夫从第四营出发，挑夫不背负任何捆包，直上第五营；从这个地点，E和F带走先前的人放置于此的补给品和氧气，上行约一千英尺，在海拔二万六千五百英尺处建立第六营。

（e）然后，这两组人在次日早晨出发，可望在峰顶会合。

依马洛里的意见，这份计划的主要优点在于：两组人马可以互相支援，而且，不用耗损候补的登山者便能建立营区，因为A和B将不必过度使力，而且挑夫也将不会在第六营建立后就溃散。甚至如果第一度的尝试失败了，也还会有四名左右的登山者可做第二度攻坚，而且营区都为他们建好了。

这是经过长期讨论后所能构思出来的最简单的计划。即使如此，也还不能随意将哪位登山者排定为A，或B、C、D、E、F。必须讲究的是，谁会说尼泊尔语，谁能安全地使用氧气。但是，如果没有想出一个比这还简单的计划，那么用氧登山的缺点便显而易见了：它使计划益发复杂。

为了把人员安排在各个不同的分队中，使任务分配确保整个探险事业的成功，可怜的马洛里本人受了很多苦。他认为不用氧登山那组将会有较佳的成绩。长久以来，他所珍爱的小计划就是与不用氧的登山组去攀登那座山，在北坳以上设两个营地。现在，他要失望了，因为将队伍做了必要的安排之后，他只得编入用氧登山的这一队。早先他们就决定，两个登山队应分别由他与萨默维尔各带一队。他被选在用氧这一队，因为用氧队被认为比较不那么耗损体力，而且定位上是不用氧队的支援队伍，并将负责照顾下坡的事。萨默维尔被选在不用氧这队，因为就他去年的表现看来，他似乎较易恢复体力，可再度迎向挑战。事情必须这么安排，马洛里感到失望，他以这个想法来安慰自己：征服珠峰是主要考虑，他自己的感觉在其次。无论如何，他的角色将会很有意思，而且可能带给他登上山顶的最佳机会——他想。

诺顿与哈泽德将依体能状况在时刻到来之际，由其中一人伴随萨默维尔攻上山顶；欧文则将伴随马洛里，因为他曾在修复氧气设备时表现出非凡的机巧与勤奋。而奥德尔与杰弗里·布鲁斯将负责建立第五营。比瑟姆则或许不能用；他正害着赤痢，情况很糟糕，他们几乎已决定将他送回去。

马洛里被排入用氧队既已成定局，他便全心全意投入用氧计划中，就好似自始就是用氧登山的拥护者。他背起供氧器材，爬上附近的山冈，说服自己：那是"完全可以操控的负担"。他

第十九章　大吉岭到绒布冰河　　159

决定尽量少带钢瓶,以便向前冲快一些,直攻山顶。

他的同伴也已确定为欧文,于是他刻意与他建立强固的伙伴关系,使两人能够有效而心甘情愿地在一起工作。他们在一块谈话,一起外出,尝试互相了解,以期紧张时刻到临时,两人能够本能地互相配合。

探险团边行经西藏高原边拟定计划时,全团都处在高度振奋的状态。他们对成功有信心,也与原计划的时程合拍。天气很好,比一九二二年暖和。他们觉得自己是合格登山者结合起来的团体——以马洛里的话来表达,是"一个真正结实的团队",也是"比一九二二年平衡了许多的团队"。

由七十名壮汉组成的负重部队也很精良。他们都是蒙古人种,不是不丹人,就是夏尔巴人——有些是住在大吉岭或锡金的藏人种夏尔巴人,有些是住在尼泊尔较高的谷地但同属藏人种的夏尔巴人。经验显示,某一种体型的人最适于登山;这七十人就是以那种原型为准被细心挑选出来的。也就是说,他们皆是身量较轻,多筋骨,并非粗重而多肉。他们都出自好人家,头脑聪明,能忍受高海拔情况下的压力。诺顿说,无论就个人或整体而言,他们都像极了英国士兵的儿童版;英军的诸多优点他们都有。他们面对艰难危险的工作时,有同样高昂的精神;听闻戏谑和玩笑,有同样机敏的反应。而且,一如在英国军队中,那些会喝酒、会被花花世界的玩意儿引入歧途的粗鲁家伙,是恒久的厌物,但当情况"逆正道而行"时,往往较温驯的人都放弃努力之后,他们还能够一个劲地拼命搏斗。

在穿越西藏高原的路途上,他们皆不曾背负重物。他们要被留待上山后再赋予大任;为了维持最佳体况,他们一直做些轻微的运动,并被供应好的食物、衣服和帐篷。但并不是说携带重物对他们而言是多么严重的事情,毕竟他们从小就习惯挑负水和谷物以供家用。

探险团一行人走过现广为人知的那条通路,穿过西藏高原。他们沉浸在计划中,对前景的展望使他们喜不自胜,唯一遗憾的是他们那位开朗活泼的团长未能同行。那些个早晨大多阳光灿烂,平静无风,他们于是在七点左右露天吃早餐,同时大帐篷被拆卸打包,由两只快驴先行载往下一站。到了七点半或八点,整个探险团便列队前进;登山者会乘骑半程,因为一九二二年的经验显示登山者有必要为后头的工作保留精力。大约十一点三十分,他们就选择一个避风处,三人或两人成排坐下——到了那时候,风免不了吹了起来;他们坐下来,吃些饼干、乳酪、巧克力和葡萄干等构成的简便午餐。

到了两点钟,他们通常已经到达新营地——虽然偶尔会迟至七点才抵达。新营地的大帐篷会先扎起,一顿更扎实的午餐和茶也会先行备妥。很快地,帐篷和行李也将陆陆续续到达。晚餐会在大约七点半供应。到了八点半,他们将上床就寝;在夜间,温度计通常掉到十华氏度。

他们在四月二十三日到达协格尔宗。宗本骑马出来会见探险团,非常礼貌地和他们打招呼,并允诺在他的能力范围内给予各项协助。他果然实践诺言,两天内就备妥了精神抖擞的运输队。他是个直爽而有效率的绅士,诺顿觉得和他打交道很是愉悦,也发现他在自己的衙门里能够完全作主。由于不小心,运输费用的计算发生了错误——那项错误对英方有利。但当诺顿指出错误,宗本却拒绝回头重算。于是英方对这位慷慨的官人致赠了许多大方而贵重的礼品;但诺顿随后得知他真正想要的只是一把便宜的露营用椅子,以及一副雪地护目镜。护目镜可以马上给,但当时没有多余的露营椅可以送人,于是诺顿后来从大吉岭送了一把过去。

四月二十六日,探险团越过庞格拉,其高度接近一万八千英尺;从它上方的一座小山丘,诺顿望见了伟大喜马拉雅山脉壮丽的景色,而珠峰本身就在他的正对面,与他相距不过三十五英里。在他的左手边,是马卡鲁峰和干城章嘉峰,右边是格重康峰、卓奥友峰和希夏邦马峰①。所以全世界最高的山就矗立在他面前,还有好几座几乎与它同高的山;他必然已把那条山脉连绵看了二百英里。据他观察,他所见的壮丽山景中并没有什么遗漏的;每座巨峰与其邻座之间皆有空间存在,而且没有一座被另一座比矮了下去;每一座都率领一系列次要的山峰,从地平线的一点到另一点,呈现锯齿状线条。在这些山上,除了太过陡峭的岩壁外,二万英尺以上皆覆盖着冰雪,但有一处例外:由于西北风不断吹袭,造成山上的岩块坡度诡奇,珠峰整个锥体的北壁上下六千英尺之间几乎没有半点雪。

---

① 旧称高僧赞峰。

登山者们在想象中经由每一条想得出来的路爬上珠峰。他们敲定一条,然后又揣想着如何爬上马卡鲁峰,但他们在那儿被打败了。即使在想象中,他们也无法爬上它。必须再经过许多年,马卡鲁峰才会被认为是喜马拉雅群峰中可以爬上去的一座①。

四月二十八日,他们通过那丑陋荒芜的乡间——在那儿,山头就如同褐色土丘,峡谷谷底则被呈线条状排列、如同堤防似的冰河积石镶了边;越过这些堤防就是珠峰的领域了;他们就在绒布僧院的正对面扎营。次日他们又走了四英里上坡路,到达旧日的基地营。

他们的进度合于原订时间表——事实上是早于时间表两天。因为每件事物先前都经过缜密的安排,所以他们可以不稍耽搁便着手工作。将近三百头牛所驮负的食物箱、铺盖卷及各种各样的库存物,被一股脑儿卸下来,然后很快地分类妥当,有次序地排成列或放置成堆。箱子和捆包持续稳定地卸下,每只箱子都被贴上合宜的标签,标示出批号。协格尔宗宗本干练的衙门特地为此挑选出来的本地西藏壮丁,即将从次日开始,将这些东西扛在肩上,送到东绒布冰河上方的第一营区。

---

① 一九五五年由 J. 法兰柯率领的法国登山队首登成功。

第十九章 大吉岭到绒布冰河

第二十章
上溯冰河

到目前为止,一切都好——再过去则不然。所有能事先想到并预作安排的都安排妥当了。现在,大自然开始发威了。探险团一到达基地营,雪就掼了下来,挡住周遭景物,在人的四周打转,用刺骨的寒气攻击他们,战斗的序幕便如此展开。全团人员以全副御寒装备迎敌:他们将自己包裹在全套羊毛防风工作服中,戴上垂耳帽和连指长手套,全身上下只露出眼睛。就这样,他们不停地工作,直至薄暮;到了那时候,他们已准备好在次日——四月三十日——发送一百五十名挑夫上山。

诺顿的计划是:在五月十七日做首次攻坚。但如要那样做,还得备妥许多事先的安排。冰河上的第一营、第二营和第三营必须建立起来并存入应用物品。通往北坳的路径必须由一队登山专家重新探勘,因为一九二二年迄今它必然有所改变,有可能比当时查证的情况更危险。接着,必须建立起第四营,存放补给品和氧气——不仅供第四营本身应用,还要供更高的营地使用。然后约在二万五千五百英尺高的第五营也同样必须建立起来，并存入补给品。最后，二万六千五百英尺的第六营，以及二万七千二百英尺的第七营也一样。在采取实际行动之前，所有这一切必须先做好。

而在完成这一切工作的过程中，所有工作人员将必须与"高海拔忧郁"对抗。那种精神上的抑郁现象起自一万六千英尺左右；它使工作成为一项负担，那是除了寒冻及风雪之外，他们必须对抗的事物。基地营位于一万六千八百英尺左右，忧郁现象在那儿已经开始。即使是花最少力气的事情，例如钻入睡袋或穿上靴子，都会弄得筋疲力尽，甚至点个烟管都是一番大事业，因为吸烟者的一口气差不多会在火柴熄灭时停止，所以烟管也在吸烟者吸入第二口气前熄灭了。基地营以上每一路段都是节节高升，忧郁及耗竭感也随之越来越严重。诺顿承认，对他而言，首次到第一营的那段路程是一场痛苦的灾殃。仅仅一把冰斧的重量就令他的右臂和肩膀疲惫不堪，以致他以为必须去张罗一种较轻的工具。单单走路就是一桩辛苦的工作；在那极度酷寒的空气中，没有任何事物令人开心，有的只是一种不确定的难受和苦恼感。

对于这样的苦恼感，人可以"适应"到某种程度。尽管如此，他们的活动当中仍无活力可言。他们已经不像处在一万六千英尺以下的他们。就是在这么一种令人沮丧的情况中，那些辛苦的准备工作必须完成。

这些工作中，最艰苦的部分自然落在那些挑夫身上；为了尽可能省下他们的劳动力，诺顿所招募的一百五十名藏人被用在建立冰河上的最初两个营区。酬劳的安排是：每日工资一先令，外加一些口粮。雇用条件是：他们不在雪或冰上工作，而且工作一完成就迅速撤退，以便重回田里耕作。这些人并未期望有帐篷，露地野宿他们安之若素，即使在一万八百英尺高处。

再者，为了尽可能节约登山者，廓尔喀族的军士被雇用来建造第一及第二营区。

四月三十日，建造这些帐篷的工作开始了。藏人当中，有男有女，还有小孩。捆包的平均重量大约四十磅。领导这些工作的杰弗里·布鲁斯尽量将最轻的捆包交给妇孺，他的努力却白费了，因为他们的习俗与本国相反。藏人分配捆包的方法比较简单，也比较令他们自己满意。他们皆在靴子上方系着编织得很漂亮、色彩很鲜明的袜带，每个人都能立刻认出自己的颜色。在分配捆包时，分配者负责向每一位挑夫收取一条袜带，然后将所有袜带混在一起，再一条条抽出来扔在捆包上，如此，袜带的主人就会去认取落有他所拥有袜带的捆包，毫无怨言。现在，杰弗里·布鲁斯改为采用这一方法，藏人背起捆包上路时便哼起了小曲儿、说起了笑话，因为这是他们的方法。

指挥补给品运送队伍的三位廓尔喀军士中，有两位曾参与一九二二年的探险，因此在勘查第一营至第二营的路线时能够独当一面，不用登山者协助。他们每个人也都必须负责照应冰河上的一个营区，关照其中的饮食供应和营区中每一位留宿者的福利，并监督运送队伍的到达和离开。

为前往绒布冰河而建造的第一营，位于一个静谧宜人的隐居处。它坐落于东绒布冰河上,在绒布冰河主流与东绒布冰河汇会口上方数百码处。它捕获了所有的阳光,而逃避了大部分的风。上一次探险所建的"桑噶斯"(堡垒)状况还很好,将怀伯尔帐篷的门帘撑在上面,就有了舒适的遮蔽处。

有七十五名藏人从第一营被遣回基地营,另七十五名留下来建造第二营,在接下来的两天当中,他们都在从事这项工事,然后欢欢喜喜地回去。女人的表现尤其令人刮目相看。有一位将她两岁的孩子放在她四十磅重的捆包上,从一万七千五百英尺上行至一万九千八百英尺,在那儿卸下捆包后把孩子带回来,而且表示如果情况需要,她还可以再走一趟。不过,回到基地营的七十五人当中,却有五十二人无缘无故不见了人影,使得留下来的人工作负担大增。尽管如此,到了五月二日,所有捆包都被送到了第二营,就在那天晚上,剩下的西藏挑夫全回到了基地营,吃了顿大餐,并得到些微额外的支付。他们在第二天成群结队地离开,每个人看起来都心满意足。

再往后,探险团就必须靠自己了。他们下一个任务便是将第三营及山上营地所需的一切从第二营运过去。为了这项工作,将必须动用尼泊尔负重部队。这支部队被分成两组,每组二十人,另外还有十二人保留在一边候勤。第一组人员带着补给品和设备到第三营并留守该处,准备到北坳建立一个营地。第二组人员迟一天离开基地营,移至第二营,然后在第二和第三营之间工作。后勤组则留在基地营,准备替补伤亡者。

第一组于五月三日出发,由马洛里领队;除了挑夫之外,还包括两对登山者。马洛里与欧文将协助建立第三营,并在那儿待几天,以适应高度,并试用氧气设备。奥德尔和哈泽德将从第三营继续上行,从事探勘,并建设上达北坳的路径。

第一组登山者与挑夫离开基地营那天,天气酷寒,风卷重云,令人畏惧。挑夫之中有半数脚步拖得很慢,因为他们在那已然沉重的捆包上又加上自己张罗的物品,如毯子等。结果,马洛里留下不很急用的五个捆包,次日再让五名挑夫将它们取走。

他们在五月四日到达第二营。它看起来非常不讨人喜欢。并无准备妥当的帐篷在那儿等待挑夫们,而原先的想法是要在那儿建立舒适的营房或桑噶斯,用怀伯尔帐篷的门帘当屋顶。这项工作现在必须做好。马洛里和欧文及其他三四人立即动工。其他人休息过后也加入工作;他们建好了一座大约七英尺宽的长方形桑噶斯,然后马洛里和奥德尔就顺着冰河往上走,去探查导向第三营的路径。他们爬上一座圆丘,从那儿可以看到整条冰河向南升起;最后他们找到一条单纯的路径——它沿着一条石质的狭窄山沟,穿过那些奇幻的高大冰锥群;冰河便在此融入冰锥群中。

五月四日的夜晚是令人怵栗的——酷寒、暴戾的风中夹带大量的雪。隔天早上,一干人花了好一段时间才走出帐篷,开始炊煮。接着还有捆包运送的问题——什么口粮、什么毯子和烹饪工具可以留在此地。最后,还得决定谁适合、谁不适合继续上行。所以到了上午十一点才终于成行。

可是，前一个傍晚经过明确标示的上通冰河的路径，如今却被雪覆盖了。原先看来一派天真无害的冰河，现在看起来可不是那样。风把冰河较高处的表面吹开了；这些又滑又硬的圆形冰块，几乎如同玻璃般坚硬光滑，没有半丝粗糙的刮痕。在那些突起的冰块之间，则铺着新降的细雪。为了在冰中凿出台阶，或在雪中造出台阶，就必须消耗许多劳动力。那条深约五十英尺的山沟长度大约是那条路径的三分之一，倒是很容易上行的一段路。但当他们爬上那无遮无掩的冰河时，便受到怀着恶意的大风猛烈吹袭；而且，当他们转个角走上北峰时，风更从北坳向他们迎面袭来。

现在，挑夫们几乎累垮了。他们严重感觉到高原反应，向上的每一步都是一阵痛苦。下午六点三十分，他们才到达第三营。那时天气更冷了。因为天候太晚，他们无法建立一个舒服的营区，登山者和挑夫整个晚上都蒙受着很大的苦难。

马洛里立刻认清：供第四营及更高处使用的高海拔睡袋也必须在此处使用，因为这里的气温比他们曾经历过的冷了许多。但那些睡袋都还在第二营，因此他决定次日早晨返回该营，将它们取来。

阳光很早就照射在第三营；大约七点，马洛里就能够动身了。他留下指令说，半数挑夫应向第二营走下去，至路程的四分之一与爬上来的挑夫相会，帮助他们将最重要的捆包带上来。因为他白白花了些时间企图寻找一条比较容易通向冰河的路，所以不幸没能在第二组挑夫出发前遇见他们。要他们折返已经太迟，所以他就带着他们走上第三营。根据原来的计划，他们应该将捆包送到第三营，然后返回第二营。然而，现在那已不可能了，因为他们负重过多——他们想在第三营过夜，多带了些毯子。对于他们这项意愿，马洛里不得不泼以冷水，因为第三营的情况着实够糟了。因此，他让他们在尽量接近第三营处卸下捆包，保留精力返回第二营。马洛里将他们遣回后自行爬上第三营，他自己的第一组人员已因寒冷与高原反应而士气大损，他不愿意第二组人员也瘫痪。

回到第三营后，他发现当他不在时事情并没有多少进展。那三名登山者都是新人，尚未适应高海拔水土。他们和挑夫全都遭受寒冷和高原反应的袭击。挑夫中并无一人被认为适宜负重，因此没有一位被派出去接应从第二营爬上来的人；甚至筑墙的工事也没有做多少。但奥德尔和欧文下行至捆包卸落处取了些特别需要的上来，像普赖默斯牌便携式汽化煤油炉等。

五月六日那晚，气温降到零下二十一点五华氏度（零下二十九点七摄氏度），也就是华氏冰点以下五十三点五度。那是这几次探险以来所经历过最冷的气温；对于已然因二万一千英尺高海拔而感到抑郁与虚弱的人，这样的寒冷感受起来尤其尖锐。马洛里本身在晚间保暖良好，但到了早晨连他都感到不适。奥德尔和欧文的情况则显然很不好。没有一名挑夫适于背负捆包了，有好几名情况糟糕到不适合继续待在第三营。他们几乎必须要被人拖着才能走出帐篷。其中一人几已失去生命的火花；他的双脚浮肿到不能穿袜子，而得直接套上靴子。他几乎不能走路，必须由人扶持。最后那些病者被分成三组，每一组都用绳索绑在一块。这些人在廓尔喀军士的照料下，被送下山去。他们倦怠蹒跚地顺着冰河下行，到了第二营时几乎已经不成人样。

同时，和同伴们比起来比较不那么苦的哈泽德，连同几位状况最佳的，被派到捆包卸落地点，与第二组人员中状况最好、能往上爬的几个人相会。这次相会有效达成，并且又带上七个捆包至第三营。但也就只是这样了。再也无人有力气将第三营打点得更舒适些。第一组人员的士气，以马洛里的话语陈述，是"去死了"。

这就是诺顿在五月七日抵达第二营时所遭遇的状况，他立刻认真地试图加以振作。所有本来要供较高营区使用的补给品和帐篷，都被毫无保留地打开，分配给受苦受难的挑夫；高海拔帐篷被扎起来了，高海拔睡袋也分发出去，而那无价的固体酒精也被凿开了；一夕之间，第二营的能量就增强一倍，某种程度的舒适产生出来了。五月八日那天，当马洛里又从第三营下来，杰弗里·布鲁斯也从基地营上来，一份确切的计划书便拟定了。他明智地决定让第一组的病弱者留在第二营休息，而先前已和诺顿同来的萨默维尔则因很受工作人员喜爱，并一直能够让他们做出最佳表现，而受命率领第二组人员空手上行至捆包卸落处，抄起充足的补给品和寝具至第三营，使它适于人居。如果第一组剩余的人手能够恢复体力，便可以凭借第二营的供应撑住第三营。对当地人民及语言具有丰富知识的谢比尔，被从基地营召至第二营。哈泽德则取代谢比尔在基地营的职务，在那儿看管资金、燃料和肉类配给。诺顿就是这样勇敢地努力阻挡那已然涨起的不幸浪潮。

杰弗里·布鲁斯也将保留的挑夫带来了。他们因为尚未投入工作而能背负那些最重的捆包，他们的能量和热诚也灌注到其他人心中了。所以，五月九日那天，诺顿、马洛里、萨默维尔和杰弗里·布鲁斯才能带着二十六名挑夫出发前往第三营；他们带着许多补给品，有些堆集在途中的临时处所，有些带至第三营。

看起来，好似情况这会儿真的有所改善，实则不然。大自然还有更毒的招数没使出来呢！这一组人马离营未久，雪就落了下来，并随着时间的推移越下越大。风力也加强了。等他们抵达第三营时，风和雪已强到足以构成暴风雪的程度。第三营呈现的是一幅荒芜孤单的图画。虽然它坐落于该处唯一可能扎营的地点，却仍承受着一阵阵冰风的吹袭。没有人在营外走动，看起来完全没有生命的踪迹。那可怕的暴风雪挟着最猛的威力，将留在营中的挑夫吹得肝胆尽失。他们在帐篷中缩成一团，许多人麻痹到不会想为自己煮东西来吃的地步，即使炉子和油已推进了帐篷。所幸来自候补人员中的八位壮士（从第二营背负捆包至第三营的那二十六位挑夫中，有些将捆包送至中途堆集处即被遣回，这八位则被杰弗里·布鲁斯继续带上第三营来）还能帮忙烹煮食物，使大家稍稍舒服些。但除此之外已无事可做，因为那猛烈的风使得帐篷外的活动几无可能。匆匆用餐后，每个人都钻进睡袋里——至少那里面还可寻得温暖。

外头,暴风雪整夜肆虐,不曾稍歇;轻飘飘的雪粉被吹进帐篷,落积在所有的东西上,厚达一至二英寸。不舒服的感觉非常尖锐。身体只要稍稍移动,就会引起一场迷你雪崩;雪会落进睡袋,将被褥弄出又湿又冷的一片。

次日(五月十日)雪停了,但风力增强,一阵阵突如其来的风将新降的细雪赶着跑。现在情况很明白:不应有多于需要的登山者滞留在第三营:他们只会消耗存粮、燃料,而且越来越衰弱。而至目前为止,马洛里和欧文一直在充当主力,因此他们被派遣至第二营;在那儿,他们可以和比瑟姆及诺尔度过一些比较太平的时光。

风仍然横掠着冰河,抓起雪粉,卷入帐篷。但没有人被吓坏:诺顿、萨默维尔带领十七名挑夫,摸索着下行至离营约一英里远的临时堆集处,带了十九个捆包上来——两名英国人也各背了一包。挑夫们回到第三营时,完完全全累瘫了;在那穿肌透骨的风中勉力上行,耗尽了他们所有的力量;他们一头栽进帐篷,就躺着不动了。所幸当他们不在时,布鲁斯和奥德尔为每个人都准备了一份热食。他们强迫挑夫们吃喝,为他们脱掉靴子,看着他们安全地钻入睡袋。

夜幕罩下时,风以更强的劲道从四面八方袭来。那风似乎被喷射到北坳、雷披优拉和赫拉帕拉上方的空气中,然后从天顶往下掼击这些小小的帐篷,摇撼它们,好似一条猎犬在鼠洞中咬着田鼠用力甩。那个晚上,帐篷中又塞满了雪。风声和帐

第二十章 上溯冰河

篷的狂野拍打声,使得睡眠成为不可能的事。温度降到了零下七华氏度(零下二十一点六摄氏度)。

十一日黎明,暴风仍在肆虐;上午九点,温度仍低于零度。数日内,北坳显然上不去了。耐力不错的第二组挑夫,现在销损成与第一组同样凄惨的程度。除了在更大的风雪来临前全员撤退外,他们无计可施,而且他们应直接撤退到基地营,整个探险团便可以在那儿恢复生机。

然而,甚至撤退也是一种奋斗。那些人全缩在帐篷中,不在乎死活。即使他们明知回到基地营将享有舒适、温暖及好食物,还是动也不动。他们几乎得被挖起来。但杰弗里·布鲁斯在这个节骨眼上站起来处理这场难局。他冒着强风站在营地中央指挥:对于只是麻木迟钝者,给予激烈的言辞;对于真正生了病的,给予很多的怜悯;对于自以为情况很糟而其实没那么糟的,给予较少的同情。渐渐地,帐篷被拆卸了,入箱的入箱,入袋的入袋,寝具、补给品和燃料全就地丢弃;要带下山的负重都经过公平的分配。最后,一个比较有生气的队伍终于要离开了——离开那一个小时前还是第三营,如今却只是一堆石头的地方。五月十一日是"杰弗里·布鲁斯日"。

为了撤退而做的指示已预先送至基地营。到了十一日傍晚,马洛里、比瑟姆、欧文和诺尔在基地营,萨默维尔和奥德尔及一半的挑夫在第一营;而诺顿和杰弗里·布鲁斯则在第二营。次日,后两者继续向基地营出发,留下帐篷和补给品,好似还等人来使用。在第一营的萨默维尔异常忙碌,因为受伤人数一直增加，有些人甚至病得很重。情况最糟的是廓尔喀族军士沙姆谢尔；他因为脑中有血块凝结，事实上已无知觉。皮匠曼巴哈都的情况也很可怕，他的两脚至脚踝的部分都患了冻疮；还有一人则患了严重的肺炎。好几位都有轻微生理失调。所有的人都离开了，除了沙姆谢尔，因为他不宜被移动；一位廓尔喀族军士和两名挑夫留下来照顾他。

到了十二日下午，除了上述四人之外，所有人在基地营集合了。两个星期前他们初到时，觉得此处很是荒凉，现在看起来则像个休憩的天堂——有温暖的大帐篷、充足的热食，以及豪华舒适的营帐用被褥。最棒的是，欣斯顿在前一天到达了，他在这紧要时刻为团员加油打气，并为伤患打理所需的物品，使他们舒适一些。

进攻那山头的第一回合的努力便如此结束了。

第二十一章
再逢灾难

  此时此刻，比谁都更令人依恋的是布鲁斯将军。在这节骨眼上，他那饱满的好兴致，他对小笑话的哄然大笑，他以轻松的态度将困难扫到一边的能力，抵得过一整队新挑夫。甚至对诺顿本人而言，基地营里神采奕奕、不曾在二万一千英尺的高处与暴风雪搏斗四十八小时的布鲁斯，也会是一个令他振奋的人物。诺顿早被艰苦的生活磨练得很坚强，因为他曾参与蒙斯大撤退①，并亲身经历世界大战。但正如众所周知，人的性情会在海拔一万五千英尺处变得暴躁、好斗起来；在海平面高度性情冷静、自制、脾气平稳的人，到了海拔二万一千英尺处会变得十分易怒与颓丧。对诺顿而言，眼看整整半年的仔细规划与组织，最后被暴风雪抓起来抛到空中，这样的结果必定令他疾恨难当，所以他可能很容易脾气失控，使团员抑郁的情绪更为

---

① 蒙斯为比利时西南部城市，一九一四年成为英国军队和德军交战的第一个战场，最后英军失利，全体展开"蒙斯大撤退"。

低落。而这些团员可能也会情绪失控，变得满腹牢骚、吹毛求疵。如果团长本身不能管住自己的话，败坏的因子必会轻易介入，而活力也会从探险团流失。这种事情就连比基地营还接近海平面的地方也常发生。努力不让任何这类情况发生，是诺顿和其他团员的荣誉，于是，他们立刻着手拟出一个新措施，以取代那已被粗暴地打成碎片的原计划。

　　首先必须做的是挑夫的精神重建。他们已经历了到目前为止最糟糕的情况，有必要设法鼓舞一番。而最有效的加油打气方式，经查明是绒布喇嘛的祝福。这就是这一行人最想要的。他们当中有许多人是印度教徒，而喇嘛是佛教徒。那不碍事。他们所要的是一位属神之人的祝福。他们平日未必特别具有宗教倾向，但现在他们感到神灵逼近。他们和死亡是那么接近；他们所经历过的艰苦和危险必定还在他们脑中萦绕不去；那刺骨而令人怖栗的寒风、那恼人的忧郁，还有雪崩以及失足打滑的危险。他们冒着生命危险与大风大雪及那险恶高峰中的所有灾厄搏斗；他们想获得一种自信：他们正在做那值得冒险的事。设若他们是一批强盗，正要去从事某些杀人劫财的事，那么他们便不敢乞求神明祝福。但他们所从事者乃是一番高贵的事业，所以他们想确认神明与他们同在，而神圣喇嘛的祝福便是这么一种确认。喇嘛的一生都奉献在善行的追求和鼓舞，因而他可以代表神明对他们说话。只要能获得他的祝福，他们便能感觉到神与他们同在，并将能以愉悦的心来面对未来的危险与艰苦。这就是他们单纯的信念。

就在回到基地营的次日,翻译卡尔马·保罗被遣往绒布寺去请求喇嘛祝福众人;喇嘛同意了。就在约定的日子——五月十五日——整个探险团,登山者、廓尔喀人和挑夫们,走了四英里路沿峡谷下行去接受祝福;每个人都领了两卢比以供奉喇嘛。到达后,廓尔喀军士和挑夫们被嘱咐停留在僧院较宽广的外院,登山者则被召唤至喇嘛的接待室,在那儿,年轻的喇嘛们捧出餐饮来款待他们。之后,他们被带至神圣喇嘛面前——喇嘛坐在殿堂上的一座祭坛前,旁有十二位较低阶喇嘛随侍着。英国人都被导引至喇嘛对面沿着殿堂墙壁摆列的座位上,挑夫则坐满整个殿堂。

接着,英国人走上喇嘛的祭坛,喇嘛以左手执着银制祈祷轮,一一碰触他们的头。廓尔喀人和挑夫们接着也走上祭坛,看起来似乎被这简单的典礼深深感动。然后,喇嘛做了一番简短但令人印象深刻的演说,鼓励众人勇往直前,坚定不移,并保证他个人将为他们祝祷。众人秉着虔敬的态度离去。这位伟大的喇嘛对那些人的影响力如何——以杰弗里·布鲁斯的话说——那些人的表现便是雄辩滔滔的证词了。他的祷告和祝福给了他们新的勇气。在走回基地营的路途上,他们几已恢复原先的快活模样了。

同时,诺顿和布鲁斯也拟妥负重部队的重组计划。为了让他们有最佳的表现,他们将被分成三个分队,每一分队都选出一位最佳的挑夫来指挥,次佳者则担任副指挥,以备指挥有事时有人可以替补。这些指挥和副指挥将被给予额外的薪资,大致而言，与军士待遇同等。要选出这么六名指挥并无太大的困难，因为过去一个星期的艰苦经验已清楚地显示谁最为可靠。被选定的人都被召至诺顿与布鲁斯面前，听取两位解释他们被选出的原因和被赋予的期望。然后，他们被允许在可能的范围内选择自己分队的成员。他们似乎很喜欢这个构想。而且这计划还有一种好处：它为整个负重部队提供了一点良性的竞争。

欣斯顿也一直很忙，因为探险队回来后的一两天内，有许多病人要照料。接下来的那天早上，他和布鲁斯便出发去将沙姆谢尔带下来，因为他认为那位可怜人唯一的希望就是被带到海拔较低的地方。他们以最高度的关注将他从第一营带下来，但他未能撑过这段行程，而在距离基地营半英里处断气。几天后，皮匠曼巴哈都也死了。即使他活下来，也将从脚踝以下失去双足。他们都被葬在一个有遮蔽的地点，而他们的名字连同三次探险的其他死难者，都被刻在一块纪念碑上；那块纪念碑被树立在基地营附近。失去沙姆谢尔特别令人感到遗憾，因为他是——以杰弗里·布鲁斯的话说——"一位英勇又忠心的年轻人；在整个探险过程中，他以满腔热心全力以赴，表现最是出众"。

喇嘛赐给他们祝福后的那天，是一个晴朗的好天；天空中没有一片云，山看起来清爽而平静。天气似乎安定下来了，于是他们决定隔天重新向上进发；那是五月十七日，也就是他们原先预定向峰顶做最后冲刺的日子。马洛里已经规划出新的计划表，标示出每一位登山者及每一组挑夫分队在接下来十天中

第二十一章 再逢灾难

应有的动作；其用意是要将原来的计划再度贯彻，只是最后攻上峰顶的日期从五月十七日延后至五月二十九日。这样可能无法躲过季节雨，但对此他们毫无办法。

前置作业是：廓尔喀军士及一小队人在十六日傍晚离开基地营，重新进驻第一营，以便能在次日真正出发，没有任何耽搁。

每个人都盼望如今事情终究会有所改善。但就在出发的那天早晨，第一个新的打击来了。比瑟姆因为剧烈的坐骨神经痛，几乎不能动弹。他的赤痢才刚刚痊愈，仅凭着纯粹的意志力调适体况，使自己适于参加此次探险。现在，他完完全全垮了。那是件严重的事情，因为，他不仅具有非常高昂的热心，还拥有其他人所没有的登山经验和技巧。现在留存下来的登山者不多了。

但除此之外，上涉冰河并无障碍。到了五月十九日傍晚，探险团进驻第三营。诺顿、萨默维尔、马洛里和奥德尔在第三营，欧文和哈泽德在第二营，准备走向第三营；诺尔和杰弗里·布鲁斯在第一营，准备走向第二营；而欣斯顿与比瑟姆则留守基地营。天气状况似乎比前几天好得多。山上有些积云，但整体而言，天光很是晴朗。

北坳，通往山顶的主要障碍现在得去应付了，同时要辟出一条安全的路通到第四营。这条路径整个被冰封住，上面或多或少覆盖新降的白雪。在这里，冰河的罅隙与裂缝年年不一样，每一次探险皆需重新探勘。一九二二年曾因雪崩牺牲了七名挑夫，这回务必小心应付它。而且，它并非只能让几名有技巧的登山者攀登而已，还必须让负重的挑夫有信心在这条路上自在通行。夏尔巴族挑夫个个是好汉，但并非有历练的登山家。如果有硬邦邦的好雪能紧紧插入桩子、坡上有登山者凿出的清清爽爽的步阶、危险的地点都围上了栏杆，而且在一天终了时保证有好的食物和温暖的床，他们——根据马洛里的说法——将快乐、自信、安稳地上下陡坡，没有丝毫疑虑。但，少少几英寸的雪，就大大增加了负重登上北坳的困难。以前曾是坚实、保险的，现在都变得滑溜而不确定。挑夫们不是满怀自信直着身子走上步阶，而是带着重重猜疑在地上爬，抱着坡道。所有的安全感都溜走了。而且这一年的雪又比一九二二年下得多，温度也比较低。挑夫们严重遭受寒冷之苦，北坳多出来的雪使得造一条好步道更显必要。

抱着这么一种意图，一支能力高强的登山队在五月二十日那天从第三营出发；诺顿考虑到马洛里正蒙受高海拔气管炎之苦，而萨默维尔也有轻微中暑现象，或许无法全程参与工作，便亲自加入队伍。现在，这支队伍中有他们三位，加上奥德尔，还有挑夫拉克帕·泽林——他背负着一包阿尔卑斯登山索，以及在更艰难的行程中可以派上用场的桩子。一开始，他们的步伐就很慢，而且很快地萨默维尔便显出非常态状倦怠。事实上，他的中暑相当严重。他想勉强前进，但诺顿和马洛里强力说服他回去，于是，在极端的恶心和不适中，他回到第三营去了。

诺顿和马洛里现在必须做的，就是去找出一条无雪崩之虞

第二十一章　再逢灾难

的路。他们可以看见一道深而广的冰河裂缝，划过北坳那些硕大的冰坡。上达那道裂缝的坡虽陡，但很安全，而那道裂缝本身将可能是对抗雪崩的屏障。所以他们将设法走到那道裂缝，然后沿着它较低的一边行进，直到找着一条安全的路到达北坳上的岩架，扎起一个营。

于是，第一个目标就是设法走到那道裂缝。诺顿和马洛里一同走在奥德尔和负重的挑夫前面；他们两人共同分担凿梯或打实步阶的繁重工作——那些台阶凿在略微中凸的雪坡上，大部分循着平缓的角度导向那道冰河裂缝的右端。他们遇到了两道较小的裂缝；攀上大裂缝的最后一段坡很陡，显然得钉上固定绳索以便挑夫通行。但除了这件事以及必须打凿步阶之外，没有遭遇更严重的障碍就到达了大裂缝。然而，应付那道大裂缝本身又是另一回事了。沿着它较低的那一边行走并不容易，因为它在一半的地方断了，那处断掉的地方得非常小心地应付。他们必须下降至裂缝底部，再爬上那近乎垂直的碎冰墙，到达一处很狭窄的缺口，或"烟囱"①。只有经由这道"烟囱"，才能再度到达那条冰河大裂缝的低缘。

这便是诺顿和马洛里站在那冰河裂缝的边缘时所面临的情况。为了沿着那道裂缝的低缘前进，他们无论如何必须克服这个令人讨厌的破口，而唯一的方法就是深入裂缝底部再爬上那冰壁和"烟囱"。

---

① 登山词汇，指岩壁上直立的缺口。

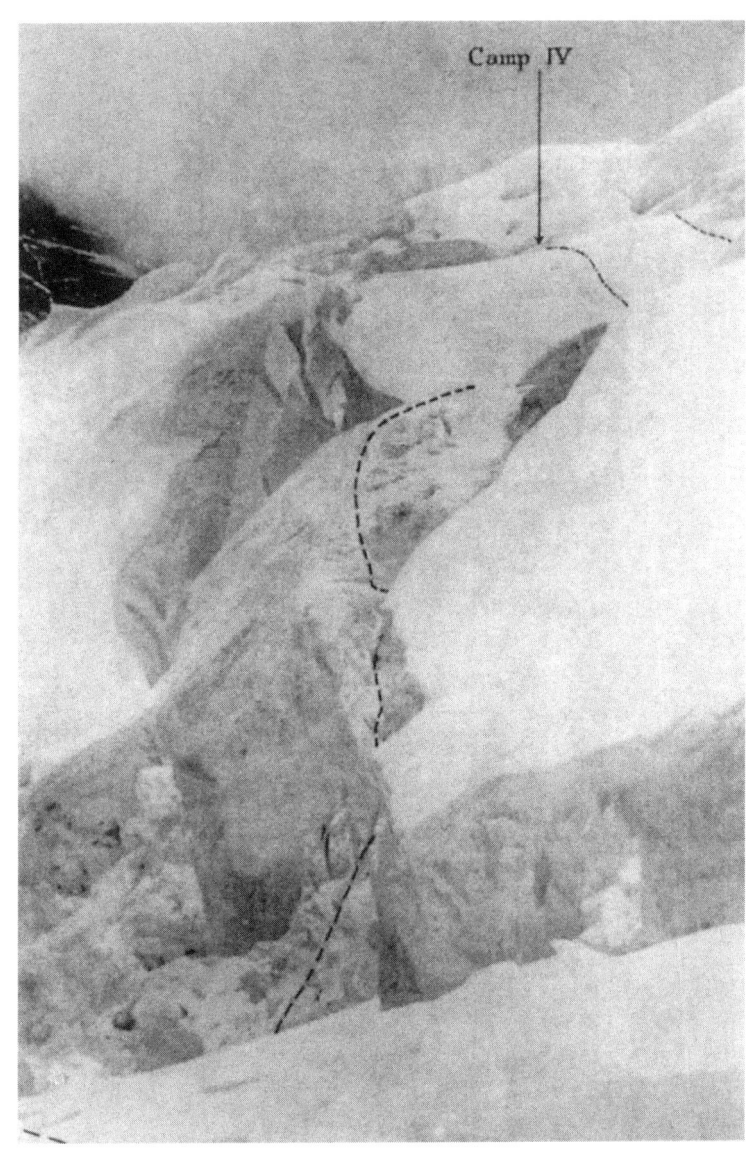

爬上烟囱的路（照片中的字：第四营）

第二十一章 再逢灾难

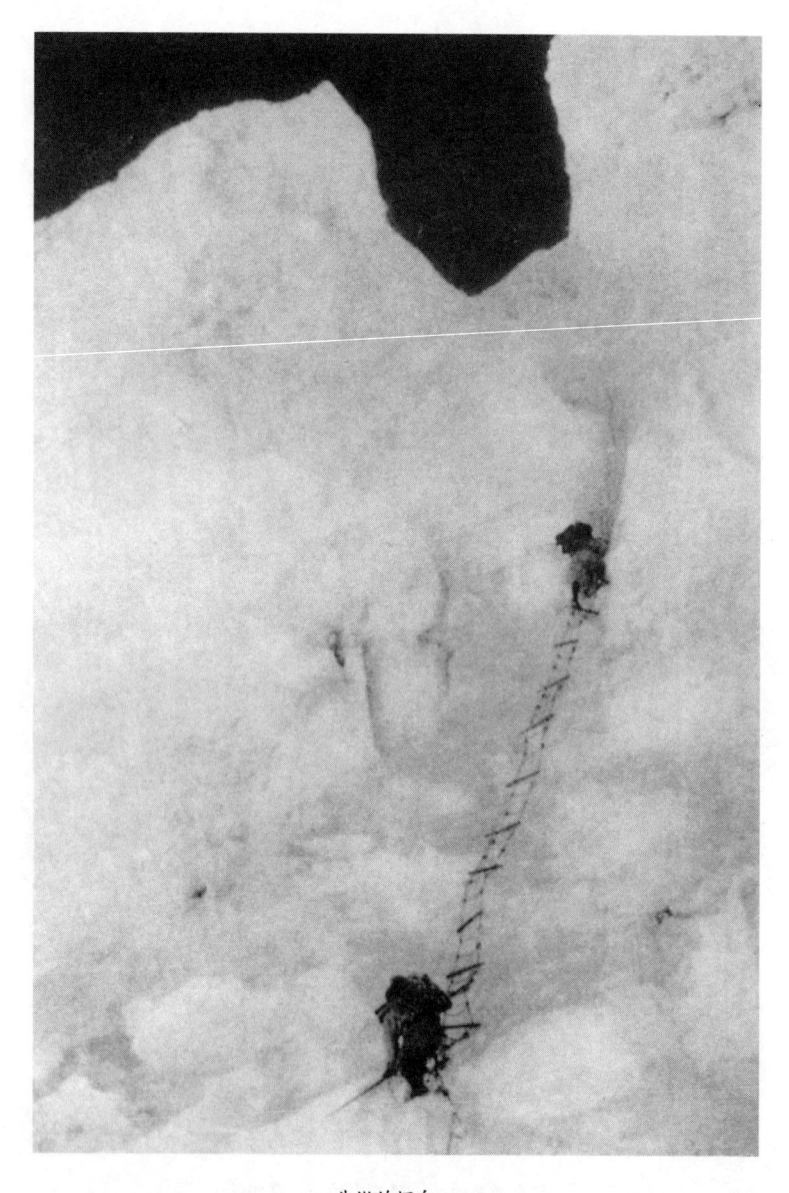

北坳的烟囱

"面对一个难以克服的登山障碍时，"诺顿说道，"马洛里的行径一直是很有特色的：你可以清楚地看见他的神经像琴弦般紧绷起来。打个比喻：他就像把腰肉束紧起来一般，而他的第一个本能反应就是一马当先。上行冰壁和'烟囱'时，他以小心、敏捷和完全属于他自己的漂亮方式领先在前。"诺顿则尾随做他的后盾，不时提供斧柄或斧头前端给他落脚。正如大部分的冰墙，这道墙并不像乍看起来那么陡，只要小心地凿步而上就行了。至于那道"烟囱"，则隐藏着意外的障碍。它底部的雪不能凿出落脚处，而且似乎包着一道无底的缝。它的周边是蓝色平滑的冰，而且互相靠得很近，以致不能在其中凿出步阶。这道"烟囱"是你在任何一座大山中所能料想得到的最陡、最艰难的坡段，马洛里说。在普通的海拔上，那就已经是严厉的体能考验了；在二万二千英尺的高处，它几乎快把人耗竭到极限。

从那道"烟囱"出来后，他们到达了一处悦人的小平台——这已是在那冰河大裂缝低缘的另一边了。他们现在沿着这道冰河大裂缝的低缘走着，右边是那道大裂缝，左边则是很陡的坡面。这条路没有雪崩之虞，但是很陡，必须凿出更多步阶。然后，在那裂缝的尽头，更多麻烦来了。诺顿与马洛里现在站在陡斜的雪坡上，那雪坡向上伸展约两百英尺高，斜度之大刚好使雪粉勉强能够沾留，其另一端则泄入一道大冰崖（裂缝）的底部。为了方便起见，这段路可称为"最后二百英尺"。

那真是这次登山最危险的路段。在这里所需竭尽的体能尚不及"烟囱"那么多，但它的情势更为危险。那坡面上的雪有可能剥落下来，将登山者带入下方的深谷中。一九二一年，那坡面确实曾经在马洛里爬上去与爬下来的时间间隔当中崩落。面临这么一种状况，马洛里的神经一如以往，立刻回应任务对他的召唤，并再度坚持由他领头。为了尽量减少危险，他们决定爬上那几近垂直的最陡坡段，到了顶端坡度缓下来时再向左横切。横切过去后，便是准备设立第四营的石棚或岩架的边缘。奥德尔此时已加入诺顿与马洛里；他和诺顿准备从冰河中的冰塔所形成的一个安全角落，自下方抓着马洛里，以便那看似坚固实则易碎的冰面剥落时能将他托起。幸好没有这种不幸的事情发生。半小时后，他们一一循着马洛里在那半冰、半雪的坡面上奋力凿出的陡峭台阶，爬上那块岩架。

他们上了岩架时尚能沐浴在阳光中，并因为西边一面冰墙遮去了猛烈的西风而甚感舒适。一九二二年的旧帐篷一点踪迹也没了，因为那雪丘、冰崖的大杂烩是真正冰河的组成部分，而它们还在持续不断地变动。那岩架本身比一九二二年时窄些。现在它成了一个躬着背的豚脊丘，上面覆盖未曾被践踏过的灿烂白雪；其平稳的水平面部分仅够架起一座六英尺平方的小帐篷。

这番登高是很耗力的，因为这一路上每一步阶都必须用力踏过或用斧头凿过，以造出一条清爽、安全的路，让挑夫们第二天拾级而上。但他们很高兴重建了整个登山路程中最最艰难的路段。奥德尔和马洛里仍有足够的精力去探勘从岩架到真正的北坳之间的路。诺顿则钉桩子,以固定一条绳索,让它顺着那"最后二百英尺"的陡绝梯道垂旋下来。

马洛里已因前面的凿步劳动耗尽了力气,所以现在由奥德尔带头。第四营的位置与真正的北坳之间,隔着雪丘的迷阵,以及部分隐匿的冰河裂缝,由此通向北坳的路必须找出来。奥德尔很高兴地找到一条桥跨越最严重的裂缝,于是一条安全可靠的路径便建立起来了。成果丰硕的一日就在此画上了休止符;三点四十五分,他们开始下山。

但他们彻底筋疲力尽了。全然由于倦怠,他们允许自己去冒那平日会小心避免的危险。他们取道一九二二年的老路,并加速行进。诺顿与马洛里走在前头,未系绳索,奥德尔和挑夫跟在后面。首先,诺顿跌了个险跤,然后挑夫滑脚——他身上仅以一个平结绑着绳索,后来平结脱开,幸好被一堆松雪阻挡,才没导致致命的灾难。现在马洛里本身陷入了严重的麻烦。他已经步入一道很明显的冰河裂缝。他挑起了堵住裂缝的雪,还以为自己是安全的。但那些雪突然全部松开,让他陷了进去;他往下掉了大约十英尺才停止,不能呼吸,而且半盲;因为当他往下掉时,雪崩落到他周遭;经过一阵恐怖与慌乱,才被他的斧头险险固定下来——那把仍握在他右手的冰斧,横伸出去勾住冰河裂缝的边缘。他的冰斧能将他稳住,真是万幸,因为他的下方有个令人不悦的黑洞。

起初他不敢用力抽身,因恐更多的松雪掉下来将他埋住。但当他抬头看看那个被他的下坠弄出的洞,居然能瞥见那蓝蓝的天空，于是他张嘴大喊救命。然而他的呼救无效——他的叫声没人听见，而且他往下掉时也没人看见，因为他走在前头，而落在后头的那些人也有他们自己的麻烦。他现在所能做的，就是凭己力爬出来。他非常非常仔细地将雪一点一点拨下去，同时在身旁做出一个洞，然后，经由小心翼翼的爬行，他好不容易才从所处的恐怖位置脱身，最后终能再度站立在那斜坡上。但现在他却在冰河裂缝错误的一边，必须凿步而行，横过一道险恶的硬冰斜坡，然后向下走过一些混浊而令人不快的积雪，最后才能获致真正的安全。经过这么劳顿的一天之后，还得进行耗时费力的凿步工作，他的耐力几乎濒临极限。

他终于与同伴会合，一同走向第三营；对于曾因疲倦而粗心大意，他们都感到羞愧。但甚至在夜晚，马洛里也没能好好休息。过去几天以来，他的喉咙一直不舒服，现在，他发作了痉挛性咳嗽；一阵阵的咳将他撕成碎片，睡眠是不可能的；此外，他还头疼，浑身不适。其他人也好不到哪儿去。他们只能以"至少我们已开先锋跃过这个最严重的障碍"来安慰自己。让别人来担当重任的时刻到了。

第二十二章
救　人

　　导向北坳的路径既已由诺顿和马洛里准备好了，接下去便应该在北坳上建立起第四营。这项工作将由萨默维尔、哈泽德和欧文来负责。而因为时间很紧迫，季节雨很快便将来临，他们在五月二十一日出发了，也就是诺顿和马洛里标出路径的次一日。萨默维尔已经好些了，或假装好些了，他与其他两名登山者，及带着帐篷、炉具和补给品的十二名挑夫，将在岩架上诺顿选定的地点建立第四营。他将帮助挑夫爬上"烟囱"，并在最危险的地方固定好绳索，特别是岩架正下方那恐怖的最后二百英尺；然后他将在同一天与欧文返回第三营，留下哈泽德和十二名挑夫在那新建的营地过夜。接着奥德尔和杰弗里·布鲁斯将于五月二十二日跟上去，在第四营过夜；隔天再与挑夫往上爬，去建立第五营。

　　那是个简单的计划，但立刻遭逢了困难。五月二十一日早晨，天气暖和得反常，空中浮着许多轻轻的云朵。很快地，湿湿软软的雪就降了下来。诺顿与马洛里先前辛苦凿出或踏出来的路，现在被掩埋了。雪很深，走起来很费力，登山者必须在最险恶处钉入桩子、缚上绳索，以便跟在后面的挑夫行走。最糟的部分是那条"烟囱"。爬上这么一处地方，人几乎不能携带什么东西，得试试别种权宜之计才行。就在近旁有一道垂直的冰崖，如果从冰崖底部将捆包拉到上方的平台，挑夫们就可以在无负重的状况下顺着"烟囱"爬上去。于是，萨默维尔和欧文便爬上那平台，将捆包拉上去，而哈泽德则留在冰崖底部监督这件工作的运作。萨默维尔与欧文做那上拉的动作是非常费力的，而冰崖一个鼓起的部分更增加了这项工作的困难。但重量自二十至三十磅不等的十二个捆包，终于一包包被拉上去了。眼见哈泽德和十二名挑夫走上了他们将扎营——在大雪中扎营——的岩架，他们两位便返回第三营，于下午六点三十五分到达。这天的工作简直快累垮了人，所幸第四营建成了。

那是五月二十一日。雪下了一整夜，第二天早晨下得更大，一直持续到午后三点。杰弗里·布鲁斯与奥德尔因而不能出发前往北坳。

雪在午后停了，但寒气骤然增强。那天晚上——五月二十二至二十三日——气温计降至零下二十四华氏度（零下三十一点一摄氏度）。而零下二十四度在二万一千英尺高处与在海平面上是相当不同的。零下二十四度在一个你必须在其中席地而卧的脏兮兮的帐篷中，与你从一个舒适的房子里往外瞧见的也大不相同。当然有许多更低的气温纪录出现在世界上许多其他地方，但很少人像喜马拉雅登山者这样，在如此艰难的环境中挨受如此低温。西藏特使团所遭遇的气温够低了,但也仅仅是零下十八度,海拔仅一万五千英尺,而官员至少还有床可睡。因此,那些曾在很高的海拔上经历过极度寒冷的人,将最钦佩诺顿及他的伙伴们在这时候所经历的事情。

五月二十三日,是个无风无云、阳光灿烂的晴天,虽然空气锐利得像把刀。看来北坳坡道上新降的雪可望安全了。于是,杰弗里·布鲁斯和奥德尔便依计划进行,在九点三十分出发,十七名挑夫随行。

但哈泽德和他的十二名挑夫此时如何了?自五月二十一日以来,他们就被留在北坳;五月二十二日几乎一整天都在下雪。五月二十二至二十三日之间的晚上,打破这些地区的最低温纪录。他们的帐篷并不像第三营那样扎在碎石堆上,而是在雪上,海拔更比第三营高了二千英尺。这些时间当中,他们怎么了?诺顿深深关切这件事情。就在将近一点的时候,雪又开始稳稳地降了下来,四周一片白茫茫,此时他看见一排黑点,像白粉墙上的苍蝇似的,正缓缓从第四营下来。诺顿见此大为放心。那必定是哈泽德的队伍正在返回第三营。他很高兴他们回来了。

大约三点,他看见杰弗里·布鲁斯和奥德尔也回来了,挑夫们和他们一道。他们到达了一个地方,积雪的情况很险恶,而且在他们上方的哈泽德的团队也正在爬下"烟囱",因此他们论断:往回走才是明智之举。

众人开始怀着极大的焦虑等待哈泽德的到达。他在大约五点时抵达第三营,但仅有八个人跟着他,其他四位都留在后头。

第二十二章 救 人

他们无法面对那危险的斜坡，也就是恰在第四营扎营的岩架下方的那"最后二百英尺"。哈泽德第一个走去测试那新降的雪情况如何，八个人跟上去，但其他四人又转身折返。或许他们病了——他们当中的确有两人长了冻疮。更可能的是他们当中有一位试了试那新降的雪，却打了滑，心生畏惧而不敢继续走；他们应该尚未忘记上次探险中在这些坡道下方所发生的事情。

无论原因如何，他们就是搁浅在北坳上了。现在雪正像软软的羽毛似的不断降下来，使得上下北坳都越来越危险。

现在应该怎么做，诺顿似乎没有半刻的迟疑。某些人或许曾迟疑过，某些人或许认为情况已经不能挽回，诺顿却非如此。他或许也曾与自己争辩道：在这么糟糕的天气中，到那些冰坡上冒险是毫无希望的——而这番论辩是很正当的。让那些人留在北坳上自生自灭固然很悲哀，但他考虑他们的性命之余，还得考虑其他人的性命，也还得考虑整个探险的目标。如果他派出救援队，救援队中的人也可能丧命；如果没有丧命，也将因救援行动而耗尽体力，以致在稍后的冲顶一搏中不能派上用场，使整个登山团失去登上顶峰的机会。

诺顿可能曾很合理地与自己这样争论，但他不曾去思考，只是本能地付诸行动。他决意无论如何今年不能让任何挑夫死伤。只有一件事要做，那就是营救他们，不计代价地将他们救下来。再者，他本人必须加入救援队——他，还有另外两人，也就是团中最优秀的登山者，马洛里和萨默维尔，都必须加入。只有最优秀的登山者才能胜任这项工作。他做出这项决定,而其他两位也与他心气相通——虽然他们三人都已经在这二万一千英尺高的营区以及探索北坳之路的费力工作中耗尽了体力。

他冒着自己的生命危险,也冒着马洛里和萨默维尔的生命危险,就是要救下那些人。他们属于不同的种族、不同的宗教,在生活中地位卑微,但他们是伙伴——更有甚者,他们是一桩共同冒险行动中的伙伴。他们一直随时准备为他们的领袖奉献生命,那么他们的领袖现在便应冒着生命危险营救他们。

伙伴的情谊在说话;而这种情谊必定已根深柢固地长在诺顿、萨默维尔和马洛里心中,因为以他们目前又冷又病又凄惨的状况来看,当生命如风中之烛般闪烁不定时,只有最深刻的动机才能激励他们。所有表面上的东西在很久前就消失了,如非这种伙伴感根植于他们的心性中,如非他们感觉到他们国内的伙伴(同胞)盼望他们有男子汉的作为,现在这番场面是见不到的。

然而,这三个病人在冒险救人的过程中却有如生龙活虎一般。马洛里和萨默维尔都在咳嗽,喉咙疼得很厉害。他们知道这将严重妨碍他们登高。诺顿本人——根据马洛里的说法——并非真的适于从事这趟救援行动。天气持续恶劣。当他们三人坐在帐内密商大计时,雪仍啪啦啦落在帐篷上。马洛里写道:下这种雪,看来登上北坳的几率只有十分之一,遑论整批人马顺利下山的可能性。他本人曾有在北坳被崩雪埋身并跌进裂缝的经验。

第二十二章 救　人

很幸运的是，雪在半夜停了；第二天，五月二十四日，早晨七点三十分，他们动身出发。他们步上了北坳的坡道，发现雪不是很糟糕，因为它还来不及变得很黏。然而他们的前进仍然很费力，是那种艰辛而单调的雪地行军；雪深从一英尺至及腰不等，而他们都因寒冷及高原反应而病了。他们勉力拖着步子走过冰河盆地上新降的雪，然后渐渐往上，缓慢而警觉地走着、喘着、咳嗽着。先是马洛里领先，接着萨默维尔带领其他两人到杰弗里·布鲁斯及奥德尔前一天丢置捆包的地方，后来由诺顿带头——他穿着冰爪，能够不用凿步就带领他们上行到那道冰河大裂缝；他们在那儿停留了半小时。大约一点三十分，他们来到了"烟囱"下方的冰墙。先前所凿的每一步阶都被雪填满了，但萨默维尔所钉的细绳还垂悬在那儿；他们以双手抓住绳索，将自己拉到"烟囱"上面。在另两个危险区段上，诺顿和萨默维尔轮番先爬到那长绳前端，由其他两人在下方保护着。然后他们来到那危险非常的"最后二百英尺"；在那最上端的岩架上方，他们看见那些孤立无援的挑夫之中的一位站在岩架边缘。诺顿大声问他，是否还能走路。上头丢下疑问性的回答："往上还是往下？""往下啦，笨蛋！"于是那人消失，唤来他的三个同伴。

截至这一点为止，事实证明雪的状况不若他们原先预料的那么危险，但在最后横切的路段，真正的危险显现了。在这段险坡上，萨默维尔坚持第一个横切过去，诺顿和马洛里则在后面固定绳索——他们为了应付紧急状况，带了一条二百英尺长的登山绳。他们把冰斧插入雪中直没斧柄，以系缚绳索；绳索绕过这些冰斧，一码一码地由萨默维尔扯出去，同时萨默维尔在那陡峭的冰坡横切面上，一面攀行，一面卖力地敲击出大而安全的步阶。

他越来越接近那等在坡道顶端的四个人了，但当他几乎要够到他们的时候，缚在他身上的绳索却已扯到了尽头。还差十码！怎么办呢？已经四点了，时间相当紧迫。登山者们立即决定：那四个人必须试着走过那段没有步阶的十码。他们必须一个一个来，越过那危险的部分；当走到萨默维尔身旁时，就可以顺着那条拉紧的绳索，走到诺顿和马洛里那儿去。

头两位安全到达萨默维尔所在处——一位走到诺顿身旁后，第二位才开始走；但雪却在剩下的那两人脚下滑动了，因为他们愚蠢地一块走过来。两人旋即飞下斜坡。在一阵麻痹无力中，诺顿打量他们是摔到二百英尺下方那蓝色冰崖下面去了。但他们突然冒出身来——原来他们滑下去时，跌在一个雪凹子里，那是早晨的严寒和日中的阳光交互作用形成的。萨默维尔吩咐他们坐着别动，然后，他冷静自持地先让第二位沿着绳索走向诺顿，再回过头来关怀他们不幸的友伴。

现在，营救这两个陷入可怕困境的人，需要登峰造极的登山技巧。首先，萨默维尔必须安抚这两人的情绪，所以他跟他们开玩笑，直到他们几乎笑了起来。然后他将冰斧深深插入软雪中，并将他腰上的绳头解下来，绕在斧头上拉紧，紧到每拉一英尺诺顿和马洛里都感觉得到，后两者正极尽手臂的长度拉

第二十二章 救人　　195

住绳子的另一端。这样,拉过来大部分的绳子之后,萨默维尔顺着绳子走下去,直到它的末端,接着,他以一只手执着绳子的末端,伸出另一只手臂去接触那两人中的一人。他安稳地揪住对方的后颈,将他拉到冰斧打桩处。第二位他也以同样的方式处理。救援终于有了结果。

这两个可怜的人回到比较安全的地方来了,但他们已大受惊吓,以致沿着绳索走向诺顿和马洛里所构成的天堂时一路打滑,幸亏有绳子作为扶手,才未再度陷入险境。当他们终于通过那段险坡之后,萨默维尔再度将绳头绑在腰上,跟在他们后头。诺顿说,看着他平衡笔挺地横越那已经崩塌的山路,不曾打滑,不曾失误,简直是上了登山技艺一堂精湛的课。

与黑暗的竞赛开始了,因为当他们开始下行时已是下午四点半。马洛里和一名挑夫在绳索前端带路,萨默维尔带着另两名挑夫在后头跟着。诺顿则和一名手部遭严重冻伤的挑夫殿后;那名挑夫的手已没什么用了,因此,在某些路段,例如"烟囱",诺顿必须扛着他。

到了下午七点半,当他们离开北坳的雪坡,距离"家"("家",诺顿这么称呼它,但那只是第三营)四分之三英里时,有人影从黑暗中冒出来;原来是诺尔和奥德尔拿着热汤在等他们。诺尔再一次在最需要他的时刻到来。

登山者们救下了这四个人,但他们三人已累得不成人形。在必须凿步越过那段险坡时,萨默维尔一直咳嗽、窒息到最凄惨的地步。马洛里的咳嗽使自己整夜不能入眠,诺顿的双脚则疼痛非常。这三人救了四名挑夫的命，但他们自己所付出的代价是什么，答案要到他们距离目标一千英尺处才会明了。

经历过这些事情之后，探险队已不再能立即攻上珠峰了。第二度撤退到冰河上较低的营区去休养生息一番，是势在必行的手段。就在诺顿和他的队友正想法子援救那些受困的挑夫时，他就先指示了撤退的事宜。恰恰在季节雨被预测即将来临的时候再度必须背向目标而行，真是一个痛苦的打击，但一点办法也没有。没有半个成员适于在目前的情况下继续往前走。寒冷加上种种搏斗，使得这个团队东倒西歪，特别是那些曾经负担大部分辛苦工作的最佳登山者。在海拔较低处休养几天，有其必要。

杰弗里·布鲁斯、哈泽德和欧文，以及大部分的挑夫，都已走下到冰河区；救援行动次日，诺顿和其余的人也跟下来了。他们是一群跛子和瞎子组成的悲惨小团体，而且必须在东北暴风雪中设法走回第二营。在接下来的那一天，也就是五月二十六日，诺顿和萨默维尔到达第一营。现在登山团的成员配置如下：奥德尔、诺尔及谢比尔连同二十名左右的挑夫留在第二营；马洛里、萨默维尔、布鲁斯、欧文及诺顿在第一营；哈泽德已回到基地营加入欣斯顿及比瑟姆。

如此将团队拉长成梯形编组的目的，是要趁天气应该还不错的时候以最少的延迟天数重新运作起来。那些打算在下次前进行动中到达北坳的人，现在就被安排在第二营，以便一声令下时，他们能在一天之内重新到达第五营。

他们到达第一营的当日下午，就举行了另一场作战咨商会议；各种方式和手段都被检视了，一个较简单的新计划也被拟了出来。当他们研究运输问题的时候，却发现他们的处境非常艰困。谢比尔和布鲁斯都同意，原先那可用的五十五名挑夫，现在仅余十五名可依赖。肢体伤残者数量很少，但那极端的严寒，加上极高海拔的冲击，已取走了他们大部分人的胆气，使得他们不再可靠。而到目前为止，已经完成的事很少。第四营仅勉强建有四顶帐篷，其中仅存有十二名挑夫及一名登山者使用的睡袋。所有的食物和燃料仍然必须带上去，此外还有在山上将会需要的每一套供氧器材和钢瓶，以及供更高营区使用的帐篷和炉具。第五营也必须建立起来，并供以必要用具和粮食——根据原先的计划，单单为了建立第五营，就需用到十五名挑夫。

时间的问题也必须考量。他们现在距离一九二二年季节雨爆发的时间只剩六天。两三天的休息是必要的，而登上第三营又得花掉一天。显然，一旦登山者们再度开始他们的登山行动，这个计划必须能让他们以最少的延宕做出重大的攻顶尝试。

氧气的问题也再度显露出来。有人开始质疑，氧气到底为使用者带来什么真正的效益。

这场作战咨商会议既漫长又做不出决定，于是诺顿在次日召开一个更完全的咨商会议，邀请奥德尔、谢比尔和哈泽德从第二营和基地营过来参加。在这第二次会议中，七名可用的登山者的每一种可能组合都被想过，也彻底考量了整个行动的每个细节。最后，最简单的可能计划出炉了。氧气将被丢弃，一系列的双人登山组将开始行动。他们将在连续的晴天中一对对离开第四营，在那个营上方睡两晚，一晚在二万五千五百英尺的第五营，另一晚在二万七千二百英尺的第六营。诺顿坚持：第四营必须经常有两名登山者在那儿作为支援。在将登山者编入这些不同的登山组时，诺顿规定马洛里有权加入第一组，如果他想要的话。他的喉咙已经好了很多，而且，虽然他到目前为止做了大部分的苦工，然而——诺顿说——这个人的能量和火焰仍反映在他的每个姿势中，无疑地他可以和其他任何人爬得一样高。其余的人当中，布鲁斯显然是最强壮的。所以马洛里和布鲁斯便组成了第一队。萨默维尔的喉咙距离康复还有一大段距离，但已因第一营的温暖而感到舒适些。他自一九二二年以来便享有盛名，此次更因营救那些受困的挑夫而更增魅力。他将被编入第二队。第二队中的另一位，由萨默维尔和马洛里挑选——诺顿再度授权让他们从他自己、奥德尔、欧文和哈泽德四人当中选出一人。他们选了诺顿；而他们在决定人选之际，还必须考虑到一件重要的事：每一组人马当中，都必须有一位能说充足的尼泊尔语，以便当挑夫的决心开始动摇之际，仍然能够将他们带在身边。奥德尔和欧文将担任第四营的支援者，哈泽德则将留在第三营。

五月二十八日，正如二十七日，是个晴朗无云的热天，团中有些人情绪高昂地想再度上山去，但诺顿眼见大伙儿身体状况大有改进，便决定在营地多待一天。这一天并未浪费：十五只"老虎"(挑夫们被如此昵称)在第二营集合,奥德尔和欧文做成了一条阿尔卑斯登山绳梯,以及若干桩钉,使负重的挑夫们够爬上那北坳"烟囱"下的陡峭冰壁。

在五月三十日这一天,最后一举开始了。各组登山人员在诺尔和他的摄影装备的陪同下,到达第三营。

第二十三章

突　击

伟大的时刻到了。登山者已曾两次被冷气和寒风斥回，现在，他们第三次回来从事这攻坚的战争。这一次，天气几近完美。他们本身精疲力竭，人数也锐减，但暴风雪过去了；日复一日，那山头棱角分明地矗立在那儿，登山者们渴望能够趁季节雨尚未将整座山覆裹上令人透不过气的细雪前，抓住这最后能爬上去的机会。

身为人类，每位登山者自然都希望自己是一系列登山组合中第一组执行攻坚的人。可能第一组便能将它拿下，而使第二组没有了机会。或者，即使第一组失败了，季节雨或某些台风也可能不放过第二组及继踵而来的人。成功的机会还是决系于第一组。而诺顿作为领队，大可以将自己编在第一组，但正如我们所见，他秉持骑士风范让贤了。正如一开始的时候，在这高潮临近的一刻，他一心系念的仍是探险队的成败，而非他个人的功名。每一个有可能导向成功的小动作都必须做。每一桩可能造成障碍的小事都必须避免。所以现在，全团中看起来显然最健壮的两位：马洛里、杰弗里·布鲁斯将首先冲锋；大家都估计他们将拿下那项大奖。

他们在六月一日从第三营出发，带了九只"老虎"。又是晴朗的一天，他们满怀着希望。在前往北坳的路途上，他们在冰河裂缝中，那道"烟囱"下方的冰墙上，固定了绳索，使负重的挑夫行步容易些。到达第四营时，他们发现奥德尔和欧文已在那儿打理妥当，准备好发挥支援者的功能，留意精疲力竭的登山者在攻坚行动之后的舒适，将热食备妥，并救助归来的挑夫队。

六月二日，马洛里和杰弗里·布鲁斯带着他们的九名挑夫，出发上山进行真正的突击行动。他们期望着在第一天建立第五营，第二天第六营，第三天登上山顶。那并非不合理的期望，因为天气状况持续良好，天空很晴朗，并无季节雨的征兆。可叹！在喜马拉雅山区，朗日晴空通常意指刮劲风。在那燠热的平原上和覆冰的山巅之间，有强劲的气流回旋。马洛里的人马一出北坳冰岩的屏障，立刻受到从山上刮往西北方的狂风吹袭。这一组人穿着防风衣物，但那并不比所谓"防水"的衣物在热带大雨中有效。那风撕裂了防风外套，透进羊毛外套，又透进肉中，直入骨髓。它穿透每样东西，不仅无孔不入，还极力施压，负重的挑夫仅能勉强稳住脚步。

诺顿形容北坳以上的山是："一个既无冰雪又无冰河裂缝的平易岩峰"。但他的"平易"一词是说给英国登山协会听的，而英国登山协会所用的语言和全世界其他人所用的语言并不同。

在这种语言中，那山头或许可说是平易，但它显然必定很陡峭，否则雪就会沾留其上，而不会是无冰的岩峰了。而它到底有多陡？我们可以从一项事实来了解：每当我们听见一位登山者掉落东西，也往往听说那东西一去不回了。就是在这种摧枯拉朽的风中，他们必须设法登上珠峰的陡峭岩棱。

第五营原应建立在大约二万五千三百英尺高的山脊的东面，或有遮蔽的那一面，但在大约二万五千英尺处，挑夫的体力耗尽了。（我们不妨再度提醒自己：在这几梯次珠峰探险之前，人类所曾达到的最高海拔为二万四千六百英尺，而且是在无负重状态下达到的。）只有四名挑夫仍精神旺盛，其余的都丢弃了捆包，不能再往上走了。因此马洛里必须停下来，筹组一个营区，而杰弗里·布鲁斯和强韧的洛卜桑则回头走两次，将丢失的捆包背回来。那是一番英勇无比的作为，不仅对已将自己的捆包扛上去了的洛卜桑来说是如此，对布鲁斯而言也是如此，因为他不曾像那些挑夫一般，毕生习于在山区负重而行，就连在其他任何地方，他皆不曾习惯于这项劳动。

诺顿如此形容的"栖止在一面陡急斜坡上的两顶脆弱的小帐篷"，现在有了堂堂的称号：第五营。根据计划，五名挑夫被遣回北坳支援营区，最好的三名则被留下来，以便再将一个营帐往上送二千英尺，建立另一个营。

次日，也就是六月三日早上，马洛里和布鲁斯应该要出发走向山顶了，但甚至过了一夜，那些人仍然看不出希望。寒风不仅进了他们的骨，也进了他们的心。风将他们的胆气吹冷了下来。隔天早晨，布鲁斯和马洛里都未能使他们振作起来。一位可以出发了，另两位则自称生病。杰弗里·布鲁斯如同他的堂哥布鲁斯将军，与这些山民相交很有一套，但现在连他也没办法了。况且布鲁斯本身也因为前一天扛了重物上来而损伤了心脏，正在为此受苦。除了返回北坳之外，已无可希冀。探险团所如此倚重的第一组人马，就此宣告失败。

当马洛里和布鲁斯离开第五营往下走的时候，时间安排上比他们晚一天上山的诺顿与萨默维尔也正离开第四营往上走。这两组人马正好在两个营地中间相遇。马洛里往回走的景象，令诺顿心中一恻。它意指登上峰顶的机会又少了一个。它也可能意指：没有一个挑夫能够将扎营器材搬到高于二万五千英尺处，而这也意指：任何机会都完了。那是个糟糕的前景。无论如何，马洛里和布鲁斯寻路回到了北坳，由奥德尔和欧文迎接、供应种种提神物——现在，这两个人在补给品丰富的北坳上担任这极富价值的支援工作，而这是诺顿从他一九二二年的探险经验得到教训后倡议设置的。正当马洛里和布鲁斯往下走向北坳时，诺顿和萨默维尔则往上推进。他们也经历到珠峰的刺骨寒风，但他们终能到达第五营。他们保留四名挑夫，期望第二天他们会愿意带一个帐篷到二万七千英尺处。马洛里在此所设的两个帐篷，由四名挑夫使用一个，两名登山者则使用另一个。诺顿和萨默维尔发现，在他们之前来此的人已将帐篷内的地板处理得很平坦。吃过由干肉饼和"威猛"牛肉、咖啡及饼干做成的一餐后，他们过了很美好的一夜——睡了至少半个晚上。这是很重要的一点，因为先前人们假设：人类在这么高的海拔上根本不可能入眠。

然而，关键在于，挑夫们第二天能否再接再厉。诺顿说，他那个晚上有不祥的预兆：挑夫们的态度让他不敢奢望他和萨默维尔第二天能比马洛里和布鲁斯更劝得动他们背起捆包往上走。隔天，两位登山者在早晨五点就起床处理这个问题，而接下来的几个小时，是珠峰探险史上的几个重要转捩点之一。如果这几名挑夫，以及马洛里的挑夫，都不适于或不愿意继续上行，那么，不仅此次探险将以失败收场，任何将来的探险也尽将受挫。他们将几乎理所当然地认定：挑夫们不可能将捆包带出二万五千英尺海拔以上。

如果我们想了解清晨五点人在珠峰上是什么样子，就必须回想一下，蜜蜂在一个凉冷的秋天早晨是什么模样。平时这些忙碌的小蜜蜂活力充沛，在这个时段，它们却几乎不动；它们冻僵了，既无体力，亦无脑力，生命的活源离开了它们。这些挑夫就像那样，或许诺顿本身也好不了多少。当他走到挑夫的帐篷去探询，所得到的回答只有呻吟声。但他接着做了一件很聪明的事情。他劝诱他们起来煮饭，吃点东西，然后回到自己的帐篷吃早餐。早餐之后，事情看起来比原先好多了。一个空空的胃，使所有的事情看起来都好似不可能，背东西上珠峰峰顶自然不用考虑。但早餐过后，甚至这件事也可以考虑做做看。

所有的人都吃过了，诺顿一心一意投入工作。他和这四名挑夫之间发生的斗争，基本上是属于精神层面的。组织能做的都做了。思想也不能做得更多了。问题仅在于：精神能否说服肉体再往前进，而这凭恃想象力多于依赖意志力。在此诺顿再度展现了智慧。他诉诸想象力；在伟大的事业上，我们都是由想象力带着走的。没有人拿枪抵住他们的头；没有肉体上的强迫，没有威胁，甚至没有金钱上的贿赂。他仅仅为挑夫们描绘了一幅图画：他们身上堆满了荣耀和尊崇，接受来自各方的赞赏；他告诉他们说，他们的名字将如何被烫金印在描述他们的成就的书中——只要他们能将捆包带到二万七千英尺高的地方。那是扭转情势的一着棋——这项诉求，感动了他们的男子汉情怀。诺顿实际上说的是："表现得像男子汉吧！你们就会受到男子汉的尊崇。"诺顿和萨默维尔之所以能做出这项诉求，是因为他们曾以生命、健康和探险团的成功为赌注，展现男子气概和伙伴情感，回去营救那四位困在北坳的挑夫。这四名挑夫中，至少有三名对那永恒荣耀的召唤做出了回应；另一位真的病得太厉害了。他们的名字，我的读者读过时，应该会发散出荣耀的金光：

纳普布·伊雪
拉克帕·切第
仙春碧

事情有了转折点：他们往前进，而非往后退。一旦他们出发上路，便走得很好——虽然仙春碧因为膝盖碰伤，走得有点跛，必须由萨默维尔看顾着，而萨默维尔本身喉咙也痛得厉害，必须不时停下来咳嗽。第一天所走的平易的碎石山坡，随着他们渐渐上行而在二万五千英尺至二万六千英尺之间变得松软；萨默维尔说，他们的精力和心情也在这疲累、沉重的步伐中受着煎熬。再往上，松散的碎石山坡变成布满小石块的斜面，这使得他们的步行不安定而且危险。为了使呼吸充分满足身体的需要，他们必须常常停下脚步。但天气持续晴朗，风也比前一天小了许多。当他们行经一九二二年他们和马洛里曾经达到的最高点时——当然，那也是有史以来人类所曾达到的最高海拔纪录——他们的精神振奋起来了。他们要往更高的海拔去扎营。只要再来一个晴天，再配合其他良好条件，还有什么他们无法达成！

所以他们继续前进，直到一点三十分；那时候，英勇的仙春碧显然无法再前进了。面向北方的岩石面上的一道窄裂口，看起来颇能作为西北风的避风处，便被选为扎营地点。诺顿派那两名带头的挑夫去耙梳那碎石堆，在那裂口的地板上形成扎营时可用的台面。就在那儿，供两位登山者使用的小小帐篷架设了起来，这便是第六营，海拔二万六千八百英尺。比欧洲的勃朗峰最高点高出不止一万一千英尺。

情况远远不如理想，但已是当时当地所能张罗的最好的一种可能了。萨默维尔说，在珠峰上，你必须尽量利用你所能取得的东西，而且要心怀感激。诺顿则说，他两次上下珠峰的北壁刃岭（即北壁边脊），从未见过一处六英尺平方、扎营时不用铺设平台的地点。

那极小的"营"一扎起来,三名挑夫便被遣回北坳营。他们已英勇地演完他们的角色,并确立了一项永恒的要点:在距离珠峰峰顶一天的爬山脚程之内,可以扎起一个营。现在,登山者被单独留下,扮演那属于他们的角色。

但在他们实际上开始登峰之前,必须在那个营内度过一晚;于是第二项要点必须弄清楚。人类能够在接近二万七千英尺高的地方睡觉吗?到了第二天清晨,这个问题也获得了解答——而且是满意的解答。诺顿那天在笔记簿中写道:"我度过了离开第一营以来最好的一夜。"或许这与不用再担心挑夫的问题而心情大为纾解有关。无论原因如何,事实是这样,而这事实具有重大的价值。萨默维尔不像诺顿睡得那么好,但他记载道:"当晨光降临,我们都已得到充分的休息,并且毫无呼吸困难等高原反应的困扰。"

发现这两项事实,也就是,挑夫能携带一个帐篷到二万七千英尺等高线,以及登山者能够在那儿睡着,是这第三次探险的两项重大成果。

第二十四章

高　潮

决定成败的日子到来了。六月四日，在太阳下山之前，诺顿和萨默维尔，或他们两人中的一人，将站上珠峰的峰顶，要不然就是他们再度受挫，必须撤军。天气好得不能再好。几乎无风，而且阳光灿烂。可叹！现在天气条件有利，人却已耗尽体力了。如果他们能够从第一营清新出发，悠闲地走在冰河上，一路渐渐适应这里的高海拔环境，让别人去做那些费力的苦工，那么他们现在会是不同的人。在探险队离开英国之前，诺顿确曾主张应该多邀几名登山者。当时如非考虑到藏地政府的敏感，就会多送几名登山者过来。多四位登山者的话，别的不说，光是运送物资的动物就要增加好多，而藏地政府对这一年一度的探险团规模早就疑心重重。

不管怎样，诺顿和萨默维尔起身后，心中充满希望。不过一开始，却发生了一桩令旅行者倍感困扰的小小的不测事件：热水瓶的瓶塞掉了，那受到殷切需求的热饮漏失殆尽。于是，他们必须做这疲累的工作：取雪加热以制造另一瓶热饮。理论上，珠峰探险团的领队应该看紧热水瓶塞，但即使在纪律最严整的探险团，还是会有意外情况发生。

诺顿和萨默维尔在六点四十五分出发，向右一拐，斜向西南，沿着北壁走向山顶；峰顶还距离他们大约一英里远，就像盘旋在他们上方二千二百英尺的乌鸦。他们本来可以奋力爬上山脊，沿着它走，但他们宁愿走在它的遮蔽下；山脊上，风或许会太大。这条路的坏处是：在一开始，当他们最想要阳光的时候，他们却走在阴影中。他们蹒跚地缓缓走上一个宽广的岩质山肩，努力走向一片阳光。他们气喘吁吁地走，有时因脚下的碎石而打滑，因此常常被迫停下来喘口气。最后，他们终于得到了阳光，开始觉得温暖。

他们横过一小块雪地，诺顿以英勇、漂亮的小碎步领先，离营大约一小时之后，就到达那宽阔的黄色带状岩层的底部。从远处看起来，那黄色带状岩层是这座山头的醒目特征；它大约有一千英尺厚，提供登山者一条横向对角的安全、平易的路径，因为它是由一系列宽厚的岩架累积而成，有些宽度达十多英尺，都与它的大方向平行，而且破裂到足够让登山者从这层岩架爬上另一层岩架。

他们进行得很好。天色完美。但是，当他们到达二万七千五百英尺海拔时，却开始觉得极端疲劳。诺顿说，他感受到刺骨的寒冷。他们一路上休息了无数次，当他有一次在阳光下坐下来时却仍剧烈发抖，以致他怀疑染上了疟疾。然而，他穿着足够的衣裳——一套厚羊毛贴身衣裤，一件法兰绒厚衬衫，两件毛线衣，外加一套防风轧别丁灯笼裤装，裤子本身衬有轻质法兰绒，下接伸缩克什米尔羊毛绑腿，脚上则是皮面皮里的靴子，靴底疏疏钉着常见的阿尔卑斯登山冰爪；在这一切之外，他还罩着巴宝莉牌的沙克尔顿①式轻质防风袍。因为考虑到重量，毛皮未被采用，但他这一身似乎应该足够让一个人保持温暖了。为了看看是否当真染上疟疾，他量了量脉搏，结果令他吃了一惊：只有六十四下；他的脉搏通常很低，这只比他的正常脉搏多了二十下。

除了这种冷的感觉之外，诺顿同时开始体验到眼睛的问题。现在，他所见的影像都是双重的；在难走的路段上，有时候甚至不知该把脚放在哪儿。

萨默维尔也遭遇了麻烦。几个礼拜以来，他一直承受着喉痛的煎熬。现在，因为在这高度又干又冷的空气中呼吸，喉咙深处仿佛被灼烧一般，这为他已然很糟糕的喉咙问题招致了灾难性的后果。他必须不时地停下来咳嗽。

海拔的高度也开始对他们两人显现威力。萨默维尔说，在大约二万七千五百英尺处，有一种几乎突然的转变。在稍低一点的地方，他们能够走得很舒服，每走一步呼吸三至四次，但现在，每向前走一步，要做七次、八次或十次的深呼吸。甚至

---

① 沙克尔顿（1874—1922），爱尔兰探险家，二十七岁开始参加南极探险，曾开辟南极的冰川航行路线，并发现南极洲火山活动的证据。——译注

以这么缓慢的前进速率,他们每走二十或三十码,也还得休息一两分钟。诺顿说,他曾雄心勃勃地定下一个标竿:连续往上走二十步,都不停下来休息——休息,就是屈下膝盖、手肘支在膝头上喘气。然而,他不记得曾经达到过这个标竿。十三步已是离标竿最近的成就了。

将近中午,他们在大约二万八千英尺海拔上;那时候,他们的耐力已接近极限。他们所处的地方正好在那一道黄色岩带上缘的下方,并且他们正在走进一道巨大的峡谷——它从山上垂直而下,从那雄伟的西北脊切开那终极金字塔的底座。就在这儿,萨默维尔终于屈服于他的喉痛。这时,他就快因喉痛而亡了;如果他再往上走,必死无疑。他告诉诺顿,他再走只会妨碍他,因此建议他独自登上峰顶,他则想躺在一个有阳光的岩架上看着他爬上去。

但诺顿本身已远远超出自己的能力范围了,因此能够继续努力的余地并不多。他循着那黄色岩带的上缘走——它以极轻微的角度向上斜,转入那巨大的峡谷,又横越而过。但是为了达到峡谷,他必须再绕行两处纵垂于山面的突出扶壁。在这里,行进变得艰难得多。在他底下的斜坡非常陡峭,能落脚的岩架窄到仅有几英寸宽。当他走进那巨大峡谷的凹处时,大量细雪更将那靠不住的踏脚处遮掩了起来。整座山头的这一整面,都是由屋瓦似的平版岩石构成,倾斜的角度也很像屋瓦。他两度必须拾着自己的脚步回头,循着另一层岩带走。而那巨大峡谷的崖壁本身则覆满了细雪,他一脚踩下去,就陷到了膝部,甚

诺顿上校在海拔二万八千英尺高处

至腰部；如果滑跤的话，那细雪不见得能撑得住他。

出了峡谷，前进的情况持续恶化。他发现自己像是从一块瓷砖跨到另一块瓷砖，每一块光溜溜的瓷砖都以不变的角度持续向下；他开始觉得，他过分依赖冰爪和那光滑岩面的摩擦力。诺顿报告道：严格来讲，那还不算难走，但是，对一名没有系绳子的只身登山者而言，那却是个险恶之境，因为，只要脚底一滑，将百分之百落到山底。

小心翼翼绷紧神经的上行，现在开始让诺顿吃不消了——他渐渐感到体力耗竭。此外，他眼睛的毛病也越来越糟糕，成为严重的障碍。他或许必须再克服二百英尺如此险恶的行进，才能登上那终极金字塔的北面，进入那导向峰顶的安全、平易的路段。但现在已是下午一点，而他行进的速率太慢——自从离开萨默维尔之后，他在这大约三百码的路程当中只上升了一百英尺；他将不会有机会再上升八百七十六英尺了，如果他想安全回来的话。所以他掉头往回走。那个折返点，事后由经纬仪测定，海拔为二万八千一百二十六英尺。

在距离峰顶不过三小时的上行脚程内，诺顿和萨默维尔不得不放弃了攀顶的目标。它就在那儿，不到半英里远，但登山者们一个接着一个被饬回。永恒的荣耀几乎已到了他们手中，但他们都太过虚弱，以致抓不住它。然而他们的虚弱可不是胆气的虚弱。世上没有一个人比萨默维尔更有勇气、更具不屈不挠的精神，也没有人比得上诺顿坚韧和镇定。他们最后走到了资源的尽头，其真正的原因，他们的老同志朗斯塔夫博士说得最好——这位博士除了拥有专业知识外，还具有特殊的喜马拉雅登山经验。他本人曾经爬到海拔二万三千英尺处。他曾参与一九二二年珠峰登山探险，登上二万一千英尺高的第三营，并认识诺顿与萨默维尔；他深知他们处在什么样的条件下工作；一九二五年十二月，在英国登山协会的发言中，他说了这些话："当诺顿、萨默维尔和马洛里出发到北坳营救那四名挑夫时，早就已经累垮了。第三营和第四营严厉的天气和粗活，已将他们蚕食殆尽。他们唯一的机会就是快回基地营休养生息一番。他们非但没这么做，还去从事了那极端险恶与危险的救人工作。那便是这整个计划功亏一篑的首要原因。只要萨默维尔能够直接下山休息，他的喉咙或许就会康复……诺顿的视觉重叠现象与他后来的雪盲完全无关；这是缺氧导致脑神经中枢失调而起的症状。但我认为这并非纯粹因为他们所处的海拔高度，而多半是由于他们几个星期持续的过度劳累所致，就像赛跑者在终点标晕过去那样。正是他们所曾走过的路使得他们在这最后的冲刺中脚步慢了下来。他们在那么严酷的条件下所做的事情，使我相信如果情况曾对他们有利一些，他们已经攀顶成功了。"

简言之，除了风、雪和酷寒所带来的一般苦楚之外，就是营救那四名挑夫这件事——这额外多尝的苦头——使得诺顿和萨默维尔功亏一篑。

借着这次营救行动，他们再次肯定了所有登山技术皆须引以为本的高贵的同志之爱；但也正因这项行动，他们失去了原本唾手可得的伟大功勋。

第二十四章　高　潮

但至少他们成就了这一点：他们已向世人显示了登上珠峰的可行性。他们在那么不利的状况下所完成的事情，令人不再怀疑在正常情况下人类能够爬上那山巅。他们所达到的高度，大约与干城章嘉山脉的峰顶同高——曾见过那座世界名山的人都知道，那是多么惊人的高度。

珠峰的登山者并不是为了观赏风景而去登那座山。然而，我们这些不曾登上去的人的确会想知道上面的景观如何。巧的是，诺顿和萨默维尔两人都是艺术家。他们怎么说呢？不多。在那体力耗竭的情况下，他们不能够有很深的情感，而那是欣赏美的必要条件。但他们的观察仍然深具价值。

诺顿说："从那伟大的高处看下来，景色相当令人失望。从二万五千英尺高的地方所望见的覆雪山头、纠结其间的蜿蜒冰河，以及与每条冰河呈平行线、如同雪地车辙似的堆石，的确有某种程度的壮丽风华。但现在我们已经身处视线内最高山脉的上方，在我们下方的一切景物都变成在一个平面上，许多美丽的天际线都不见了。向北望过那伟大的西藏高原，双眼极目所及皆是连绵不尽的矮小山脉，这样看着，所有的距离感都消失了，直至天边如小小的牙齿般凸起的雪峰映入眼帘，才领悟眼见者是多么迢远的景物。那天，在这全世界大气最清澈的地方，天气极其晴朗，那些被地平线掩去的无限遥远处的山峰，在我心中燃起了想象。"

萨默维尔写道："从我们所到的最高点，其实应该说，在我们所走的一路上，所见景物之浩大与壮观远非言语所能形容。格重康峰和卓奥友峰这两座世界级高山，都在我们脚下超过一千英尺。在它们周围，我们看见一个无可挑剔的尖峰之海——都是高山中之高山，也都是我们脚下的侏儒。珠峰最精致的卫星——普摩里峰的圆顶，不过是那重重相叠的浩瀚山阵中一个小小的点缀物。望过西藏高原，一条山脉在二百英尺外闪着微光。这些景观真是难以描摹，看着，只觉得自己是从世界之上，以几乎是上帝的视野打量着俗世的一切。"

几乎上帝的视野——萨默维尔如是说。但如果他攀上了世界最高峰的峰顶呢？到目前为止，他只看到珠峰的一面，而峰顶还在他头上将近一千英尺处。从峰顶，他就可以看到峰下四周的一切；他的视野就真的是上帝的视野了。那一刻，珠峰谦卑地伏在他脚下，人相对于山的优越性就被确立了——渺小的人类，却能表现得比高山还伟大！如果攀上了峰顶，他就能俯瞰他那既广且远的版图——极目至印度高原及西藏高原之外，也可以沿着东、西方位众多世界最高峰所串联起来的行列眺望。

这份荣耀，他本可赢得——大部分倚仗其他人的努力和同志们的忠心，但也由于他自己惊人独立的奋斗。在那世界锥顶上、在他辛苦赢得的荣耀中，他所见的视野必将激励许多人在各个领域中攀登他们自己的巅峰。

这么一个视野并未赋予诺顿和萨默维尔，虽说他们很够资格。他们与它失之交臂，只因他们曾为了伙伴而奋不顾身。但他们必曾一直怀着那份想望——自从他们行军通过西藏时,珠峰首度映入他们眼帘之际,他们就产生了那份想望;而这份想望,必曾持续扮演那推动他们努力向上的终极动力。

如今,既然那种荣耀永远不可能归诸他们了,他们必须铩羽而归了,那么,他们感觉如何呢?很幸运地,那种使他们挣扎向上的能力呆滞下来的外在条件,现在也钝化了他们失望的感觉。诺顿说,他理当写下那种他应该会有的锥心失望之感,但他却无法昧着良心说他当时有浓厚的那种感觉。曾有两次,他必须在天气宜人、成功将近的时刻撤退,但两次他都不曾体验在那当下应该有的情绪。对于这一点,他认为是海拔高度对心理造成的影响。"想去征服的野心和意志似乎呆滞下来;回身下山时,除了那向上爬的张力和奋斗告终而感到放松之外,没有什么别的感觉。"

然而,那失望的感觉还是来了——就在同一天。他说,当他们回到北坳,马洛里和奥德尔欢迎他们的时候,"他们一直恭贺我们达到了估计为二万八千英尺的高度,但我们自己除了对自己的挫败感到失望之外,并没有其他感觉。"

他们感到失望,但并不遗憾做过这趟奋斗。六月八日,萨默维尔在基地营写的信上说:

"就一般状况而言,我们两人可说都累瘫了,但我们很庆幸曾拥有那么好的天气,以及与对手搏斗的好机会。没有什么可以抱怨的。我们曾建立了几个营区;挑夫们都表现良好。甚至在几近二万七千英尺海拔的高度,我们也能睡着。我们曾有一个豪华的爬山日:几乎没有风,阳光灿烂。然而我们还是未能到达峰顶。所以我们没有借口——我们在一场公平的战斗中被打败了;被山的高度和我们自己短促的呼吸打败。

"但这次战斗是值得的;每一次都值得。"

第二十五章
马洛里与欧文

现在我们回到马洛里。当他被迫返回第五营时,愤怒在他的灵魂中燃烧。这份怒气不是个别针对那些不能再随他前进的挑夫,而是针对那整个情况:在最后天气好转、胜利在望之际,他却不得不放弃目标往回走。但马洛里心中是一点都不准备被打败的。他将翻身重来,而且反弹得更高。登上珠峰,是他义无反顾的决心;那不是他生命中的偶然事件,而是他的整个人生。或许他没有萨默维尔宽广的胸怀,能够把人带在身边,也没有诺顿统领庞大探险团的能力,他只是更习惯且更适于在较小的探险团中,与少数几位精挑细选出来的同伴共事,但他比任何人对这个想法更具有誓死的企图心。如果说有谁能算是这探险团的灵魂,那就是马洛里了。他并不仅是不屈不挠、非胜不休,也不纯粹只是拥有坚强的征服意志,像艺术家的想象力不肯在作品完美呈现之前轻言罢休那样。马洛里本人就是"珠峰精神"的化身。除非珠峰将他扔了回来,否则,要他离开,就会如同要将他从他自己的本质连根拔起。

心中怀着新计划的他，当天就路过第四营直下第三营，在那儿寻求使用氧气登山的可行性。马洛里从来不是用氧登山的热心人士，但如果那是登上珠峰的唯一手段，他就会用它。欧文也不是个用氧热心者，而且曾私下告诉奥德尔，他但愿能不带氧气登上那最终的金字塔。我们大部分人当然都会了解这种心情。马洛里很可能也这么觉得。但马洛里必须考虑到这一点：诺顿和萨默维尔在这次探险中可能已经达到无氧登山的极致了。如果他们不能成功，那么便须祭出最后手段，那就是使用氧气。因此，一如他的一贯作风，他打定主意后就投入整个灵魂安排氧气设备，准备再次攻上山顶。此次他所选的同伴是欧文，不是奥德尔，是因为欧文对氧气使用有信心，而奥德尔没有。另一个原因是欧文在机械装置上面有天分，并曾在那些有瑕疵的器材上表现神奇的调整手艺——说是有瑕疵，是因为尚无一种装置能贮藏高浓度的瓦斯，同时能禁得住印度平原和珠峰之间温度的剧烈变化而毋须调整。第三个，或许是最重要的一个原因：在那次两人一组的登山行动中，欧文原先曾被分派为他的伙伴，他已将这样的分组编织到自己的一些想法中，因而特意安排让两人真正组成一对，以创造一种精锐的"双人精神"。

　　征诸后续的经验，我们不免要质疑使用氧气是否为聪明之举。那笨重的器材是行动上的一大障碍，况且，人类的水土适应能力后来经过证明，比当时所设想的大得多。已经慢慢适应高海拔环境的奥德尔，后来又两度爬到了二万七千英尺处——其中一次背了一套二十磅重的氧气设备在身上，虽然他在二万六千英尺后发现氧气帮不了多少忙而不再吸用。如果马洛里带的是奥德尔，而且在那最后一次的尝试中不使用氧气，那么便可以合理假设珠峰峰顶已被攀登上去。因为奥德尔并未像诺顿、萨默维尔、马洛里那样经历那场救援行动，或许正适于攀上峰顶。而马洛里虽因从事那趟救援工作而精力大受影响，但身边有一个精力充沛又有经验的登山者，并知道已有人真正爬到二万八千一百英尺处（这对于攀顶的努力总是具有莫大的助益），再加上他高昂的精神自我冲刺，他或许已跟着奥德尔一路爬上去了。或者，如果奥德尔和欧文两人不用氧气，也可以攀顶成功，因为欧文也未曾因参加那拼命的救援工作而耗损精力。

然而，这一切都是臆测。当马洛里从事他的准备时，并不知道诺顿已到达二万八千英尺，也不知道奥德尔适应得多么好。到那时为止，他所知道的是：奥德尔不像其他人适应得那么好。因此到达峰顶的机会似乎系于氧气的使用。

六月三日，马洛里和杰弗里·布鲁斯直接从第四营回到了第三营，并共同探究找到足够挑夫运送氧气设备到第六营的可行性。由于获得休养，天气又好，那些人的健康都已大有改善，而且借助于强有力的个人劝说，布鲁斯凑到了必需的人手。交涉事项正在进行时，欧文专心致力于将氧气设备安排妥当，使它们能有效运作。

在这个时候，奥德尔正与哈泽德在第四营，而那位不知疲倦、意志坚强的照相师诺尔，则在海拔二万三千英尺高的北峰上架起了他的摄影机，拍摄电影纪录片。

六月三日，一切安排妥当，第二天，马洛里和欧文再度与新挑夫爬上北坳。这两位登山者使用氧气，在短短两个半小时内爬完了那段山路。他们对这样的结果感到高兴，但奥德尔持比较怀疑的态度：欧文的喉咙已因空气冰冷而疼痛不堪，奥德尔认为，使用氧气显然更增添了他的不适。

在北坳上，这对新的登山组合与支援队伍会合起来了。这第四营的确已成为真正攻顶行动的高山前进基地。奥德尔曾对它做过描述。它的特殊之处是：它搭在雪上，而不像其他的营区，甚至最高的营区，是搭在岩石上。它位于一面突出的冰架，共有四顶帐篷：两顶供英国人使用，两顶供挑夫使用。这块冰架是一块万年雪块形成的棚状物，最宽的地方达三十英尺。它的西边有一面高大的冰墙，挡住那不断从西方吹来的寒风，形成了一个舒适的遮蔽处。没有这道屏障的话，第四营绝无法在那儿撑那么久。奥德尔本人在那儿待了不下十一天——若考虑才几年前甚至像亨特·沃克曼那样的登山家还曾以为在二万一千英尺海拔上不可能睡觉，那么这项事实便足够引人注目了。

在这样的海拔上，天气状况特别有意思。有两天，当太阳温度在正午为一百零五华氏度（四十点六摄氏度）时，空气的温度却只有二十九华氏度（零下一点七摄氏度）。奥德尔怀疑空气温度是否曾高过冰点。雪很可能经由直接蒸发就消逝了。那里一直非常干燥、不稳固，从来不见流动的水。

奥德尔本人似乎不曾蒙受这些试炼的负面影响。他说，经过某种程度的适应，他的感官知觉确实相当正常，只有当他必须竭尽力气去完成一件事的时候,他才会觉得"轻飘飘的,好像化为虚无一般"。肯定地,高原反应对心智的影响是被夸大了,他想。心智过程的速度或许慢了下来,但它们的功能并未受到损伤。

就在六月四日,马洛里和欧文从第三营抵达的第一天,诺顿与萨默维尔从他们伟大的登高壮举归来。他们从所达到的最高处直接下来,不曾在第五营和第六营停留。萨默维尔已几乎因剧烈的痉挛而崩溃,而诺顿在那个晚上已完全雪盲。他们很失望——那是自然的,正如前面所说。但是,因为仅仅达到二万八千一百英尺海拔而感到失望,可真是大大肯定了爱因斯坦的相对论。没多久前,曾爬到诺顿和萨默维尔下行五千英尺后所在处的人,还被奉为英雄呢!

然而,事实的确是这样的:他们不曾到达山巅,而马洛里正怀着旺盛的精力,准备做那最后绝望的一搏。诺顿完全同意这个决定,并"对人类不屈不挠、不顾惜那已然过度劳累的身躯,只要尚有一线机会就不承认失败的这种精神赞叹不已"。马洛里这样的意志力和紧绷的能量,使得诺顿认为他似乎完全可以胜任这趟任务。他们两位意见不同之处,仅在于诺顿不认为他应该选欧文作为伙伴。欧文正饱受喉痛的折磨,而且并不像奥德尔那样是个有经验的登山者。况且,奥德尔虽然适应得很慢,却已开始显示他是个具有无比耐力和韧性的登山家。但是,马洛里既已完成他的计划,诺顿便十分恰当地不在这最后阶段试图干预。

六月五日,马洛里与诺顿同在第四营停留,当时诺顿的眼睛正因雪盲而剧烈疼痛。六月六日，马洛里就与欧文和四名挑夫出发了。谁知道他感觉如何呢？他当然很了解眼前的诸多危险，而他不慌不忙、愚勇十足地出发了。这是他第三度珠峰探险；在第一次探险即将结束时，他写道，那些最高的山岳含着"一股可怕的、关乎生死的严峻气象，使得比较聪明的人即使在攀顶的奋斗即将奏捷之际，仍将为之三思、为之怖栗"；而在第二和第三次探险中，他充分体验到了珠峰的严峻。

他清楚地明白摆在面前的危险，而准备与之一搏。但他是个有憧憬、有想象力，同时又勇敢大胆的人，他能够看出成功攀上世界最高峰意味着什么。珠峰是地球物质力量的化身；为了与它抗衡，他得奋起人类的精神。如果他成功，他能看见同志们脸上的欢欣；他能够想象他的成功将带给所有登山伙伴的极度兴奋、它将带给英国的荣耀、将在全世界所引起的高度关注、将带给他个人的名声，以及因成就了自己的人生而为他带来的永久满足感。所有这一切必曾萦绕他的心头。他在那较小规模的阿尔卑斯登山活动中，已领略过透顶的成功之乐；现在，在这崇伟的珠峰上，欢乐将成为极乐——或许不是眼前，但稍后必会实现。也许他从未如此精确地描摹过这些，然而，他心中必曾闪过这个想法："不是得到一切，就是什么都不要"。对于这两个抉择：第三度认输折返，或死，或许后者对马洛里而言还比较容易。前一个选择当中的苦恼，对于身为男子汉、登山家及艺术家的他，或许太难忍受了。

比较年轻又不若马洛里有经验的欧文，或许对自己所冒的风险没有那么敏锐的觉察。在另一方面，他较不能生动地看出成功对他的意义。但奥德尔记述道，欧文并不比马洛里缺乏"拼了"的决心。他一直有着"击中山巅"的雄心壮志。现在，既然机会来了，他便以"几乎孩子气的热心"迎向它。

就是在这么一种心境中，这对登山者在六月六日早晨出发。已无视力的诺顿只能捏捏他们的手掌，感伤地祝他们好运。奥德尔和哈泽德（当萨默维尔下山后，他已从第三营上来这儿）为他们备妥了餐饮：炸沙丁鱼和饼干，以及充裕的热茶和巧克力。八点四十分，他们上路了。他们的个人行李只包括调节妥当的供氧器材，连同两支氧气筒，以及一点其他的小件物品，如披风和当日的口粮，一共大约二十五磅重。八位和他们一道的挑夫带着粮食、卧具和额外的氧气筒，但并无给他们自己使用的供氧器材。

早晨天气晴朗，下午天空有云，傍晚则下了一点雪；但这并不严重。马洛里的四名挑夫在傍晚从第五营回来，带了一张字条，说上头没有风，一切看起来颇有希望。第二天，也就是六月七日早上，马洛里一行人推进到第六营，奥德尔则推进至第五营支援他们。当然，如果他能跟他们一起走，三人成行，那还要更好。三人一组是登山的理想组合，但那小小的帐篷却只能容纳两人。并没有足够的挑夫能将第二顶帐篷带上去。他仅能落后他们一天往上推进，扮演一种支援角色。

马洛里和他的四名挑夫很容易地便在第六营安顿妥当。这又是诺顿和萨默维尔所做的工作深具价值的另一项证据。多亏他们曾经顺利动员挑夫走上这二万六千八百英尺的营区,这回,和马洛里同来的第二批挑夫来到这儿,便几乎像是自然而然的了。这四名挑夫从此处被遣回,带着传给奥德尔的字条说,天气十分有利于工作,惟独供氧设备却是登高时令人讨厌的负担。

那个晚上当奥德尔在第五营从他的帐篷朝外望,天气可说非常理想。他思忖着马洛里和欧文将满怀希望入睡。终于,胜利好像即将在握。

后来发生的事,我们所知甚少。或许由于氧气设备出了某种差错需要调整,或许由于什么其他原因,他们的出发必定延迟了,因为当尾随在后的奥德尔在午后十二点半看见他们的时候,他们才刚刚到达第二个岩石阶,而根据马洛里的时间表,他最迟应该在上午八点就到达的。此外,天气并不像前一个晚上所应许的那么好。有许多霭雾环绕着山峦。马洛里和欧文所在的高处天气应该比较好,因为奥德尔从下往上望时,注意到上方的雾气是发亮的。但霭雾还是多到足以阻止奥德尔继续追踪山上那两位登山者的身影;透过那漂浮的雾气,他仅仅又看见他们一次。

当他到达大约二万六千英尺高的一道小峭壁上方时,头上的云雾忽地廓然一清。云分开了,整个珠峰顶部山棱及那最终金字塔一览无遗。在远处,一道雪坡上,他注意到一个小小的东西在移动,向那岩质梯板靠近,第二个东西跟在后面。然后,第一个东西爬上那阶梯的顶部。当他站在那儿专注地凝望这戏剧性的一幕时,霭雾再度聚拢,遮蔽住那场景。这是马洛里和欧文最后一次被人看见。此后,一切成谜。

第二十五章 马洛里与欧文 227

第二十六章
奥德尔

奥德尔的行动现在必须记载下来。他的行动是相当戏剧性的。他的角色就是支援马洛里和欧文。在他们离开北坳的次日，他也带着一名挑夫离开北坳，爬上了第五营——这个营他曾在一次白日的行程中到达过，然后与哈泽德一同离开。现在，因为与他同来的挑夫患着高山症，显然无法在次日效命，而因为马洛里从第六营遣下的四名挑夫在那天下午到来，奥德尔便让他们将他带下山去。

于是，奥德尔完完全全独自一人待在这令人毛骨悚然的小小营区里，在二万五千三百英尺的海拔上。无人曾有这样的经验，而这正是我们要详细叙述的。如前所述，那个傍晚天色甚佳，四下眺望，所见景色令人印象深刻。向西望去，是一座由群峰构成的狂野丛林，从绒布冰河拔起，向上傲然挺立，极高者为二万六千七百五十英尺（8201米）高的壮丽的卓奥友峰，以及二万五千九百一十英尺（7952米）高的格重康峰。它们都沐浴在浓淡不等的最细致的粉红和黄色调中。正对面，是北峰瘦削而令人生畏的绝壁，其巨大的金字塔形岩质结构看起来如此逼近，增添了它与远处地平线之间的距离感，而它暗沉沉的巨驱更使远处北面地平线上的一些山峰，在对比下呈现蛋白石色泽。向东望去，一百英里之外浮在稀薄空气中的是干城章嘉覆雪的山头，靠近一些的是江嘎山脉变化多端的轮廓。

奥德尔曾单独爬过许多山头，亲眼见过的落日景观不在少数，但这一次，他说，是所有经验中最为超绝的一次。

我们大可相信他的话。他正处在地球上最令人肃然起敬的地域中央，在上帝几将出现之处。现在揭示给他的，是力量和尊严，是纯洁、肃穆以及这尘世巨灵的庄严和崇高。既是独自一人，又临到这场伟大探险的最高潮，他必定处在最容易留下印象的状态中，虽然这些印象得日后身处平静才能察觉。

如果日落是如此令人感动，那么，夜的肃敬和庄严的静止，以及液体似的蓝空中，众星的光彩溢目必也同样令人难忘。

接着是黎明：太阳最新鲜的一道光彩，渐渐增强其色度，带着像酒一般透明细致的色调，在山尖上刷出第一道光晕、液体似的天空随而转为最最清澈的天蓝！

曾有一人像奥德尔这样独享过这样的特权吗？此际所见，将使他终身处于狂喜状态。

第二天，他在黎明之际起身。那决定胜负的伟大日子到了。他花了两个钟头准备早餐，穿上靴子——在那种高度上，这些事情都需要巨大的努力。到了八点，他背上背包，出发上路，背包中装着粮食，以防第六营缺粮，然后便孤独地爬上第五营后面那覆盖着冰雪的陡坡，直上主山脊的顶端。诺顿和萨默维尔先前所走的是不同的路径；他们的路径是倾斜地沿着山面走，一直保持在山脊下方，但奥德尔所走的这条路，可能就是马洛里所走的路。天气晴朗的时候，从那里可以望见一片铺展至大吉岭后虎丘的壮丽景观，但奥德尔可能没见到这景观，因为他说，在清晨较早时天气虽很晴朗，也没有冷到不寻常的地步，但如今一层层雾气开始形成，扫过整个广大的山面。所幸，对他，以及在他之上二千英尺的马洛里与欧文而言，风力并没有增强，而且迹象显示，甚至那些云雾可能只局限于山的下半部。所以奥德尔毫不疑虑马洛里等两人从第六营出发后的进度。风很轻，应该不会阻碍他们沿着山棱前进的速度。他估计马洛里和欧文已经走上通往那终极金字塔的最后一段路程。

奥德尔自己的计划并不是顺着山脊走，而是想找出一条比较迂回的路线跨越北壁。身为地理学家的他，想查验这座山的地理结构。他发现它较低的部分是由各种不同的片麻岩构成，但它的上半部较大的部分主要是变异度很高的石灰岩，到处间杂着少量轻花岗岩；它们划过其他地层，或与其他地层交相重叠。对于非专业人士而言，这项陈述的主要意义在于：珠峰从前必曾浸在海中——这又意外揭示了它蕴藏巨大能量的事实。

奥德尔写道："这整个山系的坡度，以三十度向外伸出，而因为自二万五千英尺以上，这个山面的大致坡度约为四十度至四十五度，这便造成一系列几乎与坡道平行的一层层岩板，并呈现出许多高过五十英尺的小山面，它们可经由很容易爬但比较陡的路径跨越，但大部分都可完全绕行通过。整个看起来，这些岩石在结构上并不脆弱，因为它们曾经由熔合的过程并入了花岗岩，而增加了相当的硬度。但这些岩板上面常积有上方洒下来的小碎石；一旦碎石中又掺杂了新降的白雪，在这种海拔上爬这样的坡，所费的力和所受的苦便不难想象了。技术上倒没什么困难，只是落脚处不确定，而且坡度尚未陡到足够适于用手抓地，使得行进颇为狼狈困窘。"

奥德尔就是在这最高两营之间的半途上，捕捉到马洛里和欧文的最后身影。在时间已迟之际，他们竟然还距离峰顶那么远，着实令他惊讶。他一边思索着个中缘故，一边继续往第六营走。大约两点，他到达第六营时，雪开始降下来，风力也增强了。他将他那装有新鲜口粮等物品的捆包放置在那小小的帐篷中，并在里面躲了一会儿。帐篷中是各色备用衣服，外加残余的食物、两只睡袋、氧气筒及氧气设备零件。帐篷外是更多的氧气设备，以及铝合金搬运装置的零件。但那两位登山者并未留下只字片语，所以奥德尔无法得知他们出发的时间，或引发迟延的因素。

雪继续下着，一会儿后，奥德尔开始疑惑上面的天气状况为何没有强迫那两个人回来。第六营，也就是这个小小的帐篷，位于一片岩架上较为隐蔽之处，并有一小片绝壁从后面挺着它。在一般情况下，返回此营的登山队伍可能要经过一番周折才找得到它。所以奥德尔便走出帐篷，向山巅走去，匍匐上行了大约二百英尺后，他开始又吹口哨又大声喊叫，以期万一他们两人走进这些声音的传播范围内时可以听见。然后,他在一颗岩石后面躲避随风袭来的冰雹。由于大气密度浓厚,他能见的范围不过数码远。为了设法忘记寒冷,他细细察看周边的岩石。但是,在那伴雪而来的刺骨疾风中,就连他对地质学的狂热也开始冷却了,过了不到一个小时,他便决定返身。设若马洛里和欧文也在折返的路途上,在这种天气状况下,即使他呼唤他们,他们也不会听见。

当他回到了第六营,暴风雪已经过了,不久,整个北壁都沐浴在阳光中,连最高的崖壁都能看得一清二楚。但是,那两位登山者却杳无踪影。

奥德尔现在陷入了尴尬的窘境中。他全心全意希望能待在原处,或甚至再往上走,去会见他的朋友们。但马洛里在他最后一张字条中,曾特别交代他返回北坳,准备腾空第四营,在同一个晚上与他和欧文一同往下走到第三营,以免季节雨突然爆发。奥德尔之所以必须义无反顾地往回走,原因在于第六营只不过是一顶小帐篷,容不下两个以上的人。如果他留下来,就必须露宿在外。而露宿于二万七千英尺的海拔上,只意味着一件事情。

因此,尽管很不情愿,奥德尔还是不得不按照马洛里的愿望去做。他取了些微食物,留下一大堆给他们两人,便将帐篷入口系上,在大约四点三十分离开此营区,沿着东北脊的最高棱线往下走。他不时停下来,往上看看上方的岩块,试图找到那两位登山者的踪影。但他的搜寻徒劳无功。到了那个时刻,他们应该已经走在归途上了,但即使他们真的在归途上,隔着那么远的距离,又衬着那么错综复杂的背景,也很难认出他们——除非他们正走过一片稀有的雪地,就像那天早上那样,或者正走在山棱上,将身影凸显出来。到了六点十五分,他走到与第五营同高的地方,但因没有理由走到它近旁便继续往下走;此时,他饶富兴味地发现:在很高的海拔上走下坡路,比起在低些的海拔上,并不需要多花太多精力。这给了他一种信心:除非上面那两位登山者体力完全耗竭,否则他们将发现下坡路走起来比他们料想中的快,因而可以不用在入夜后赶路。借着制动滑降①,奥德尔在第五和第四营之间只花了三十五分钟。

在第四营,哈泽德以一锅很棒的热汤和充足的茶饮来欢迎他。恢复精神后,这两个人再度外出寻找马洛里和欧文。夜色很澄澈,他们守望至深夜,仍然一无所获。他们臆测那两位登山者必定因故延迟了;他们盼望:在四周山峰反射过来的月光中,他们能够找到路,摸到任何一处较高的营区。

第二天,也就是六月九日,一大早,奥德尔以他的双筒望远镜彻底搜寻那两处小营区,但没见到任何动静。由于极度的焦虑,他决定再度回到山上。他与哈泽德约定了一种信号:白天以睡袋铺在雪上,晚上则以简单的手电筒闪光示意。经过一番周折,他劝服了两名挑夫与他同往;到了十二点十五分,他

---

① 一种登山技术,即以冰斧平衡身躯,顺着覆雪往下滑。——译注

们出发上路。在上行的路途中,他遭遇了从西边吹来的刺骨逆风,那风几乎没有停过,两名挑夫被吹得颤抖不停。但他在大约三点半抵达了第五营。他必须在那儿过夜,因为他不可能在当天晚上爬到更高的营区了。正如他所预料,没有马洛里和欧文的半点踪影;展望前景,一片黑暗。

那个晚上天气也很凄惨。狂暴的阵风刮过山面,威胁着要将那两顶小帐篷从它们薄弱的岩架庇护所上连根拔起,将人和帐篷一起扔到山脚。透过飞云,暴风雨中的落日若隐若现。入夜后,风力和寒气双双增强。寒气经由风的作用,凛冽到令奥德尔无法成眠,即使穿上所有衣服裹在两只睡袋中,仍然彻夜发抖。

破晓时分,劲风持续着,寒气也依然刺骨,两名挑夫拒绝起身。他们似乎困倦到极点,甚至恶心想吐,表现出来的讯息只有:病了,想下山去。看来,在这种暴风中继续往上爬,是他们无法胜任的事情了。奥德尔唯一能做的,便是将他们遣回,只身向上挺进。

看着两位挑夫安然上路后,奥德尔自己便出发走向第六营。这一次他带着氧气。他在帐篷中发现了他在两天前带上来的氧气设备,现在便携带着上路,但只背了一支氧气筒。他对使用氧气没多少信心,但现在他希望借着氧气能够上行得快些。然而,在这一点上,他失望了。狂暴刺骨的风持恒从西边吹来,横越山脊,给人极端的试炼,走在其中他只能有些许的进度。为了重新获得些暖气,他不时躲在岩石后面,或蹲在凹处。然而，走了大约一个钟头，他发现氧气不曾给他什么好处。他想，这或许由于他的吸入法较为和缓，于是他改做深长的吸入。不过，效果仍然微不足道——或许稍稍缓解了他的腿酸。他的适应力太好了，以致不需要用氧，于是，他便将它关掉了。他决定将那套设备背在身上继续前进，但不在两唇间衔着那讨厌的吸嘴，而直接在大气中呼吸。他似乎上行得很好，虽然他的呼吸速率就连长跑选手都要为之惊异。

如此继续上行，他终于到达第六营。那儿一切都与他离去时没有两样，没有半点马洛里和欧文的讯息。那么，他们已经死在山上是无可置疑的了。

问题是：他们如何死去的？死于何时？他们死前又是否曾爬上峰顶？怀着利用有限的时间找到他们的踪影这种既缥缈又煎熬的渴望，奥德尔丢下了氧气设备，立刻沿着马洛里和欧文下山可能行走的路径前行——那就是山脊的顶部，也就是他们最后一次被他瞧见时所在的地方。但珠峰正在展现它最严厉的一面。一团黑暗的大气隐去它的头角峥嵘，一阵劲风驰过它严酷的脸。持续奋斗了数小时，徒劳寻觅任何可能的线索之后，他终于明白，要在如此广袤的重岩叠嶂之间找到他们两人的踪迹，可能性是多么微小。想更广泛地搜索那终极金字塔，必须组成一支队伍才行。在可用的时间当中，他是不可能再做进一步搜寻了。万般不愿地，他返身回到第六营。

趁着风势暂时减弱，他奋力将两只睡袋拖出帐篷，拉上营地后方那险峻的岩块，直到岩块上方一处铺着雪的陡峭断崖上。

风仍是那么狂暴,他必须拼了所有力气凿出步阶,才能将那两只睡袋放上去。他将它们放置成T形,作为讯号通知在他下方四千英尺处的人说:无法找到同志的踪迹。

发出这项悲哀的讯号之后,奥德尔回到帐篷中,取走马洛里的罗盘及欧文设计的氧气组——这似乎是值得带走的仅有的两件物品。最后,他将帐篷系上,准备下山。

但出发前,他向上望望那庞大的山尖,不时地,它施恩似的揭露了它那笼罩在乌云中的峥嵘面貌。它好似在冷淡地俯视他这微不足道的人;他乞求它透露一点他朋友的行踪,它则报以嘲弄的咆哮。然而,当他再度投之以凝视,似乎有另一种情愫爬过它那索人魂魄的脸庞。那高耸入云的幽灵,似有某种极为诱人的地方。他几乎被蛊惑了。于是,他明白,任何登山者都会被如此蛊惑;他也明白,只要爬近了山巅的人,必将被带着继续走上去,无视任何困难和障碍,一心只想到达那最神圣、最高的地方。

奥德尔觉得他的朋友们必曾如此被施了魔法;要不然,还有什么事能教他们耽搁不回呢?或许山的蛊惑就是这个谜团的答案了。伟大的山邀人前来,也将人弃绝。人越接近山巅,吸引的强度便越大。山会吸出他的最后一股能量,没收他最后一束勇气的火苗,以免被他的不屈不挠征服。它会逼出他的伟大,让他一点一滴演出自己的极致。正是为了这个特别的原因,他交出了他的魂魄:它则让他成就了最佳的自己。

这座山很不像这世上的其他事物。它存在的奥秘之一是:

其最恐怖、最可怕至极之处，非但没有使人裹足，反而招人前往，去赴他短暂（或许短暂）的苦难，但最终是强烈的欢喜，而这种强烈的欢喜非经过一番冒险，是绝对体验不到的。

奥德尔本人显然曾被如此吸引，而且要不是顾虑可能引起同伴的焦虑，他那天晚上就会留下来，于翌日清晨向山顶冲刺。谁知道他不会抵达峰顶呢？毕竟他是曾在那高度上的人当中最强健的一位。

然而，事情并不是要这样进行，于是他再度出发下山。他配上了笨手笨脚的氧气设备，蹒跚地行进——他并不需要用氧，只是想重温亡友的情谊。在那似乎要将他彻底穿透的猛烈暴风中，他必须全神贯注地越过那一层层伸出的岩板，避免在洒落其上的碎岩屑上滑跤。东边再往下是比较平缓的路面，他加快了进程，但不时必须躲进岩石之间的背风处寻求庇护，并检查自己有无冻伤的症状。最后他到达了北坳营，看见了诺顿所留的字条，松了一口气，并庆幸自己准确预测了诺顿因季节雨迫在眉睫不要他在山上久留的意向。他或许可能爬到山顶，但暴风雨也可能阻挡他生还。现在已没有人在后面做奥援了，如果他爬上去，可能只是在那已然沉重的伤亡名单上再添一个名字而已。

除了回来，他什么都不能做——这是他对同志们应尽的义务。但那勾人魂魄的山巅，总在他心头萦绕不去。他究竟能否攀上世界最高峰？这个问题将永远盘踞他心头，令他反复推敲臆测不已。

第二十六章　奥德尔

第二十七章
大谜团

　　一个很大的问号留了下来：马洛里和欧文是否到达了峰顶？

　　当他们最后一次被奥德尔看见的时候，时间上已相当落后了。当时是十二点五十分，而他们距离峰顶至少还有八百英尺，或一千英尺。奥德尔并不十分确定他在哪个地点看见他们的。那只是透过翻腾云雾的间隙所获的匆匆一瞥。在一条山脊的凹凸不平的棱线上，位置并不容易确定。但无论如何，他们当时所在的地方，远低于马洛里早先预期应到达的地方。事实上，他自己曾经期望到了那个时候他已登上了山巅。

　　那么我们首先就必须探讨他们延迟的原因，看看其中是否有让我们可以认定他们到不了山顶的因素。奥德尔曾彻底探讨过这件事情。首先，大家会想起来：马洛里试图攀上峰顶那天，天气不像诺顿与萨默维尔做最高冲刺那天那么好，而是暴风夹着密云。奥德尔在他们下方二千英尺，就已遭遇到狂暴的风、刺骨的冷及浓密的雾。当霭雾暂时散开，让他可以清楚地看见那山尖时，他注意到，在接近最高山脊的岩石上，覆盖了相当数量新降的雪。这可能是他们延迟的原因之一。另一个原因可能是氧气设备的重量。马洛里留在第六营的最后一纸留言中，曾咒骂这登山途中讨厌的负担。事实上他用的字眼比脏话还激烈。背负这种笨重的器材，走过那覆着碎石和细雪的岩板可能会遭遇很多困难。再者，氧气设备本身可能需要修理或调整，无论这是发生在离开第六营之前或之后，都很可能耽误了他们的时间。同时，虽不太可能，但可以想见的一点就是，奥德尔所遭遇的云雾，可能扩张到他们所处的海拔上，因而妨碍了他们的进度。

可能是这些因素中的一个或全部妨碍了他们，使得他们无法及时爬到更高的地方，奥德尔表示。但当他看见他们的时候，"他们正敏捷地移动着，好像企图将失去的时间追回似的"。"敏捷"一词，特别值得注意。

结果便是：十二点五十分时，他们距离峰顶八百或一千英尺。最迟四点他们便应该到达山顶，如此才能有充分的时间安全返回营区。马洛里和诺顿都同意这一点。他们能在三个小时内爬上那个高度吗？

那将意指：从奥德尔看见他们的地方开始，他们必须以每小时三百英尺左右的速率上行。诺顿和萨默维尔在没有使用氧气的情况下，未曾达到这个速率。从第六营到他们所曾到达的最高点，他们的上行速率仅达每小时二百零五英尺。但如果他们使用氧气的话，可能进度会快些，而且，正如我们曾注意到的，当奥德尔瞧见他们的时候，他们正敏捷地往上走着，因此，每小时三百英尺的速率是可以指望的，比这还快的速度也有可能。

但他们是否有可能在走向峰顶的途中遭逢某种严重的障碍，而在最后一刻功败垂成？这似乎不太可能。如果一定要说有的话，奥德尔认为只有两个地方会引起麻烦。第一个，就是本次探险团所称的"第二台阶"之处。此处看起来很陡，但可以从它的北面跨越过去。另一个可能造成困难的地方，便是那终极金字塔的基部——此处有岩板突出，必须先越过这些岩板才能走上那些看起来比较平缓、导向峰顶的山坡。诺顿早先曾说过，这个地点需要特别小心才行。但是，正如奥德尔所言，这个地点的困难仍是相当和缓的，不可能让马洛里这种经验丰富、技术精良的登山领袖耽搁太多时间，更不可能将他打败。所以，并没有什么实质上的障碍能够阻挡他们爬上峰顶。

当然，氧气设备也可能会出错，从而使他们的速率降到诺顿和萨默维尔的速率。但奥德尔认为，停用氧气也不可能造成他们全面崩溃：当他自己使用氧气从第五营走到第六营时，曾在大约二万六千英尺处将氧气关掉，继续走上去，然后，不用氧气就下山。马洛里和欧文仅使用很少量的氧气，而且在那之前的几个星期中，曾花很多时间在极端高度的海拔上，也就是二万一千英尺以上的地方，以便充分调适，所以不太可能因为氧气出了问题而败下阵来。

其余可能阻止他们爬上山顶的原因，便是意外事故。即使最有经验的登山家，也可能滑跌。据他自己观察，在山顶附近的岩石上,也就是他们最后一次被瞧见的地方,这以绳索相缚的两人组,如果有一个严重滑跤,便将招致两人同时毁灭。而在最具关键性的那一天,这些倾斜的岩板上都厚厚覆着一层新降的雪,使得滑跤的可能性大幅提高。

可能这些原因,全部或其一,阻断了马洛里和欧文的登顶之路;但也可能它们不曾阻断他们登上峰顶,只是阻止他们安全返回第六营。他们可能曾站上了峰顶,却在回程中遇难。诺顿以及所有其他团员,除了奥德尔之外,都认为是滑跤使那两人未能功成身退。但滑跤也可能发生在下山途中。在下山途中滑跤是比较可能的,因为那时候他们体力更虚,但移动更快,或许由于意气风发,稍稍比上山时大意一些。

他们甚至可能在四点以后才到达峰顶。根据诺顿的说法,在山下的时候,马洛里曾表明这项决心:"无论多么接近峰顶,都要在最佳时机回头,以确保回程安全。"因为他知道身为团队领袖者负有这样的重任。

"无论多么接近峰顶!"但马洛里可曾正确估计过那山头的魅力?他很明白珠峰如何擅长于抗拒,但他同样明白它如何擅长于吸引吗?他可曾正确估算过在近距离内,他对那峰顶的魅力的感受性?不妨设想他已登上那终极金字塔的塔尖,也不妨设想他距离那塔尖只有一百英尺高度,不到二百码的行路距离,此时,他看看表,是下午四点,他会收起表往回走吗?即使他本人拥有超人的自制力,可他那年轻的队友也能如此自制吗?会不会欧文曾这么说道:"我才不在乎会发生什么事。我要痛痛快快地走上去。"那么一来，马洛里还能把持得住吗？会不会他宁愿以一种欢欣的松弛将自己豁了出去？

这的确是某些人对这件事的看法，奥德尔便如此认为，因为他本人曾走到那山顶的诱惑力发散的范围内，所以他认为他的朋友们必定曾被它蛊惑。他谈起马洛里，说："一旦投入了行动，他征服的欲望或许就变得太强了。他深知他自己和他的伙伴有着公认的强大耐力，或许就是这一点驱使他对那山头大胆出击……而我们这些人当中，曾顶着暴风与阿尔卑斯巨峰角力，或曾在山区与黑夜赛跑的人，又难道能够在如此辉煌的胜利唾手可得之际毅然放弃？"

所以奥德尔认为，马洛里和欧文很可能已经成功——他们抵达了峰顶，但在回程中走入了黑夜。

人们可能会纳闷，为何在那种情况下，他们不使用随身携带的信号灯呢？但他们可能忘了他们身上有这东西；或者没想到要用它；更可能的是，他们基于骑士精神，不打信号灯求援。他们必定知道，信号一发，只会把奥德尔再度拖到二万七千英尺的高处，再往上，则必死无疑。没有人能够及时赶上去发挥效用。不——他们已尽了最大的努力，无论是否生还，人们都将确定他们已鞠躬尽瘁。他们死去时，必定怀有这样的自信。

他们死于何时、何处，我们不知道，但他们将永远躺在珠峰的臂弯里——躺在比先前任何人的葬身处都要高出一万英尺的地方。珠峰诚然征服了他们的肉身，但他们的精神不会死亡。从今以后，凡攀登喜马拉雅众高山的人，都将想到马洛里和欧文。

第二十八章
荣　耀

　　这悲剧性的消息立刻传遍全世界，并到处激起同情。英王致函两位登山者的家属及探险团，表达慰问之意，并请珠峰委员会的一名成员提供给他所有能够取得的详情。国王陛下特别想知道意外是如何发生的，因为一开始，大家都设想是一桩意外事故导致两位登山者丧生。一开始，诺顿只发出一封简短的电报，接着才又发出一封内容详尽的电文。最后一番攀顶尝试的种种，没有人知道，大部分人都假设马洛里和欧文是在山上出了事而丧生——地点可能是危险的北坳。

　　第二封电报让人有宽慰之感——几乎是胜利的感觉，因为诺顿在电文中说那两位登山者几乎到达了峰顶，而且他本人和萨默维尔也超越了二万八千英尺。马洛里和欧文并非平白牺牲了生命；他们创造了某种值得记忆的东西。

　　同情和慰问的信函从世界各地的登山团体寄到英国登山协会和英国皇家地理学会。悼念的仪式在伯肯黑德举行，因为那个地方恰好是马洛里和欧文两人共同的家乡；另外，剑桥大学的麦格达伦学院及牛津大学的默顿学院也都举行了追悼会。最重要的是探险团归国之后，在圣彼得大教堂举行了一场由道格拉斯·弗雷什菲尔德所发起的全国性追思礼拜。

在这场追思礼拜中，亚历山大国王与王后、威尔斯王子、约克郡公爵和康诺特的亚瑟王子都派了代表。布鲁斯将军、诺顿上校、三次探险几乎所有的团员、英国皇家地理学会的主席与大部分评议委员，以及英国登山协会的委员及大部分成员，都到场了。另外，也有一大群民众参加了这集会。圣彼得大教堂的祭司长亲自诵念礼拜经文。应珠峰委员会的特别要求，马洛里的牧师父亲所属管区的切斯特大主教帕吉特博士发表了一场演说。

参与这些探险的人及负责筹划的人，其所思、所感，被大主教生动地说出来了。其演说稿被收录在一九二四年十二月份的《地理月刊》上，在此可以重温一遍。他以这一句《圣经》经文作为开场白：“在谁心中有你的路”，然后说道：

"毫无疑问地，很多人知道在拉丁文版的《诗篇》中，Asceniones in corde suo disposuit① 这句话是什么意思——这句话的拉丁文比英文还更常被使用，也被更多基督教徒所熟悉。如果一定要以我们的语言说出来，那就是：他已决心向上走。

"这诗篇作者所意味的，是既不陡峭又不危险的爬山路程。那路程顶多只是漫长而沉闷，对于住所距离神的圣殿较

----
① 意为"他已决心向上走"。

远的恬静灵魂而言，这算是有点冒险的事业。但那条路会带着他向上走，会引导他走到他渴望到达的地方。无论在回忆或展望中，那条路都是他所珍爱的。他已在它上面安了心；他爱那向上的路径。这是他不变的真情。Asceniones in corde suo disposuit。

"与平易的朝圣之旅大不相同的，是那崇山峻岭的挑战——今天在场的人当中，就有许多人因它而团结成亲密的伙伴。诸位了不得的一致性，对诸位在这神的屋子里举行的聚会赋予了重大的意义，因为高山的爱好者组成的团体，其成员间的关系，比起其他团体成员间的关系更亲、更紧密相关、更挚爱彼此。你们在今晚的大集会之前能在教堂里，在神的面前，忆念那名字烫金铭刻在你们的纪录簿上的亡友，是非常自然，非常美好的。

"我们这些胆小的平地步行者无法假装了解你们对高山的喜爱。但如果从远方，从低得可怜的地方，我们也能俯视诸峰，知道雪地的寂静，能有宽宏的视野，体验在锐利空气中呼吸的爽快，并得以见到天空中完美的青蓝色（以诸位的善良，一定肯相信连位处卑下者也能呼吸高山的灵气），还有人会为了高山对那真正的登山者如此具有魅力而感到奇怪吗？还有人会因为你们对极高处如此一往情深而感到不解吗？Asceniones in corde suo disposuit——这句话毋宁是英国登山协会的箴言？

"只因他们两位都是我国的同胞，又都来自切斯特教区，我才受邀发言。算起来，我还勉强可以代表他们的家庭以及最挚爱他们的人在这里讲几句话。我深信,我所代表的人,都非常了解、非常看重诸位的到场和心意。他们都非常感激诸位。我曾请他们告诉我一些他们的杰出子弟童年和早年的事情。从那一桩桩故事当中,都看得到他们那种恬静谦逊的力量、无限的坚毅、对家人伟大而温存的爱、透明般纯洁的心地,还有那使得父母亲非常感激、非常骄傲的深刻而单纯的事情。我但愿诸位曾参加我们在伯肯黑德的集会;那儿离他们的家比较近。那场集会虽然不比这场堂皇盛大,其隆重却不下于此,其用意在向他们及他们的家人表达大家的爱。

"那些满怀着爱写成的祭文,是那么含蓄而富有说服力。我们读了,便不难预知将在温彻斯特、什鲁斯伯里、剑桥及牛津,接着在阿尔卑斯山、在斯匹兹卑尔根,最终在珠峰举办的追悼会,会是何等感人。以穿不透的谦逊外表遮掩其优秀领袖特质的、当灾难发生时坚持负起责任的、全凭其不可思议的心思救了他人性命而从不居功的,是同一个乔治·马洛里;他提醒我们,在那样的事情当中,我们都是同志!是的,安德鲁·欧文也是如此:尽管他聪明得令人惊讶,又在登山界少年得志,当他必须去做最卑微的工作,或必须以他巨大的体力去扛起别人的重负时,仍笑开了嘴。

"Ascensiones in corde suo disposuit。难道只是对高山的爱,就足以让他们下这个决心?不;毋宁说:伴随着高山之爱的,是灵性的高升,是勇气、无私及好心性的极致;这些,不见得步伐稳当、头脑清楚就上得去,还要加上慈悲、友爱,以及纯良的心。

"因为登珠峰的纪录的确对人类大有助益——若未能帮助人去感觉到山的奥秘,至少也将帮助他们更深、更虔敬地融入登山家的精神。

"我们满心感激探险团告诉我们探险途中的种种、他们的攻坚行动、他们伟大的成就,以及那些绝美的照片。这些全人类的纪录、全人类的文献,今天就在这圣彼得大教堂内向我们做最清楚的诉说与呈现。那种熄灭不了的兴高采烈、那种不可思议的勇气、那种工作的热忱、那种对赞美的推辞!你们的确已将'升天'[①]的想法植入我们心中:你们帮大家看见那上面的景物——帮助的比你们所设想的还多。任何真实、高贵、公正、纯真、可爱,以及有好口碑的事物……如果任何男子汉的美德,如果任何赞颂之辞都算得上的话,你们已帮大家朝那上面去想了。

"乔治·马洛里、安德鲁·欧文,在世时是那么可爱而愉快,死后也不会和我们分离。

"似乎上帝虽有意要我们学习,但又常常将他借以教我们的简单、肃穆的美包藏起来,而那种美又是难以拒绝的。喏,就在这儿!云暂时散开,你们得以看见他们两人正稳健地向山巅走去。那是你们对他们的最后一瞥,而他们是否爬上了山巅,

---

[①] 原文 Ascensiones 指基督的升天,意指英国登山者的种种表现对其国人的精神具有莫大的提升作用。——译注

第二十八章 荣耀

则仍是个未解之谜。这个谜总有一天会解开的。无情的山,默不作答。

"但那最后的上行,带着那伟大谜团的神秘之美,所彰显的却不仅是登山者的英雄气概,即使他们是登向全世界最高的山巅——于是,向众星走去吧!

"你将会怎么想:当那君王般的灵魂是借着这段上行之路去到主的住所;当这段上行之路是穿透死亡达到永生;当这段上行之路是让双手干净、心地纯洁的人去到上主的山丘,登上他的圣殿;当走这上行之路的人这么说:'我先去为你们准备一个地方,因为我所在之处或许你也将来。'

> 高贵的意图必将以高贵的效果收场,
> 高贵地躺下,
> 抛下他们——比世人所料还要更高贵地
> 活和死。

因为那些在高处安了心的人,的的确确是始于力量、终于力量。"

在同一天,也就是十月十七日,圣彼得大教堂举行追思礼拜的那一天,英国皇家地理学会及英国登山协会也在晚间假阿尔伯特音乐厅联合举办了一次集会,由英国皇家地理学会的前任主席罗纳谢勋爵主持;布鲁斯将军、诺顿、奥德尔和杰弗里·布鲁斯都发表了演说。大厅里挤满了人；那些未能参加上午追思礼拜的人，可以来此献上他们的赞美和敬意；罗纳谢勋爵请求大家静默起立，借以表示尊敬之意。

英国就是这样来荣耀她的子弟。

马洛里只是剑桥大学的讲师，欧文则还是牛津大学的学生；但他们为国家带来荣耀，而国家也荣耀了他们。

他们的名字，我们永志不忘。

第二十九章
注定将被征服的山

一九二四年的探险团曾如此接近峰顶,这证明攀上世界最高峰是一个可能的命题。那座山本身没有什么不能被征服的实质障碍;人类已经证明他的体能足以爬上世界最高处。为什么不就此罢休?科学上所欲知道的,现在都得到了满足。难道不应该放弃更进一步登山的努力吗?

无论何种理念会来回答这个问题——无论何种聪明睿智会有话要说——可以确定的是:精神将以强调的语气回道:不。不,再度的尝试不应被放弃。在生命中,知识并非一切。到此点为止,科学可能满足了,灵魂却不。促成这桩事业的,是人的精神,而非科学。精神永远不能安息,除非它完成了自己。

除了那些曾经非常接近峰顶、深知一切危险与困难,而且曾痛失同志的人,谁有权说出那事关重大的"放弃"一词呢?然而,就是这些人——这些历经恐怖状况而记忆犹新的人,首先说出这句话:"再试一次!"对他们而言,放弃是难以想象的。就在回程的路上,他们就致电促请筹划下一次行动。是对于阵亡同志的忠诚使他们这么做的。在到达印度之前，他们就曾郑重其事地坐下来，为了下一次探险的益处，一一列出整个组织细部的经验谈。

目前，珠峰委员会原先所期待的第四次探险暂时停了下来，因为向藏地政府借道的事发生了困难。这些聪明的藏人想：英国人一年接着一年派遣庞大的登山团过来，总是由将校级的人物领队，从来爬不到山顶，而老是绕着山到处打探，还常常窥伺尼泊尔——他们只是为了登山吗？一定不可能。而且不论他们在山里做了些什么，神明已经不高兴了，因为前后已有十三个人丧命。最好还是拒绝发给许可，不要冒险惹来政治上的麻烦或山神的愤怒。因为西藏态度如此，所以入境许可很难获得。目前挡在路上的是藏人，而且他们可能一挡数年之久。但最终人还是可以走到他要走的路。一个又一个探险团将被送到珠峰；人将得胜，其确定性一如数学。

现在，那座山桀骜不驯地挺立在那儿，绕山而居的各族全怯懦裹足。任何一年，只要他们想要，他们的体能都足以支持他们攀上峰顶，但他们缺乏那种精神。他们所得到的一切，只是英国人胆敢冒犯以致被神驱逐的画面。但那座山是注定要被征服的。人类已经知道它最厉害的是些什么。他知道爬到它上面的精确路径；他知道护卫着它的云雾、雪和暴风最极端时是什么模样。他也知道，那山的防卫能力不会变，而他进攻的能力却在增加。那山不能再增高，也不会有更严厉的寒冷，或更暴烈的风来防卫它。但人类，当他下次再来时，将会与他上次来时大不相同。他的知识、经验与精神都有了进境。他已知道帐篷能搭在二万七千英尺的高度，下一次，他将搭在更高的地方。既然他这次已越过了二万八千英尺，那么剩下的八九百英尺便吓不了他。五十年前他尚未爬过二万一千英尺，然后他越过了二万三千，然后二万四千六百，然后二万七千，然后二万八千。他将达到最终极的二万九千英尺——这是错不了的。

如果我们将奥德尔的表现加进来考虑，就会更加确定这一点。奥德尔差不多尝遍了珠峰所能施加于人的痛苦。他不曾参与救援挑夫的行动，因而免受多余的劳苦，但他曾熬过极度的寒冷与雪暴，因此，他可以作为对抗珠峰最糟状况的例子。以下就是他的记录：

五月三十一日与六月十一日之间，他在二万一千英尺与二万三千英尺之间上下来回三趟。这在珠峰探险队开拔之前，会被看作十分了不得的事。但现在，二万三千英尺已被看成仅仅是起点而已；他那些卓越的表现，从这一点开始。他两度爬到二万六千八百英尺的帐篷，并稍稍越过；此外，还有一次，他爬到二万五千二百英尺；而他爬到约二万七千英尺那两次则是在连续的四天内进行的。最后一次爬上去时，他还佩戴着笨重的氧气设备，但仅使用了大约一个小时，而且当时还刮着大风。在奥德尔的表现中还有另一项特色：在那十二天中，他只花了一天在低于二万三千英尺处，另在二万五千英尺上花了两天。

现在，假设在关键性的那天，亦即马洛里和欧文出发往山

一九二二年探险队成员：(后排由左至右) 哈泽德、欣斯顿、萨默维尔、比基姆、雪碧尔；(前排由左至右) J.G.布鲁斯、诺顿、诺尔、奥德尔。

第二十九章　注定将被征服的山

爬得最高的挑夫（由左至右）：波姆、纳普布·伊夏、仙春碧、洛卜桑、拉克帕·切第、昂天仁。

巅走，而奥德尔爬到位于二万六千八百英尺的第六营那天，奥德尔待在第六营过夜，而不往下走到基地营；又假设他在第二天也往山巅爬，那么，他将攀顶成功，岂不是一项相当实际而可能的推断？事情的经过是：他在同一天回到第四营，第二天到第五营，次日（带着笨重的氧气设备）到第六营，之后又回第四营。如果他能做到这些——如果他能从二万七千英尺下行到二万三千英尺，之后又回到二万七千英尺——那么，他就能从二万七千英尺攀至二万九千英尺；这岂非相当可以确定的事？

无论如何，奥德尔所做的，加上诺顿和萨默维尔分别爬到二万八千一百英尺及二万八千英尺的成就（同样没有用氧气），再加上那些强健的挑夫两度背负捆包到将近二万七千英尺的纪录，更确定了前一次探险的发现，并显示人具有能够在最高海拔区域调适自己的能力。人的身体官能并非一成不变、毫无弹性。它会随着奇怪的外在环境所需而随机应变，并能够做到在适应的过程尚未完成时似乎不可能做到的事。再者，这些探险也发现，人的心理也一如他的身体，会去适应新的状况。一旦登上较高海拔，人的心理就会接受此事实，而接受此事实又使他更容易登上更高的海拔。挑夫们第二次将捆包送上二万七千英尺处是很值得注意的一件事。从此，人的心就不再为"人是否有这项本领"这个问题伤脑筋了，因为人已经做到了这件事情。随着成就越来越高，人对最高成就的获取，已在心理上越来越有准备。人再一度得知，他越是尝试，便越能做到更多。

第二十九章　注定将被征服的山

那么，人有一天将征服那座山是没有疑问的了。但在那个伟大的日子，那第一位站上峰顶将整座山踩在脚下的人，将会深刻而痛切地承认，他受了前人多少恩惠。因为他们先来开路，他才终于能够赢得胜利。后世将传颂为第一位登上世界最高峰者，或许是他的名字，但他的名字永远应该和以下这些人的名字一块儿被提起：马洛里、欧文、诺顿、萨默维尔和奥德尔，还有那些刚毅、强健的挑夫：纳普布·伊雪、拉克帕·切第及仙春碧——他们首度证明帐篷可以被带到距离峰顶一日脚程的范围内。

很可能参加了上一次探险的人当中，没有一位能够再参加下一次探险了。所以，那些有此雄心壮志的人应该让自己准备好去赢得那伟大的奖赏。珠峰委员会仍然"存在着"，以帮助人们从事这项活动。而当委员会取得立场再度提出号召时，希望有人状况良好，并已有所准备，因为除非具有最强健的身体、心智和精神，珠峰是无法被打败的。

除了珠峰，在喜马拉雅山区尚有不下七十四座超过二万四千英尺的高峰，而它们当中，没有一座峰顶曾被爬上去过。已有人在它们的峰面上爬到很高的地方，但没有人攀上其中任何一座的峰顶。珠峰这几次探险，虽未能达成主要目标，至少也已证明了这一点：单单海拔这项因素，并不能阻碍人登上任何其他较低的山头。而如果人认真去攀登它们，将不仅让自己最终能够适于和珠峰搏斗,还将为自己打开一整个无尽宽广且绝对值得寻访之苦的绝美新世界。

而从事这些山峰的攀登时,但愿他们能够带着喜马拉雅的山民同行。但愿为了营救困在北坳的挑夫所做的牺牲,终究没有白费。我们与这些山民的交谊,由布鲁斯奠基,经诺顿、萨默维尔和马洛里之手加以巩固与确保。但愿这番交情能够继续维持与发展,则当有朝一日又能进攻珠峰的时候,但愿能倚重刚健喜马拉雅山民的亲爱精诚与赤胆忠心,而终能大功告成。

附录一

荣赫鹏小传

一八六三年出生，原名为弗朗西斯·杨赫斯本。英国军官，也是十九世纪最著名的英国探险家之一，旅游范围多在印度北部和中国西藏地区，对地理研究方面贡献良多，二十四岁时曾只身穿越戈壁沙漠，还曾发现一条从中国通往印度的新路径。

他于一八二二年入伍，一八八六年至一八八七年间从北京穿越中亚抵达叶尔羌（今新疆境内），之后借道喀喇昆仑山废弃已久的慕士塔格隘道续行至印度，验证了这座山正是印度和土耳其斯坦水流的分界处。之后，他又到中亚进行了两次探险，这次的目标是帕米尔高原。

经过多次申明英国要取得与西藏通商的意愿后，印度总督寇松爵士授权荣赫鹏带领一支武装护卫队穿越边境进入西藏，目的是协商贸易和边境条款（一九〇三年七月）。在尝试展开协商未果后，在詹姆斯·麦克唐纳总司令的命令下，英国士兵入侵西藏，在古鲁屠杀了六百名藏人。荣赫鹏则再深入至日喀则，进行第二次展开通商协商的努力，但依旧失败。之后，他带领英国军队进军禁城拉萨，迫西藏统治者达赖喇嘛于一九〇四年九月六日签订了《拉萨条约》，为英国抢得希冀已久的贸易条件。这个行动使他在一九〇四年荣获骑士勋章。

之后，荣赫鹏勘查了布拉马普特拉河和萨特莱杰河，以及印度北部的诸河流。一九二一年、一九二二年和一九二四年，他还曾以英国皇家地理学会主席的身份，三次组织探险队试图攀登珠峰，但都以失败告终。

这位身边萦绕无数复杂故事的帝国时代的军人，同时也是一位运动健将，曾经保有三百码短路世界纪录。此外，他还是一位作家，著作多本，包括：《深入大陆洲之心》(Heart of a Continent，1898)、《印度和西藏》(India and Tibet，1912) 及《挑战珠峰》(Everest: the Challenge，1936) 等。这位一言难尽的人物在入侵西藏后，又仿佛得到天启，放下帝国主义的屠刀，晚年成了宣扬藏密的神秘主义者，甚至带领西藏高僧到英国与大哲学家罗素辩论。

一九四二年七月三十一日，他在英国多塞特郡的利奇特明斯特逝世。

附录二
珠峰攀登史
（一八四一年至二〇〇一年）

一八四一年　乔治·埃佛勒斯爵士调查印度地区，首次记录珠峰位置。

一八四八年　当时统治印度的英国从一百一十英里外测量出 b 峰的高度为三万零两百英尺。

一八五二年　三角测量法发现 b 峰是世界上最高的山峰。

一八五四年　b 峰被重新命名为第十五峰。

一八五六年　调查员安德鲁·沃成功测量出第十五峰的高度为八千八百四十八米（29002 英尺）。

一八六五年　第十五峰更名为埃佛勒斯峰，以纪念乔治·埃佛勒斯爵士，这是西方世界通用的名称。在尼泊尔侧，人们称珠峰为萨迦玛塔，意指"天后"；在中国西藏侧，人们称珠穆朗玛，意指"世界之母"。

一九〇三年　印度总督寇松公爵考虑到俄国势力在中国西藏的扩展，派遣荣赫鹏入西藏交涉"边界和通商"问题。藏人拒绝其入境，荣赫鹏遂带领一支英国军队强行进入拉萨。随后达赖喇嘛逃亡至蒙古西藏于一九〇四年九月被迫接受合约。

一九〇四年　荣赫鹏的一名手下怀特（J.Claude White）从九十四英里外的康巴宗拍摄了珠峰的东侧。这并非珠峰的第一张照片，却是第一张显示出这座山脉重要细节的照片。

一九〇七年　英国印度调查局成员辛格（Natha Singh）获得允许从尼泊尔境进入珠峰山区。他绘出杜德郭西山谷的地图，这是从南侧登珠峰的入口，可通往库布冰河。

一九一三年　英国军官诺尔（John Noel）上尉扮装进入西藏（当时藏地政府已实施闭关政策），试图从西藏侧找到登珠峰的最佳路线。他来到距离珠峰六十英里处，却被一座不见诸手中地图的山脉意外阻断去路。他见到珠峰峰顶三百米突出于云雾中，描写道那是"覆着白雪的闪耀岩锥"。

一九二〇年　藏地政府允人入藏登山，英国皇家地理学会和英国登山协会于是联手组成"珠峰委员会"，着手组织探险队登珠峰。随后即展开三次远征珠峰活动，详细内容请见诸本书《珠峰史诗》。

一九二一年　英国远征队首次尝试攀登珠峰，确定北侧登山路线。

一九二二年　第二梯次英国远征队挑战珠峰失败，七名夏尔巴人因雪崩丧生，这是人类首次丧生在珠峰。

一九二四年　第三梯次英国远征队不靠氧气登至八千五百八十米处，乔治·马洛里和安德鲁·欧文两位传奇人物失踪在珠峰高处，没有人知道发生何事，一段传奇就此开始。

一九三一年　三月十九日，英国珠峰委员会重新成立，推派威廉·古迪纳夫（William Goodenough）爵士为主席。考虑到美国和德国的登山家纷纷创立新纪录（德国人甚至已多次尝试攀登干城章嘉峰），委员会再次寻求派遣远征队登珠峰的可能，但未获允肯。

一九三三年　四月三日，两架配备涡轮增压引擎的英国韦斯特兰双翼机首度飞渡珠峰。四月十九日再次尝试，但两次都未能成功拍摄到珠峰峰顶的风貌。

一九三三年　第四梯次英国远征队尝试登珠峰，仍以失败告终。

一九三四年　为人古怪且无登山经验的英国人莫里斯·威尔森（Maurice Wilson）企图独攀珠峰，他的尸体后来被发现在六千四百米处，没人知道他曾到过多高。

一九三五年　第五梯次英国远征队尝试攀顶，后来与新西兰人埃德蒙·希拉里（Edmund Percival Hillary）爵士同登上珠峰顶的夏尔巴人丹增·诺盖（Tenzing Norgay）以挑夫的身份加入队伍，这是他第一次踏足珠峰。此行因天候不佳亦失望归国。

一九三六年　第六梯次英国远征队组成，这回轻型收音机首次被带上珠峰。但因季节雨提前于五月二十五日来临，故告失败。丹增也参与了此次远征。

一九三八年　第七梯次英国远征队组成，丹增亦参与了此行。考虑到一九三六年阻于季节雨提前来临，他们在四月六日就提早抵达绒布冰河，并在三星期后在北坳下设立第三营，无奈却因天气太冷而无法继续前进，转而撤退到卡达河谷。但一星期后再回来时，季节雨却不可思议地在五月五日来临，虽奋力在海拔八千二百九十米处建立了第六营，并进行了几次攻坚行动，但均阻于积雪深厚，最后无功而返。

一九四七年　喜马拉雅委员会接替珠峰委员会成立，亦由英国皇家地理学会和英国登山协会合组。

一九四七年　加拿大裔英国登山家厄尔·登曼（Earl Denman）非法尝试攀登珠峰，带着夏尔巴人达瓦（Ang Dawa）和丹增，这是丹增在间隔九年后第四次尝试登珠峰。在险些被逮捕的情况下，这三人抵达绒布冰河，却因装备不佳而受苦于寒冷，后虽愤起尝试攀登北坳，仍自承失败而归返。登曼随后因靴子磨损而被迫徒脚走完部分往大吉岭的归途。

一九四九年　尼泊尔政府首次准许外国队伍攀登珠峰。

一九五二年　夏尔巴人丹增与瑞士远征队成员雷蒙德·兰伯特（Raymond Lambert）试图由东南棱转南峰攀登珠峰，虽然没有成功，却为次年英国队成功登顶打下基础。

一九五三年　英国远征队在约翰·亨特（John Hunt）上校的领军下从南侧再次挑战珠峰，最后由夏尔巴人丹增与新西兰人希拉里爵士在五月二十九日经由东南棱首登珠峰。

一九五五年　珠峰高度修正为八千八百四十八米。

一九六〇年　由二百十四位男女组成的中国登山队，首次由北面登顶珠峰。

一九六三年　詹姆斯·惠塔克（James Whittaker）成为首位登顶珠峰的美国人。

一九六三年　五月二十二日，威利·翁泽尔德（Willi Unsoeld）与汤姆·霍恩贝因（Tom Hornbein）首次由西脊转北壁登上珠峰，并由东南棱下山，成为第一队纵走珠峰的队伍。

一九七三年　尼泊尔人塔马格（Shambu Tamang）以十八岁之龄登上珠峰，创最年轻纪录。

一九七五年　五月十六日，日本人田部井淳子经东南棱成功登顶，成为第一个登上珠峰顶的女性。

一九七五年　中国登山队藏族女子潘多（Phantog）在日本人田部井淳子之后几天成功由西藏侧登顶，成为第二位登顶的女子。

一九七五年　杜格尔·哈斯顿（Dougal Haston）与道格·斯科特（Doug Scott）首次由西南山面登上珠峰。

一九七八年　五月八日，人类首次不借助人工氧气登上珠峰，奥地利人彼得·哈伯勒（Peter Habeler）与意大利人莱因霍尔德·梅斯纳（Reinhold Messner）经东南棱创下此纪录。

一九七八年　第一位欧洲女性万达·鲁特凯维奇（Wanda Rutkiewicz，波兰人）登上珠峰，后来并成为有史以来最伟大的女登山家。

一九七九年　汉内格蕾·舒马兹（Hannelore Schmatz）成功登上珠峰（第四位女子）后在下山时不幸丧生，成为第一位殉山的女子。

一九七九年　中国开放西藏侧登珠峰。

一九七九年　五月十三日，安德烈·斯崔姆菲杰（Andrej

Štremfelj）与内伊克·萨普洛尼克（Nejc Zaplotnik）首次完全经由西脊登上珠峰并由霍恩贝因岩沟下山。

一九八〇年　二月十七日，波兰人威利基（Krzysztof Wielicki）登上珠峰，成为冬季登顶第一人。

一九八〇年　八月二十日，意大利人莱因霍尔德·梅斯纳经北坳转北壁，从他设在六千五百米的基地营出发，整整三天不靠氧气登上珠峰，成为第一位独攀珠峰之人。

一九八二年　第一位加拿大人劳里·斯克瑞斯雷（Laurie Skreslet）登上珠峰。

一九八三年　十月八日，首次经由西脊转康夏格(Kangshung)山面登顶：卢·赖卡特（Lou Reichardt）、金·莫姆布（Kim Momb）和卡洛斯·比勒（Carlos Buhler）。

一九八四年　首次经北岩沟登顶：蒂姆·麦卡特尼-斯内普（Tim Macartney-Snape）与格雷格·莫蒂默（Greg Mortimer）。

一九八五年　美国人迪克·巴斯（Dick Bass）成为当时最老的登顶者，时龄五十五。

一九八六年　五月二十日，加拿大女子莎伦伍德（Sharon Wood）成为北美洲第一位登顶珠峰的女子，同时也是第一位由绒布冰河登上西棱，并经由霍恩贝因峡谷下山。

一九八八年　法国人马克·巴塔尔（Marc Batard）经东南棱，创下二十二点五小时登顶珠峰的纪录。

一九八八年　首位美国女子斯泰西·艾利森（Stacey Allison）登顶。

附录二　珠峰攀登史　265

一九八八年　新西兰女子莉迪娅·布拉迪（Lydia Bradey）成为首位不用氧气登上珠峰的女子。

一九八九年　墨西哥人里卡多·托雷斯（Ricardo Torres）成为第一位登上珠峰的拉丁美洲人。

一九九〇年　五月十日，第一位登顶者希拉里的儿子彼得（Peter Hillary）也登上珠峰。

一九九〇年　十月七日，首对夫妻结伴登顶：斯洛文尼亚人斯崔姆菲杰夫妇（Andrej & Marija Štremfelj）。

一九九〇年　十月七日，让·诺埃尔·罗谢（Jean Noel Roche）与儿子泽布伦（Roche Bertrand aka Zebulon）成为第一对同登珠峰之父子，当时儿子才十七岁，也打破最年轻纪录，父子两人从南坳跳伞下山降落在基地营。

一九九二年　九月二十五日，第一对兄弟同登珠峰：伊努拉坦古兄弟（Alberto & Felix Iñurrategui）。

一九九三年　四月二十三日，第一位尼泊尔女性夏尔巴人帕桑拉姆（Pasang Lhamu）登上珠峰，但在下山时不幸丧生。

一九九五年　第一位巴西人登顶：瓦尔德马·尼连威契（Waldemar Niclevicz）。

一九九五年　珠峰山难传奇马洛里的孙子乔治（George Mallory，与祖父同名）登上珠峰。

一九九六年　世纪大山难，包括当时最成功的商业向导罗布·霍尔（Rob Hall）在内的十五人死于同一登山季。

一九九六年　夏尔巴人昂·里塔（Ang Rita，一九四七年出生）第十次登顶珠峰（一九八三、一九八四、一九八五、一九八七、一九八八、一九九〇、一九九二、一九九三、一九九五、一九九六，全都没有使用氧气）。

一九九六年　五月二十日，首次由北北东峡谷登顶：彼得·库兹内诺夫（Peter Kuznetzov）、瓦列奇卡·郭和诺夫（Valeri Kohanov）及格里戈里·塞米郭连葛夫（Grigori Semikolenkov）。

一九九六年　意大利人汉斯·卡莫兰德（Hans Kammerlander）成为由北坳经北脊经北壁路线登顶的第一人，他于五月二十三日下午五点离开位于海拔六千四百米的基地营，花了十六小时四十五分钟，在第二天早上九点四十五分登顶珠峰，下山时大部分采用滑雪方式。

一九九九年　五月六日，夏尔巴人巴布·契里（Babu Chiri）在珠峰顶停留二十一小时又三十分钟。

一九九九年　五月十二日，乔治亚人列夫·萨基所夫（Lev Sarkisov，一九三八年二月十二日出生）成为最老登上珠峰的人，但其纪录不久就被打破。他登上峰顶时为六十岁又一百六十一天大。

一九九九年　传奇山难人物马洛里的尸体被寻获，由埃里克·西蒙森（Eric Simonson）领军的远征队发现他的尸体，但仍无法解开他们是否登顶与山难原因之谜。

一九九九年　美国国家地理学会修正珠峰高度为八千八百五十米（29035英尺），但尼泊尔政府拒绝承认。

二〇〇〇年　夏尔巴人巴布·契里以十六小时登顶，创下尼泊尔侧最快登顶纪录。

二〇〇〇年　夏尔巴人阿帕（Apa）第十一次登顶。

二〇〇〇年　波兰人安娜·契威斯卡（Anna Czerwinska，一九四九年七月十日出生）于五月二十二日创下纪录，成为最老的女性登顶者，她当时五十一岁。

二〇〇〇年　首次完全以滑雪下山：斯洛文尼亚人达沃·卡尔尼卡（Davo Karnicar）。

二〇〇一年　一九九〇年与父亲一同创下登珠峰父子档纪录的泽布伦，在这一年偕同妻子克莱尔（Claire Bernier Roche）从珠峰顶跳伞下山，并在八分钟后成功降落基地营，成为第一对一起从珠峰峰顶飞下来的夫妻。

二〇〇一年　首次以滑雪板下山：奥地利人斯特凡·加特（Stefan Gatt）。

二〇〇一年　首次全程以滑雪板下山：法国人马尔科·西弗雷迪（Marco Siffredi）。

二〇〇一年　十六岁的夏尔巴人腾巴·瑟里（Temba Tsheri）打破最年轻登顶纪录。

二〇〇一年　美国人舍曼·布尔（Sherman Bull）以六十四岁高龄成为登珠峰最年老者。

二〇〇一年　美国人埃里克·魏亨麦尔（Erik Weihenmayer）成为第一位登上珠峰的盲人。

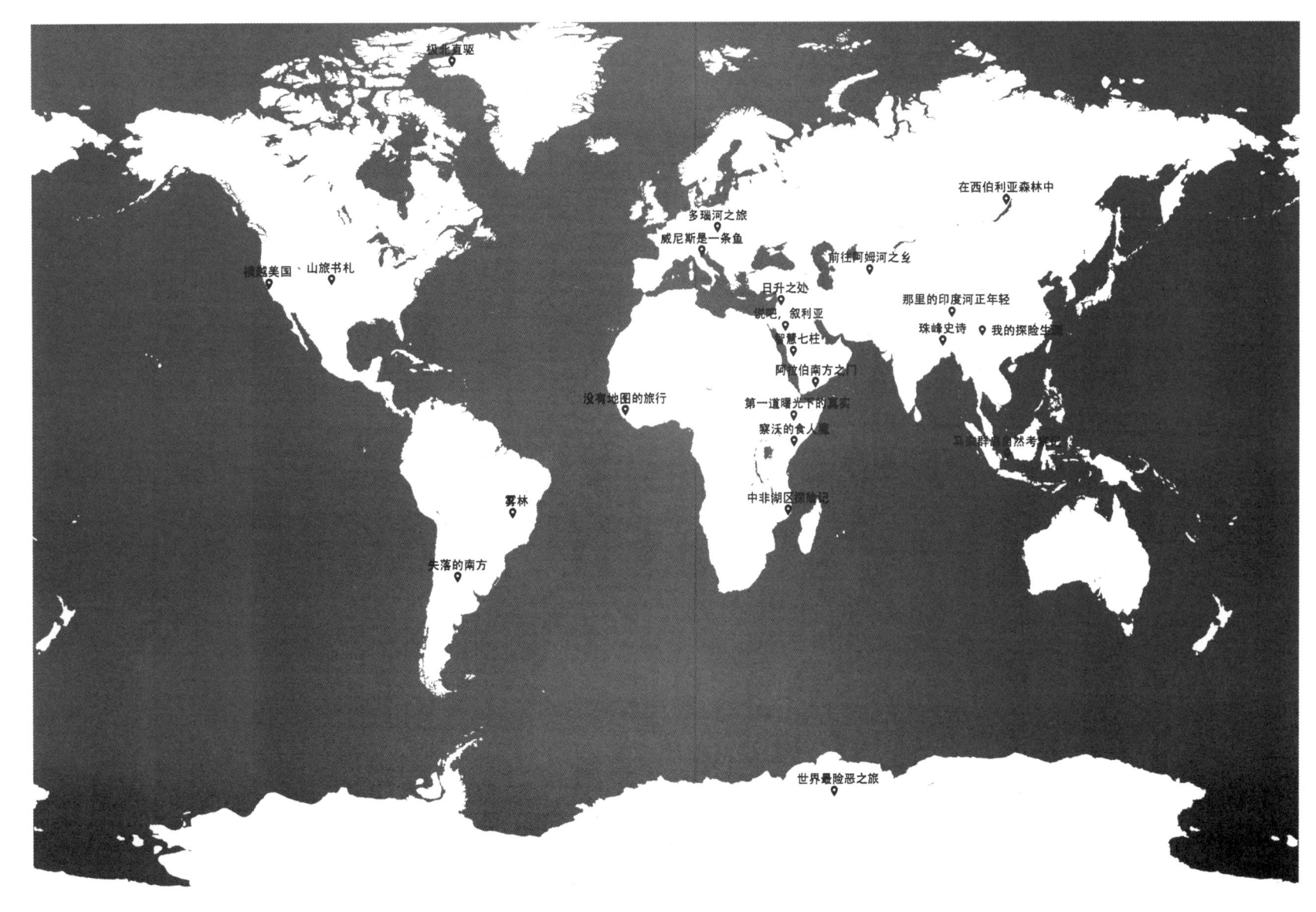

世界是一本书，不旅行的人只读了一页。

极北直驱	山旅书札	世界最险恶之旅
察沃的食人魔	墨西哥湾千里徒步行	智慧七柱
横越美国	没有地图的旅行	日升之处
马来群岛自然考察记	在西伯利亚森林中	那里的印度河正年轻
前往阿姆河之乡	失落的南方	我的探险生涯
中非湖区探险记	多瑙河之旅	雾林
阿拉伯南方之门	威尼斯是一条鱼	第一道曙光下的真实
珠峰史诗	说吧，叙利亚	